# 86
## —不存在的戰區—

There are no soldiers
who can't shoot the enemy.

[作者]
安里アサト

[插畫]
しらび

[機械設計] I-IV

[EIGHTY SIX Ep.9]

ASATO ASATO PRESENTS

The number is the land
which isn't
admitted in the country.
And they're also boys and
girls from the land.

Kadokawa Fantastic Novels

# 用語解說

KEYWORD INTRODUCTION

There are no soldiers
who can't shoot the enemy.

[design]
BELL'S GRAPHICS

※諾伊勒納爾莎聖教國：第三機甲軍團「西迦・圖拉」部隊章

## 聖教國：第三機甲軍團「西迦・圖拉」

諾伊勒納爾莎聖教國的主力軍之一。主力機甲為機甲五式「法・馬拉斯」以及它的隨伴無人終端機甲七式「勒能・楚」。由年齡小於蕾娜的少女赫玫璐娜德・雷羯聖二將擔任軍團長，軍團全體成員對她唯命是從，投身於慘烈的戰線。

## 「諾伊勒納爾莎聖教國」

少數確認存活的國家之一。地處羅亞・葛雷基亞聯合王國的西側邊陲地區，在鄰近各國陸續滅亡的狀況下，唯有該國仍在持續抗戰。以「諾伊勒聖教」為國教，並嚴格遵守優先順序高於國家法律的教條。此種特殊國體連「那個」維克等聯合王國成員都視其為「狂國」並抱持戒心，聯邦在應對上也不得不慎重。

## 「『電磁砲艦型（Noctiluca）』之現況」

據推測，「電磁砲艦型」自上一集的故事舞台「雷古威德征海船團國群」（聯合王國的東側）大幅繞過聯合王國在海上取道北方，已逃至位於西側的聖教國。該機體很可能持有「軍團」全軍停止的關鍵——指揮中心的相關情報。

KEYWORD

INTRODUCTION

驕傲、心願、情誼、祈望，或者是——詛咒。

芙蕾德利嘉・羅森菲爾特《戰場追憶》

# 序章　暴食之獸

『——試作案・兩棲突擊戰艦型（虎鯨計畫），呼叫空白地帶各駐屯機。』

縱然在這種時候，鐵青色巨影爬上陸地的聲響依然細微如骨骼的相互摩擦。

全長超過三百公尺的威儀，有如平躺的高樓大廈。雷達桅如頭盔裝飾或爬龍犄角般凌空衝天，無數腳部斬裂著漲退的海浪與海岸的粗粒砂礫，但掩飾不了艦體側腹開出的大洞。砲身扭曲變形，兩門八〇〇毫米砲連同砲塔整座炸飛，四對銀翅更是燒得焦黑悽慘。

人類稱它為電磁砲艦型（Noctiluca）——「軍團」的兩棲突擊戰艦。

帶著受傷海獸的慘狀，巨艦爬行著於海岸邊登陸。那對「軍團」而言是第一場海戰，雖說已經衰微，但畢竟是與人類最大海軍國展開激戰留下的損傷。它深深刻下歪扭的痕跡，踉蹌地爬上岸，腳部終於絆倒而轟然倒下。

『於地點〇八七登陸。失去自走功能，請求救援。』

機械的痛苦鳴叫在灰濛濛的空氣中迴盪。在這塊早在「軍團」戰爭爆發前就被人類棄置，長久杳無人跡的土地，身為人類公敵的鐵青色自律殺戮機械也僅布下了微薄兵力。只有悠閒地零星散布各處的發電機型與自動工廠型（Admiral Weisel），轉傳了電磁砲艦型的救援要求……

『——試作案．陸上戰艦型（斐迪南計畫），接獲求救訊號。已了解情況，即將前往救援。』

其中一架機體做出了回應。

這架也是試作型——一架改良既有「軍團」的後續機種。此種機型始終潛伏於人類所看不到的「軍團」支配區域——無人的空白地帶，直到投入實戰的那一天。

『斐迪南計畫呼叫虎鯨計畫。請回答待確認事項。』

隨後，一個詢問順著電波橫越空間。這是「軍團」之間的機械語言。經過層層加密，人類無法理解其意。

在名符其實的塵灰紗簾背後，又是一架巨大的——不，就連全長超過三百公尺的兩棲突擊戰艦與它相比都顯得小巫見大巫，巨大有如一座城鎮的影子朦朧地浮現。

同樣用「軍團」特有的，僅有骨骼互相摩擦程度的細微運轉聲說：

『——是否可以統合？』

# EIGHTY SIX

The number is the land which isn't
admitted in the country.
And they're also boys and girls
from the land.

ASATO ASATO PRESENTS
[作者]安里アサト

ILLUSTRATION／SHIRABII
[插畫]しらび

MECHANICALDESIGN／I-IV
[機械設定]I-Ⅳ

Kadokawa Fantastic Novels

# 86

## —不存在的戰區—

There are no soldiers
who can't shoot the enemy.

[ Ep.9 ]

— Valkyrie has landed —

There are no soldiers who can't shoot the enemy.

CHARACTERS

齊亞德聯邦軍

# 「第86獨立機動打擊群」

## 辛

被聖瑪格諾利亞共和國蓋上代表非人──「八六」烙印的少年。擁有能聽見軍團「聲音」的異能，以及卓越的操縱技術。擔任新設立的「第86獨立機動打擊群」總戰隊長。

## 蕾娜

曾與辛等「八六」一同抗戰到底的少女指揮管制官。奇蹟般地與奔赴死地的辛等人重逢後，於齊亞德聯邦軍出任作戰總指揮官，再次與他們共同征戰。

## 芙蕾德利嘉

開發「軍團」的舊齊亞德帝國遺孤。與辛等人一同對抗過往昔的家臣，同時也如親哥哥的齊利亞。在「第86獨立機動打擊群」擔任蕾娜的管制助理。已確定為全軍團停止的「關鍵」。

### 萊登

與辛一同逃至聯邦的「八六」少年。跟辛有著不解之緣，一直以來都在幫助因為「異能」而容易遭受排擠的辛。

### 可蕾娜

「八六」少女，狙擊本領出類拔萃。對辛懷有淡淡的好感，最後究竟會──？

### 賽歐

「八六」少年。個性淡漠，嘴巴有點毒，而且愛挖苦人。在上集遭受到斷臂的重傷……

### 安琪

「八六」少女。個性文靜端莊，但戰鬥時會表現出偏激的一面。擅長使用飛彈進行大範圍壓制。

## 葛蕾蒂

聯邦軍上校，能理解辛等人的心情，後來擔任「第86獨立機動打擊群」旅團長。

## 西汀

「八六」之一，在辛等人離去後成為蕾娜的部下，率領蕾娜的直衛部隊。

## 瑞圖

與「第86機動打擊群」會合的「八六」少年。出身於過去辛隸屬的部隊。

## 達斯汀

共和國學生，曾於共和國崩壞前發表演說，譴責國家對待「八六」們的方式；在得到聯邦救援後志願從軍。

## 尤德

與瑞圖、滿陽等人一同加入戰線的「八六」少年。沉默寡言但身懷卓越超群的操縱與指揮能力。

## 維克

羅亞·葛雷基亞聯合王國的第五王子，當代先天異才保有者「紫晶」且開發了人型控制裝置「西琳」。

## 阿涅塔

蕾娜的摯友，擔任「知覺同步」系統的研究主任，和過去同住在共和國第一區的辛是兒時玩伴。

## 夏娜

從待在共和國第八十六區時就在西汀隊上擔任副長發揮才能的女性。與西汀正好相反，個性冷若冰霜。

## 滿陽

與瑞圖同樣和機動打擊群會合的「八六」少女。個性認真文靜，就是這樣。

## 馬塞爾

聯邦軍人。在過去的戰鬥中負傷造成後遺症，於是改以輔佐蕾娜指揮的管制官身分從軍。

## 奧利維亞

以瓦爾特盟約同盟派遣的新兵器教官身分與機動打擊群會合。外貌如女性的青年軍官。

## 蕾爾赫

半自律兵器控制裝置「西琳」一號機，採用了維克青梅竹馬的腦組織。



# 登場人物介紹

The number is the land which isn't admitted in the country. And they're also boys and girls from the land.

# 第一章　人魚的交換代價

雖說終究未能達成宿願，但船團國群的征海艦(Supercarrier)曾以壓制原生海獸(Whale)最大「巢穴」，遠征數千公里的外海遠方為其航行目的。

換言之在預定最久長達半年的遠洋航海期間，必須光憑艦上設備滿足四千餘名船員的生活所需。基本的食衣住自不待言，圖書室、禮拜堂、健身房與營站一樣不缺。就像把一整座基地的功能完整收納在滿載排水量十萬噸的巨艦肚子裡。

充實的醫療設備也是其功能之一。

「這次是和征海艦隊進行的共同作戰，也許能算是——不幸中的大幸吧。」

受傷的征海艦宛如巨大屍骸，又如純粹的黑影般盤據夜裡的港口。

達斯汀遠望那黑色輪廓，然後收回視線說道。從這位於矮丘上的國軍醫院的走廊，可以俯瞰大海、港口，以及從那裡向後鋪展的城市。

摩天貝樓據點攻略作戰造成的傷患中需要入院的重大傷患剛剛才運送且收容完畢，但還無法開放探病，因此他們沒能獲准進入住院大樓。陪伴傷患來到醫院的人與前來迎接的人壓抑著心中的酸楚佇立不動。

傷患。沒錯。

恰似以迫使電磁砲艦型敗逃為代價，失去了一隻手的——……

「征海艦上有手術室也有加護病房——所以重要的治療都很早就做了，還好……」

「我明白你的意思，但可以請你閉嘴嗎，達斯汀？」

萊登開口打斷他。

他知道自己發出了野獸低吼般壓抑且嘶啞的聲音，但現在完全沒那個心情做表面工夫。

征海艦的醫療設施包括了多間手術室、加護病房與住院治療設備，擁有相當高的水準。既然征海艦隊必須遠離國內，賭命與原生海獸展開生死鬥，他們的旗艦征海艦自然也為船員負傷時無法後送國內的狀況做了因應。

事實上賽歐也在獲救後立刻接受手術，所以儘管身受失去了左臂導致靠近心臟的粗大血管連帶斷裂的重傷，仍幸運地避免了性命垂危的狀況。

可是……

「我現在只能說，那又怎樣？……那傢伙終究是失去了手臂啊。」

「……抱歉。」

滿陽輕聲說了：

「是不是……會變成傷殘退伍？」

「我覺得只要本人不提出退伍申請，應該會轉調到非戰鬥單位吧。」

馬塞爾回答。

他集在場所有人的視線於一身，卻沒回看任何一個人，眼睛漫不經心地對著地板上的一個點，繼續說道：

「因為我們特軍軍官是軍方投資的人才。本來是不夠格當軍官的，卻用今後會接受教育為條件預領了軍官的薪俸對吧？所以如果只因傷殘就退伍，軍方可吃不消。就算留下殘疾待不了戰鬥單位，也會幫他留一條繼續從軍的路。」

在特軍校與他同梯的辛此時不在這裡。

所以在場所有人都只是聽說過馬塞爾在因戰傷殘而轉任管制官之前，曾是「破壞之杖」的駕駛員。

「特軍軍官這邊也有很多人離開軍隊後養不活自己，因此除非真的不堪服役，否則都不會選擇退伍啦。至於……八六嘛，呃，有受到比較多的特別待遇，或者應該說在特軍軍官中，教育或待遇方面最讓上頭花錢的就是你們……所以我看高層不會那麼輕易就放手。」

「可是……」

安琪講到一半便難以啟齒，達斯汀接續她的話說：

「想繼續當處理終端可能還是有困難吧。」

縱然是八六，縱然是代號者，也無法僅憑獨臂進行多腳機動裝甲兵器戰鬥。現代的機甲戰鬥有時必須在不滿一秒的剎那間決生死，沒有簡單到能光用一隻手處理本來必須雙手並用的操縱需求。

更何況是著重於高機動戰鬥的「女武神」。

遭到斬斷的手臂已沉入大海，無從進行再接手術，再來就只剩下……

「那——義手呢？」

萊登不願放棄希望地提問。

「——我早就想到你們會問，所以已經跟聯合王國和盟約同盟的技術人員確認過了。兩邊的軍方都說他們的義手性能沒有高到能跟上『女武神』的戰鬥。」

班諾德平淡地回答他的問題。

聯合王國擁有應用「西琳」科技的義手義足技術；盟約同盟則是在「貓頭龍」的操縱上運用了神經連接科技。就連各自以高水準技術為傲的南北兩國都給了如此答案。

「聯合王國的義手——由於那個國家的『神駒』屬於重量級機型而不重視機動性能，因此別說『女武神』，連『破壞之杖』的操縱需求都滿足不了。盟約同盟那邊在反應性能與精密度上似乎略勝一籌，但他們說『貓頭龍』的操縱以神經連接為前提，一樣無法完全達到『女武神』的需求。」

接著滿陽補充道：

「再加上照奧利維亞上尉的說法，他擔心會造成精神方面的負擔。他說盟約同盟的大半國民都是軍人，體內也嵌入了神經連接埠，不會排斥在頭部嵌入精密義手操縱用的連接埠。可是那對聯邦人或八六來說會是陌生的『異物』，坦白說看了大概不會太舒服……」

「更何況就算真的做到那種地步，聯邦現在也沒多餘心力去把『女武神』改裝成對應神經連接。總之狀況都不樂觀啦。」

馬塞爾歪著頭說：

「那個叫什麼來著？記得共和國在戰爭爆發之前，不是一直很擅長仿生技術還是仿體技術嗎？靠共和國的科技，做不出像原本的手一樣活動自如的義手嗎？」

以應用於知覺同步裝置的擬似神經結晶為代表，戰前的共和國擁有傲人的活體組織培養與運用人工素材加以重建的技術。

姑且不論身為八六的賽歐能不能接受。

馬塞爾的眼睛往達斯汀望去，只見他微微搖頭。

「大規模攻勢之前的話，或許還有可能。但……現在已經……」

共和國的多數技術已在大規模攻勢下與研究者或技師一同消逝了。

雖然紀錄並未完全散失，所以其中幾項有朝一日應該能還原──然而目前仍有困難。

「…………」

也就是說，已經沒有他們能幫上忙的地方了。

萊登被迫領悟到這點，心境上當然還是難以接受，陰鬱地陷入沉默。

布里希嘉曼戰隊有十八人戰死（KIA），或是任務中失蹤（MIA）。

有的是遭到電磁加速砲（磁軌砲）的自爆波及，有的是來不及逃離崩垮的海上要塞而跌落起火燃燒的海面。已確認戰死——能夠拾回遺體者甚至僅有數名，其他人連一塊機體碎片都沒能打撈到。

戰隊的副長夏娜也是其中之一。

「說是為了進行狙擊而留在最高樓層，結果來不及逃跑。明明就不怎麼擅長射擊啥的……」

蕾娜來到西汀的房間探望這個獲得及時救援的少數存活者之一，在軍艦特有的小房間門口停下腳步。

身上各處包著繃帶的西汀把頭塞在立起的雙膝之間，縮在床上。昏暗的船艙關了燈，白色床單如狂暴大海般滿是皺褶。

「……原來也有那種死法啊。」

在「獨眼巨人」從墜海處被打撈上船的前一刻，她和夏娜的同步中斷了。

自此之後，再也不曾連上。

「她說，好冷。那是最後一句話……大概是失血過多了吧。」

「…………西汀。」

「我跟那傢伙認識大概四年多了吧。剛開始我們互看不順眼，頭一次見面就扭打成一團。可是那時的戰隊同袍一個接一個嗝屁，就算不情願也得並肩作戰。最後我們倆一起把戰死的戰隊長

給埋了。就連那時候都還在拌嘴，說下次就換妳躺進去，我來幫妳挖洞。」

就這樣，她們吵來吵去、拳腳相向，但依然並肩作戰，撐過了那個絕命戰場。

甚至活過了大規模攻勢，奮戰到最後，終於在聯邦的相助下逃離了第八十六區。

都已經奮戰到這一步了……

西汀用雙手把她那捲翹的紅髮捏在手心裡。

「如果在第八十六區……如果死在我們知道的戰場，雖然不知道是天堂還是地獄，但至少我知道可以前往我們該安息的地方。就算沒有墳墓，也沒留下完整的屍體，至少我知道會被野獸啃食、遭風吹雨打，最後回到土裡去。可是……」

死在海裡的人——連遺體都沒能打撈、沉入水中的人呢？

「沉入水底的傢伙會怎樣……？能跟先走一步的那些傢伙前往同一個地方嗎？當我總有一天到了那個地方，那傢伙會在那裡嗎？……還是說，會被該死的什麼原生海獸帶走……？」

而不是讓那個討人厭，看了就有氣的——美麗的死神帶走。

蕾娜的目光悄悄低垂。

腦中描繪那幅景象。在照不到一線光明的幽暗水底，夏娜的遺體沉沒在那裡，而不知其名的成群詭異生物和冷酷無情的水流正在分解她的身軀。

那跟在陸上殞命時，令遺體崩解溶入土地的嗜血野獸與殘忍的風雨想必並無二致。

「一定能重逢的。」

帶著雪地陰影的銀色左眼略為瞥來一眼——蕾娜筆直地回望那在薄暗之中依舊昏暗無光的眼睛，微微地，但帶著確信對她點了頭。

只要是死在同一個戰場就能前往同一個地方。

那對不再相信神與天堂的西汀等八六來說必定是一種信仰，既然如此，那一定……

「因為妳們都是八六。夏娜、妳與妳的戰友們，最後一定都會在同一個地方長眠……我是這麼認為的。」

『……好了。那麼關於新型「軍團」——電磁砲艦型的追擊，以及我們機動打擊群今後的作戰行動……』

第八六獨立機動打擊群(Strike Package)包括四個機甲群，由四名總隊長統領各群的處理終端。

駐屯於船團國群的第一機甲群總隊長辛、現於聯邦總部基地進行訓練的第二機甲群總隊長梅霖、正在基地附近城鎮學校放假的第三機甲總隊長、駐屯於盟約同盟的第四機甲總隊長——他們身在四方，但透過通訊電路齊聚一堂。

摩天貝樓據點攻略作戰的傷患當中，國軍醫院只收容得下重大傷患。相較之下屬於輕傷的患者則繼續留在靠岸的「海洋之星」船上醫療中心，在病房臥床。不知是因為跌落海中之際負傷導致缺血過度還是體力消耗過多，辛只要一起床就會嚴重頭暈目眩，使他慢慢嘆了口氣。

梅霖應該沒看到這個小毛病，卻在床邊桌的資訊裝置視窗裡蹙了眉。

『但先等一下——你還好嗎，諾贊？不只是傷勢，利迦的事是不是更讓你……』

「……嗯。」

辛本來想回答「我沒事」，卻搖搖頭改變了想法。

不可能沒事。

雖說是因為負傷，但賽歐——連特別偵察都一起存活下來了的戰友如今必須離開戰線……對辛造成的影響大到不用別人來說，他早已有所自覺。

「我想我可能不夠鎮定。如果你們覺得我講了什麼衝動行事的話，請糾正我。」

『我了解。因為同袍離開戰線，即使已經做好心理準備或是以為已經習慣，真正遇到時還是很難熬。』

跟梅霖共用一個視窗，一名茶褐色頭髮且戴著銀框眼鏡，面孔瘦長並擁有淺黑膚色的少年微微點頭。

他是第三機甲群總隊長，兼同群第一戰隊「長弓」戰隊長迦南．紐德。這名少年在大規模攻勢時，曾是同樣被喚作「長弓」的共和國第八十六區西部戰線，第一戰區第一戰隊的副長——戰隊長已在大規模攻勢中戰死。

『更何況還是長年相伴的戰友，就更不用說了。因為在內心的某個部分，會理所當然地覺得對方不會出事……我懂。這點我們跟你是一樣的。』

隨之換成跟兩人不同的視窗，一名把朱紅長髮綁成一條髮辮的少女——翠雨・十日夜接著說道。她是第四機甲群總隊長，兼同群第一戰隊「大榔頭」戰隊長。第八十六區北部戰線，第一戰區第一戰隊「大榔頭」戰隊長及隊員於大規模攻勢中全數戰死，因此原為第二戰區戰隊長的她所率領的戰隊就繼承了這個名稱。

梅霖嘆一口氣，說：

『所以我本來也想在這次開會前，先讓你休息一下的說。但聯邦軍偏偏只在這種時候，裝不出平常那種游刃有餘的善良大人態度。』

「這是無所謂，不過——似乎太急於行事了。會議也是，更重要的是作戰決定得太快。」

機動打擊群攔擊電磁砲艦型是今天早上才剛發生的事。就算「海洋之星」拍給船團國群的電報內容直接分享給了聯邦，那也還不到一天。

『應該是表示那些大人物對這件事的危機意識非同小可吧。畢竟是射程四百公里，讓共和國的防衛牆（鐵幕）淪陷，在聯邦不到一天就炸毀四座基地的那個磁軌砲重返戰場。我覺得情有可原。』翠雨說。

『那就先針對這個緊急狀況來交換一下意見吧……根據船團國群的報告指出，船體大破的電磁砲艦型已逃入海中，之後下落不明。它未曾對征海艦隊進行追擊，且船團國群領海的固定聲納與哨戒艦都不曾捕捉到半點蹤影，可見它也並未靠近船團國群的沿海。再加上受到原生海獸的占領，碧海領域也進不去。因此推測該機體應該是在碧海與人類領域的界線上移動——以上。』

「嗯……船團國群的軍艦正在代替『海洋之星』出海搜索——他們說已經在戰鬥中記錄了聲紋，只要條件相符，即使距離相當遠也能用聲納捕捉，但似乎還是沒能發現。」

說到這裡，辛痛悔地皺眉。

「至少要是能掌握它的前進方向就好了……抱歉，我在作戰結束後沒能立刻採取行動。」

一接到報告說包括賽歐在內的生還者全數救回，已經開始接受治療後，大概是緊張的心情頓時鬆懈了吧。辛當場眼前一片昏黑，之後就沒有記憶了。

等到醒來時已經躺在病房的這張床上，而那時電磁砲艦型的聲音早已消失在遠方。

『你的傷勢我也聽說啦，怪不得你。是說你都受了那麼重的傷，幹嘛還勉強跑去艦橋啦。』

『真要說起來，你應該是在作戰行動中就已經動不了了，受傷後一時之間連自己走路都辦不到不是嗎？既然一個人連站都站不住，就該好好待在病房休養才是。』

『隊長硬撐，會害得部下也得跟著硬撐耶。你這麼做反而是給大家找麻煩喔。』

「…………」

辛被駁斥得無話可回，陷入沉默。雖然關於這件事，他並不覺得自己在硬撐。

梅霖氣哼哼地說：

『總之，話題回到電磁砲艦型——若讓我說得樂觀點，也許它就那樣沉到海底翹辮子了。』

『當然不可能有這種事，所以比較合理的推測是——它離開了諾贊能用異能聽見的範圍。』

被迦南不留情面地直接否定，梅霖露出了更不悅的神情。

迦南理都沒理他，以中指將眼鏡往上一推，說：

『話雖如此，我想它也不至於能夠側面開個大洞，還遠航至大陸南部、東部或西部。或者應該說，敵方無須費事地把後勤基地設置在那麼遠的地方。它有必要修補戰鬥造成的損傷，並補充彈藥。儘管我聽說核子反應爐並不需要燃料。』

『也就是說，它得在某個地方跟自動工廠型或發電機型會合就對了吧。可是，目前還沒有任何國家的報告指出發現到摩天貝樓以外的海上據點。』

按照以實瑪利的說法，大陸北側的其他海域由於海底深度太深及距離原生海獸的領域太近，先天條件上難以建設像摩天貝樓那樣的海上據點。

『從這一大堆線索來考量，電磁砲艦型的逃亡地點就會是位於大陸北方沿岸某處，並具有一定規模的「軍團」生產據點——我們機動打擊群的下個任務，就是同時一舉強襲包括電磁砲艦型逃亡地點在內的多處據點嘍。』

『目的為摧毀電磁砲艦型和收集情報。上級表示重點必須放在獲得自動工廠型目前正在生產的零件，並繼續嘗試擄獲控制中樞。』

「軍團」溝通不需使用人類語言，支配區域受到阻電擾亂型（Eintagsfliege）的電磁干擾覆蓋，而且沒有報導、外交與貿易等行為——想收集敵情除了注意觀測範圍內的「軍團」各部隊動靜之外，唯有壓制生產據點或指揮據點，奪取生產物資或情報一途。

『我們必須展開急襲以免「軍團」做好迎擊準備，所以在壓制摩天貝樓據點時暫時保留的那

件新裝備——「狂怒戎兵」終於要正式上場嘍。』

「女武神」用的新裝備「狂怒戎兵」在昨天的摩天貝樓據點壓制作戰中，由於難以裝載到征海艦上，加上預測獲得的戰果沒大到值得捨棄奇襲之利，因此暫時擱置不用。在船團國作戰時，只有辛等第一機甲群人員完成了訓練。讓「軍團」獲悉這件祕密新裝備的情報，只打下一個砲陣地並不划算。

『這次除了正式完成訓練課程的梅霖等第二機甲人員，我們第三機甲也將加入作戰，因此至少可以從三處同時展開奇襲……因為我們將假期縮至最短，用來接受了訓練。葛蕾蒂上校以及我們那邊的作戰指揮官臉色不太好看，不過沒關係，反正我們八六都已經習慣了。』

在第八十六區，連一天的休假都別想有。

即使如此他們還是生存、奮戰了這麼多年。

只有能辦到的人，得不到休息也能維持戰鬥能力的人，才得以存活下來。

『我們第四將會在總部基地待機兼做休息與後備，但我們幾個也打算先進行訓練，休息擺一邊。因為跟「軍團」的戰鬥無法預料會有什麼狀況，想盡快學會運用「狂怒戎兵」嘛。』

『……都怪你們倆這樣講，葛蕾蒂上校簡直快氣炸嘍……她說哪天就算戰爭結束，也要讓大家每天上學把現在中斷的部分補完，而且規定的課程修完之前，全都不准退伍呢。』

翠雨駐屯於盟約同盟，梅霖似乎代替她跟迦南一起挨了頓罵，目光飄遠。翠雨苦笑著說：

『……嗯，好吧。我很感謝上校——聯邦這樣說。而不是跟我們說只要會打仗就好。』

『事實上只要願意讓我們就學，我的確很想去學校修完這次中斷的部分以及全部課程——好久沒上學，我都忘記了。當學生的確是一件快樂的事。』

『雖說來到聯邦之後還是老樣子，戰況嚴苛到讓我不太相信有哪天戰爭真的會結束，但事到如今，整天老想著戰爭不結束怎麼辦也沒意義了嘛。』

機動打擊群將近半年來都被派往聯邦的各個戰線與鄰近各國。

如同辛與第一機甲群在聯合王國認識「西琳」，又在船團國群邂逅了征海氏族，梅霖、迦南與翠雨及他們的隊員們，也都各自在派赴地點得到了種種經驗。

見識了許多事物。

經歷了在受到「軍團」龐大軍勢與人類惡意封鎖的第八十六區無緣一見的事物。

「呵。」辛笑得勉強。

儘管不曉得自己笑得夠不夠自然。

「如果要把課程修完才能離開，那我們幾個總隊長可得待很久了。」

『就是啊……』

『你喔，就愛講話破壞別人心情。』

『現在就先別說這些了吧。等戰爭結束後再讓我們好好抱怨一番。』

他們四名總隊長，還有大隊長級與他們的副長除了特軍軍官課程之外，還被要求修完更高階的課程。而就連特軍軍官課程都還沒有任何人修畢。

『回到正題。』迦南眼鏡後方的眼睛似乎還有些微游移，說道：

『由於必須壓制的據點不只三處，除了我們之外，聯邦軍也預定將投入幾個部隊。話雖如此，聯邦軍其實也沒有足夠調派的後備戰力，因此據說將會收編前大貴族的私兵部隊。據說縱然能夠即刻投入戰線的部隊不到十個聯隊，但會把這些能夠行動的部隊全數投入。』

原來如此，辛心想著，軍方高層是真的火燒眉毛了。

正因為聯邦軍也已經沒有餘力正面推進，才會設立機動打擊群。

本應如此，如今卻不惜接收軍方以外的戰力，也要投入更多部隊參與情報收集任務。看來軍方高層比起自己所感覺到的，對電磁砲艦型——或是投入此種戰力的「軍團」抱持著更大的危機意識。

還是說這只是偽裝成對電磁砲艦型的對策，其實「另有目的」？私兵的接收，以及雖說不到十個，但畢竟是召集了能夠投入戰線的前私兵部隊，這都不是一兩天能辦到的事。應該是在更早之前就已經有所籌劃。

例如從辛向恩斯特說出「軍團」全機停止的手段，也就是一個月前起——全機停止的關鍵之一，所在地點不明的祕密司令部，「由於戰力不足」而尚未展開搜索。

「……收到。那麼——我們第一機甲要去哪個據點？」

『噢，這方面計畫沒變。就是去諾贊你們結束船團國群任務後預定派赴的國家，諾伊勒納爾莎聖教國嘍。』

也就是位於大陸西北部，一般總稱為極西諸國的金系種成員國的盟主國。

穿過共和國，再越過幾個小型城邦，就會抵達這個位於西方邊境的異邦。國境與聯邦或共和國皆不相鄰，是個語言與文化迥然不同的國家。

共和國與極西諸國之間的各個國家似乎已在「軍團」戰爭中滅絕。兩個月前聯合王國竊聽到無線電而確認存活的極西諸國，似乎也在這十一年間遭到「軍團」四面包圍而仍持續抗戰，而位於極西諸國最北邊的聖教國，則是與布陣於大陸西部最北端空白地帶的「軍團」僵持不下。

空白地帶早在「軍團」戰爭爆發前就是無人居留的半島。結果造成從戰爭初期就坐視敵軍建造多座大規模的生產據點，導致了聖教國極其嚴苛的戰況。對該國的救援行動是第一機甲群在派赴船團國群之前接下的任務，即使電磁砲艦型的登場使任務內容略有變化，派赴地點依然不變。

沒錯。

「哼。」辛眯起眼睛，冷靜而透徹。

位於大陸「西部」最北端的空白地帶。

辛在昏迷之前聽到的，電磁砲艦型的前進方向——正是西方。

『第一機甲群已經確定將被派往電磁砲艦型最有可能出現的極西地區……祝你們報仇成功嘍。』

『——維克，我想你應該知道，我們不能派你去聖教國。還有軍事機密方面你也得格外留心，例如你那些可愛的小鳥。』

如同蕾娜身為作戰指揮官、萊登身為戰隊總隊長的代理人，都為了作戰後的處理工作四處奔波，維克身為聯合王國的王子與派遣軍官也有必須完成的職務。

對於王兄針對摩天貝樓據點攻略作戰的始末，以及電磁砲艦型的搜索請求，把該問的問完一遍後補上的一句話，維克點了頭。在船團國群港都屯駐基地的一個房間。

諾伊勒納爾莎聖教國——「狂」國，諾伊勒納爾莎。

「是，哥哥……那個教國與我們在價值觀上水火不容，因此才稱之為狂國。對那種連最低限度的道義都無法共有的國家，我們無法視其為可信任的友邦。聯邦也是，似乎無意對該國公開知覺同步與諾贊的異能等情報。」

『可想而知……噢，對了，為了以防萬一，我還得提醒你……』

「這我知道。我不打算讓八六知道狂國這個稱呼的由來。」

『很好。』扎法爾溫文爾雅地笑了。

『趁著這次「休假」，希望你能幫我跟聯邦的將官們多多交換情報。就如你所說的，摩天貝樓據點與電磁砲艦型有些不對勁。噢，還有，說到休假……』

王兄用輕鬆閒聊的口吻接著道，因此維克也一時不留神，以為是某種日常生活中的訓誡或叮嚀，沒做心理準備就聽了。

『你從盟約同盟的休假時開始——就有事瞞著我對吧？』

所以，維克完全疏於防備了。即使是他也不禁心頭一驚。

他神色不變地回答了。

他敢說自己連一根頭髮，甚至是一根睫毛都沒有抖動分毫。

「怎麼可能？我絕不會對哥哥有所隱瞞。」

——「軍團」正在謀劃第二次大規模攻勢，並試圖進行自我改良。

作為瑟琳提供的情報，維克只向扎法爾與父王做了這個報告。

至於令大陸全境的「軍團」停止運作的方法——「以現況來說不可能實行」，只會無益地惡化周邊國家對聯邦的觀感的情報則照樣對他們保密。

扎法爾笑容依舊。

『沒想到對我從沒有祕密的你也終於開始有事瞞著我了。』

「……哥哥……」

『「我很高興」——看來你跟八六他們處得不錯。』

維克回望扎法爾，只見他不知怎地顯得滿臉喜色。

『因為孩子開始反抗父母或哥哥，選擇優先保守與朋友的約定，據說是一種成長的證明……

既然如此，就當作你沒事瞞著我好了。』

意思是看在可愛弟弟的份上，我就睜一隻眼閉一隻眼吧。

『假如哪天戰爭結束了，你想不想在聯邦的大學留學？這場戰爭害得你沒辦法正常上學，所以等戰爭結束後，我想你可以盡情享受之前沒過夠的學生生活。』

維克用一種只會對長兄或父親露出的神情苦笑了……扎法爾明明說維克長大了，卻又立刻想用這種方式來寵溺他。

「——只要哥哥與父王准許的話。」

等戰爭結束後……是吧。

說到這個，不知道辛或其他八六有什麼打算？維克內心的疑問與其說是出自關心，不如說只是純粹好奇。剛來到聯合王國時的他們就算被問到大概也答不出來，但現在的他們又是如何？再也無法上戰場的賽歐呢？

結束通訊後，他關掉資訊裝置的電源，然後回頭看看通話期間沉默待命的「那個」。

「——跟妳說過多少遍不要把自己弄壞，怎麼都聽不懂？」

「真是慚愧……」

總算能再次啟動的蕾爾赫又沒了一半的身體。這次不是橫著斷裂，而是左半身從上到下少了一半——換言之就是冷卻系統還有主動力裝置等部件全數毀壞，慘不忍睹。仿造少女容貌的臉孔也有部分皮膚剝落，活像是被魚咬啄的溺死屍體。

維克把她從頭到腳掃視一遍，知道不可能立刻修好，嘆了口氣。

「反正我有事得回聯邦確認，而且妳也聽見了，我去不了下一個派赴地點，所以是有時間沒錯。但妳也別給我找太多麻煩。」

「殿下。後來電磁砲艦型……」

「他們重創了敵機，但讓它跑了。妳不知道這件事，那麼也不知道諾贊活著回來了吧。也不知道有哪些人戰死，哪些人撿回一命？」

「是的，正是。死神閣下……他還活著啊。真是太好了。那麼尤德（烏鴉）閣下呢？狼人閣下、雪女閣下、獨眼公主閣下呢？……留到最後一刻的狐狸閣下呢？」

維克眨了一下眼睛。態度冷然。

他沒閒到可以一一敘述這場作戰的成員生死給她聽，況且他也沒蕾娜或辛知道得那麼多，不過……

「總之，妳別在諾贊與修迦、艾瑪與庫克米拉的面前提到利迦的名字。」

「！這表示……」

「他沒死，但也不是平安無事。關於細節與其他死亡名單，我會把報告書的複本傳給妳，妳晚點再確認吧。」

蕾爾赫沮喪地嘆了氣。

儘管「西琳」沒有呼吸能嘆氣，但仍依照維克賦予的情感表現這麼做。

「……這樣啊。那真是……死神閣下內心想必很痛苦……」

「這次的死亡人數出乎預料地多。包括諾贊在內，每個人都苦著一張臉，真受不了。」

「這是當然……殿下這句話才是不該在死神閣下、狼人閣下、雪女閣下及狙擊手閣下面前說喔。」

接著，蕾爾赫用一種膽戰心驚的神色向他問道：

「……殿下，請問……可曾發生因為優先回收下官，而導致哪位人士亡故的狀況……」

被這麼一問，維克挑起一邊眉毛。的確，身為「西琳」的蕾爾赫當然會擔心了，但……

「絕不會有這種事，妳別放在心上。」

讓個人情感左右救援順序的人不配領導眾人。

無論是芙蕾德利嘉還是征海艦的救難人員，先不論心情問題，應該都有把蕾爾赫等「西琳」的優先順序排到最低。其中蕾爾赫之所以得救只是湊巧而已。

「妳落海的地方正好有另一個落海者，他們只是在救那個人的時候順便把妳撿起來。記得好像是雷霆戰隊一個叫莎奇的吧。見到他的話就道個謝吧，畢竟妳還滿重的。」

聽說他是在被速射砲的至近彈炸飛摔落，等待救援時看到蕾爾赫連同「海鷗」一起摔了下來。

直到救難艇把莎奇救起，才終於有人發現他搶在「海鷗」下沉前勉強撬開駕駛艙，從中拖出了蕾爾赫的殘骸抱在懷裡。就連維克在聽到報告前，都已經做好了失去蕾爾赫的心理準備……對了，說到這個。

「忘記說了，很高興妳能回來……這我倒是能稱讚妳。」

維克像是若無其事地將視線轉向窗外，又不露聲色地補上了這一句。

在視野邊緣，蕾爾赫淺淺地微笑。

「謝殿下。」

「……是這樣的。我絕對不是想說這樣不對，或是你怎麼還活著之類的。我是真的、真的覺得很慶幸，但是……」

收容傷患的醫院裡，住院患者大房間所在的病房大樓，儘管建物本身老舊，但打掃得一塵不染。瑞圖坐在床邊的圓凳上，把游移的目光轉回來看眼前的病床，以及躺在上面坐不起來的人。

「尤德，真虧你能平安回來耶。」

「真的。」

尤德用他那若是不知內情的人來看完全不會覺得平安，滿身繃帶與石膏的慘狀點點頭。

重度跌打損傷附加多達十幾處的骨折，加上肋骨骨折帶來外傷性氣胸。即使如此，被粗略估計超過幾百噸重的八〇〇毫米砲砲身揍飛，能撿回一條命已經堪稱奇蹟了。只不過他的「破壞神」就像替他犧牲般全毀就是了。

「最糟的是肋骨左右兩邊都斷了，肺還有一邊開了洞。每次呼吸都會痛，但又不能不呼吸。都想咒罵自己為什麼活下來了。」

「啊，對喔，你講話一定很難受吧？我是不是過幾天再來比較好？」

「不，謝謝你來。有人在可以幫我轉移注意力，而你又特別聒噪。」

「總覺得你好像在偷偷損我——」

瑞圖鼓起臉頰生悶氣，不過當然不是認真的。

沉默寡言的尤德今天莫名話多，大概如同本人所說想轉移注意力吧。逃離呼吸這種一刻都不能停的動作帶來的劇痛，以及……

「我能活下來就已經很幸運了，不想抱怨。你能幫我轉移注意力，我很高興。」

也想逃離失去同袍的心痛。

尤德指揮的雷霆戰隊也傷亡慘重，戰死或失蹤者主要為各小隊的前衛(Pointman)。如同西汀的布里希嘉曼戰隊，在下次作戰之前必定會進行戰隊的解散與重組，而屆時尤德恐怕還無法重返戰線。

「……嗯。不過我想你講話還是會痛，總之我就自己講些事情給你聽吧。例如尤德昏迷時發生的事或是防衛線的戰鬥……啊！對了，原生海獸！叫什麼來著，記得是砲光種(Muscula)？等你傷都好了，再跟我說牠長什麼樣子喔！」

「……抱歉，我那時已經快沉到海底，而且昏過去了。」

「啊，這樣啊。那……諾贊隊長現在應該不行，我去問王子殿下好了。不，可是殿下好像不會講得很有趣，又好像會從別的方面講一些有趣的感想……總覺得殿下可能會說牠看起來很好吃之類的。我看還是過一陣子再問隊長好了？」

「…………」

真的。

尤德心想，與其說他聒噪，不如說講話內容天南地北，跳來跳去的。

現在——不，其實瑞圖的這種個性，總是帶來很大的幫助。

因為瑞圖不像許多八六那樣，時常散發出擺脫不掉的死亡陰影。總是一派輕鬆地聊起明天的事情。

因為他活著的態度就像今天沒死，明天當然也會活下去……對。

尤德也活下來了。

不管是在第八十六區、大規模攻勢，還是在好似登上死亡之塔的摩天貝樓據點之戰。

都活下來了。

他還活著。

既然還活著，應該可以像個活人一樣考慮自己的前途。

他想起作戰前那位破獸艦的女艦長告訴他有座燈塔看得見水平線。

她笑著說希望大家下次可以來玩，就充當誘餌消失在海浪的另一頭。

他想起辛說過，兒時看過原生海獸的骨骼標本。

聊起那個鐵面死神，原來兒時也有過對怪獸懷抱憧憬的可愛童心，那種溫馨而無關緊要的小回憶。

兒時天真不足取的夢想、在第八十六區不得不捨棄的夢想，現在都可以重拾。

「……既然這樣，我也想聽。」

「嗯？」瑞圖微微偏頭，尤德費勁地對他聳了聳肩。

「原生海獸……不，我比較想用看的。下次要親眼見識。」

下次，純粹只來觀光。

等戰爭結束後……就像那位女艦長最後希望他們做的那樣。

「附帶一提，事實上，我聽某個船員說過原生海獸有些種類味道很好。說是趁新鮮時活生生切成薄片，沾著魚醬吃。」

「……那個能吃啊……」

「哎，畢竟牠們也是生物嘛……應該吧……？」

可是會用雷射射人。

「……是生物對吧？」

「尤德你別來問我啦。」

外海的狂暴海浪聲不知不覺被工程作業車輛的噪音取代，看來「海洋之星」早已抵達港口。

原本處於待機狀態的系統突然開啟了全像視窗，在自己的「破壞神」——「神槍」裡縮成一團的可蕾娜慢吞吞地抬起頭來。

一看，芙蕾德利嘉就站在「神槍」的旁邊。

「——幹嘛？」

聽到可蕾娜沒打開座艙罩，只透過外部揚聲器回話，芙蕾德利嘉縮了縮身子。

『……沒什麼，只是處理終端下船的順序就要輪到汝了。在那之前，汝姑且吃些東西如何？整個回港的航程中，汝已經待在那裡半日了喔。不吃不喝會弄壞身子，也無法消除疲勞。所以——……』

「我不吃。」

『可是……』

「就說我不吃了……才不過半天沒吃東西，我沒嬌弱到這樣就會生病。在第八十六區哪一次不是一開打就一整天，在聯邦也不是沒有過。不這麼做就活不下來，就會死掉，這點小事早就習慣了，沒……」

似乎有人站到了光學感應器的死角，未顯示在全像視窗上的第三者突然出聲：

『借過，小不點。』

才剛說完，座艙罩就被掀了起來——有人輸入了緊急共通密碼，拉起了座艙罩的外部開啟桿。

可蕾娜反射性地瞪過去，只見一名跟她同樣身穿鐵灰色機甲戰鬥服（Panzer jacke）的八六少女站在那裡。是

跟西汀和夏娜同為布里希嘉曼戰隊小隊長的米卡。

「軍艦上的餐廳誰吃過、誰沒吃聽說都有紀錄。艦上的廚師一直在擔心，說有個八六的小姑娘沒去吃飯。」

米卡用單手把飯菜已經冷掉的托盤擺到可蕾娜眼前，她一言不發地把頭扭開。

米卡氣得豎起眉毛。

「還有，我看妳是在裝傻，船艦早已經抵達港口，重大傷患也都搬運結束，現在已經開始進行『破壞神』的卸下作業了。除了在醫療中心接受治療的一些人之外，處理終端也在準備下船了……妳懂嗎？妳在這裡抱著膝蓋鬧彆扭，會給很多人造成困擾。任務報告也是，妳的隊上兩個隊長級人員都負傷離隊，現在是萊登在擔任總隊長的代理人，但妳這個好手好腳的傢伙卻翹掉會議。」

可蕾娜看到那群熟悉的整備人員在稍遠處觀望兩人說話。

先鋒戰隊其他的「破壞神」大致上都清空了，她這才終於發現，那些人員是體貼地把「神槍」的卸下作業延到最後。

任務報告也是，就像米卡說的，辛受傷昏迷，由副長萊登代理職務，至於賽歐——則是在獲救之後立刻送進手術室。可蕾娜不在的話，隊長級人員就只剩下安琪與第四小隊長兩個人，可以想像一定忙碌不堪。

為了擺脫、逃避內疚的心情，可蕾娜瞪向對方。

少在這裡跟她講得跟真的一樣。

「……想說什麼就直說啊。才不是怕我給別人找麻煩，根本是妳看我不順眼吧——妳覺得夏娜是我害死的，這才是妳想說的吧！」

米卡猛地伸手過來，抓住她的衣襟把她拉向了自己。

「那是妳想要我這樣說吧。」

米卡從鼻尖只有毫釐之差的極近距離低頭看著可蕾娜說道。綠色虹膜中灑落著金粒的金綠種特有眼眸，因為過度激憤而反倒顯得水靜無波。

「我才不會講那種話……夏娜之所以會死，是因為她上了戰場。是因為夏娜選擇要戰鬥到底。誰要讓妳——讓妳這種人擅自當成自己的包袱啊。」

什麼罪惡感。

說穿了，不過就是用來沉浸其中，用來憐憫自己罷了……這種受到責備反而能讓自己獲得解脫的罪惡感……

她才不准。

死都不准。

「就憑妳這種只因為辛生死不明、賽歐身受重傷，只為了這點狀況就從作戰中到現在都無法戰鬥的人！……有什麼大不了的，辛還活著，賽歐也沒死啊！那不就還好嗎！我們隊上也死了夏娜。奧托也是桑娜也是哈妮也是梅呂也是，都再也回不來了！但我跟妳都還活著——哪有閒工夫

讓妳這樣抱著膝蓋當縮頭烏龜啊！」

可蕾娜金色雙眸的瞳孔收縮了。這點狀況？

那不就——還好？

可蕾娜反過來抓住對方的衣襟，激烈地爭辯般、慘叫般地大吼：

「才怪！哪裡還好了！」

賽歐也是，自己也是——自己跟其他八六都已經……

「我們就只能戰鬥。我們什麼家人或故鄉都沒有，除了戰鬥到底之外已經一無所有了。可是如果變得再也無法戰鬥——明明只能戰鬥到底，卻連這點目標都失去了的話……」

只剩下驕傲。

能維持自我的事物只剩下驕傲。

原本擁有的事物全都遭到共和國剝奪，就只剩下這麼點東西。

要是連這份驕傲都……

「到時候，我們就——……！」

她想都沒想過。

而如今，她不得不去想。情況逼迫她去正視，就擺在眼前。

正視連尊嚴都遭到剝奪是怎麼一回事。

正視即使如此還是死不了——還是得活下去的狀況。

從未想過將來也許有一天，他們再也當不了八六——賽歐也是，自己也是。

要是變成那樣……

「怎麼可能——無所謂？」

可蕾娜受不了自己這種小孩子似的軟弱語氣，把米卡用力撞開跑了出去。

米卡在抓住可蕾娜衣襟拉向自己的時候把餐盤的事情拋到了九霄雲外，回頭看是不是在不知不覺間掉到地上了，結果看到芙蕾德利嘉用兩隻小手端著。看來是她在米卡沒去留意而快要弄掉餐盤時，設法幫忙拿走了。

「……我有點講得太過分了。」

她一點都不覺得罵可蕾娜罵得太凶，也沒在反省，但關於賽歐……

——既然沒死，那不就還好嗎？

還好才怪。

無論是戰死還是失去戰鬥能力，對自己跟大家來說都差不多悲慘。說不定反而比戰死更糟。

戰鬥到底是八六的驕傲。

要是連這唯一一份驕傲、唯一能維持自我的事物都失去了的話——

……的確一想到這點，或許是會讓人一蹶不振。

米卡重新想想，覺得對可蕾娜或許也說得過分了點，同時說道：

「小不點，總之那個就給妳吃吧。」

「免了。」

可蕾娜逃也似的從米卡面前跑走，一路跑出機庫，雙腳自然而然地走向一個方向。

「海洋之星」的醫療中心。辛現在應該就在那裡。

她想聽辛的聲音，想看到他的臉。

——可蕾娜。

就像在那第八十六區令人懷念的隊舍，每當可蕾娜對白豬又氣又惱而陷入情緒低潮時，辛總是在她身邊呼喚她的名字，默默陪著她。只要辛能用那平靜穩重的聲音呼喚她……

彎過最後一個轉角，可蕾娜停住了腳步。

有人站在她想去的病房門口。那人有著銀裡透青的月白種髮色與嚴峻的銀眼、強壯的武人體魄及隨軍祭司的臂章。

「啊，神父大人——……」

如同一隻熊轉動牠的腦袋，高個子神父的視線望向她。必須抬頭仰望的龐然巨軀比萊登或已逝的戴亞、九條都還要高大。面對只有一般少女平均身高的可蕾娜，幾乎是從正上方往下俯視。

簡直就像……

——當年蔑視爸媽的屍體、姊姊與年幼的可蕾娜，譏笑他們的那些傢伙一樣。

「……啊……」

簡直是抬頭仰望。當年可蕾娜年紀尚幼，因為還小，所以幾乎所有人看起來都像巨人——那些傢伙簡直就像暴虐、殺不死、誰都無法與之抗衡的神話中的巨人。

撕裂黑夜的槍口火焰與血腥味彷彿身歷其境般重回腦海。

如惡鬼般哂笑的，銀色……

她霎時變得面無血色。

可蕾娜一轉身，當場逃走。

聽完關於賽歐和尤德等重大傷患的現況報告，蕾娜再次回到「海洋之星」走在征海艦的狹窄通道上，準備巡視探望留在船上的輕傷患者。

她一進醫療中心就險些撞上跑出來的可蕾娜，急忙躲開。蕾娜疑惑地目送她那如兔子般一溜煙逃走的背影，視線轉回前方，便看到默然佇立的老神父。

「抱歉。我的部下是不是有所冒犯……」

「……沒有。」

看到蕾娜跑過來，神父緩緩搖頭，轉頭對她說：

「想到那些孩子以前的遭遇，我不覺得被冒犯。對我的銀髮有恐懼感，或是怕我的銀眼都很正常。」

意外的一番話讓蕾娜眨了眨眼睛。

「您說……怕您？」

就蕾娜的印象，包括可蕾娜在內，八六們對白系種——他們所說的白豬似乎只有冷漠的侮蔑，而不曾有過害怕的反應。

「我倒覺得會害怕很正常。那些孩子被趕進第八十六區的時候，頂多不過是七八歲的幼童。那麼小的孩子被成年人怒罵著拖來拖去——我想他們一定很害怕，因為他們暴露在無法對抗的壓倒性暴力下，又沒有任何辦法保護自己。」

「…………」

蕾娜為自己的無知感到可恥，沉默不語。蕾娜自開戰以前就在少有白系種以外居民的第一區長大，從未目睹過八六的押解過程。她只能想像到他們是如何被押解到第八十六區，但不曾有過實際感受。

「……對啊。我的個頭也是——會讓他們感覺自己像是被大人低頭看著的幼童，而因此觸發恐懼心理。今後我得留心，不要太常低頭看那幾個孩子才行。」

「神父大人……」

「沒事，我早就習慣孩子們怕我了。誰教我長得這麼高大？……睡在裡頭的那隻長大了的拗脾氣小貓小時候剛認識我時，也怕我怕得要命呢。」

他用誇張的，一看就知道是開玩笑的動作聳了聳肩。

看到他的動作，又不禁想像到了兒時膽小的辛，蕾娜雖然有些勉強，仍回以笑容。蕾娜心懷感激，知道神父是察覺到她的慚愧才會貼心地這麼做。

話說回來……

「辛……諾贊上尉在休息嗎？已經睡著了？」

但從可蕾娜與她自己都還在到處走動就能知道，現在離就寢時間還有點早。

神父默默地讓開，蕾娜悄悄探頭往門內一看，就聽見幽幽的細微鼾聲。

還不到關燈時間，病房的燈是開著的，然而最裡面那張病床的周圍已密密地拉起了布簾……辛似乎已沉沉睡去。

「聽說他明明受傷消耗了體力，卻還跟其他總隊長討論了新型『軍團』的追擊行動。所以大概是累壞了吧。」

「…………」

身心的消耗不只是因為受傷，賽歐的事應該也對他造成了很大負擔。

即使如此，他仍強撐著身體，盡到戰隊總隊長的責任……

正因為他是這種個性，蕾娜才會來探望他……結果一如所料，他又在勉強自己了。

的——……

「軍醫剛剛才警告過他，要他盡量安分點。可以請妳明天也好好說說他嗎？」

被這麼一說，蕾娜眼睛眨了好幾下。她當然願意叮嚀辛，但這不是應該由代替父母照顧過他

「不是該由神父大人，來叮嚀他比較……」

「他這年紀已經不會乖乖聽養父母的話了。況且妳來講他應該會更有效吧。」

被神父話中有話地斜看一眼，蕾娜的臉頰染上羞紅。

……好吧，嗯。

萊登說過周遭旁人大多都知道了，因此神父會發現也很正常，這她明白，但還是很難為情。

看到她視線慌亂無主地到處飄移的模樣……神父的眼睛倏地現出笑意。

「……我在收容所目送他離去時，他連怎麼笑或怎麼哭都忘了。」

蕾娜回頭看去，只見神父的眼睛轉向旁邊的病房。她看著那半白的銀髮與月光色的眼瞳。

「而他現在又會笑了——可見妳帶來的影響一定很大。」

回到自己的房間時，和她同室的安琪還沒回來，隔壁房間的芙蕾德利嘉和對面的西汀好像也一樣。

……與西汀同室的夏娜再也不會回來了。

在門前躺著發呆的黑貓狄比注意到可蕾娜，爬了起來。牠慢步走來可蕾娜身邊，把頭在靴子上磨蹭，「喵嗚」叫了一聲。

她這才微微笑了一下。

「……我回來了。」

可蕾娜把牠的頭亂摸一通，抱牠起來。這隻貓是戴亞在第八十六區撿到的。當時還只是隻小貓，明明是戴亞撿回來的，到後來卻最黏著辛。

與「軍團」的戰鬥或每天的雜務結束，晚上可以喘口氣的時候，牠總是拿辛的身邊當成固定位置。跟書頁玩鬧打擾辛看書，卻不會被他趕走。想跟貓玩的話自然就得去辛的身邊，因此可蕾娜總是待在貓與辛的身邊。戰隊長的個人房間同時也是辦公室因此比較寬敞，不知不覺就成了大家的聚會場所。

「現在大家……幾乎都不會那樣了。」

她漫不經心地對狄比這麼說。黑貓抬起頭來，用全然異於人類的透明眼眸看著她。

機動打擊群在基地的辦公室或起居室從未變成聚會場所，而是餐廳、附設的咖啡廳或交誼廳、娛樂室變成了處理終端們的聚會處。每個地方都比以前那小小的戰隊長室更寬敞，所以能讓更多人聚在一起。

縱使每個戰隊會慢慢找到自己的固定位置，但並不是只有同個戰隊的同袍待在同一個空間。想要像當年、像小貓那樣過去撒嬌會被太多人看到，她會害羞。

再說雖然辛大多都跟可蕾娜他們一起待在儼然成了先鋒戰隊指定座位的娛樂室深處的沙發上，卻也變得經常往基地的自習室跑。

曾幾何時，萊登和安琪也是。還有好幾名同屬先鋒戰隊的處理終端也是。

「……我知道啦。我只要跟著一起去就行了。」

如果覺得寂寞，如果感到自己被排擠，只要跟去就行了。如果連僅有的驕傲都快要喪失，那就更應該立刻過去代表了戰場之外的那個房間。

辛、萊登或是安琪都沒有具體想出離開戰場後想做什麼。都還只是漠然地，開始為了將來的某種目標做準備。其實關於自己的將來，就算再晚一點決定也不要緊。這她也明白。

可是她還是會怕。

可蕾娜每次想去自習室就會嚇得裹足不前。她很怕去意識到戰場之外的未來，不願去思考。

或許不只是她，至今依然跟她一樣執著於戰場，固執地拒絕戰場之外的未來的許多八六也有著此種共通的情感。

往外踏出一步，也許腳下根本沒有地面。

未來從不曾有過保障。自己與其他人是今天就有可能死去之人。是明天可能已經喪命之人。

在絕命戰場上長年得不到像樣的支援，這種近似死心的觀念無論如何就是不肯離開他們的內心。

她無法相信——只要想得到，就能迎接幸福的明天。

「咪嗚。」黑貓叫了一聲，可蕾娜把臉埋進抱在懷裡的絨毛之中。

†

到了任務結束撤離船團國群的那天，機動打擊群的處理終端們心情仍沒有好轉。

當初受派至船團國群的作戰目標已經達成了。即使讓電磁砲艦型逃走了，但那是意料之外的狀況。所以能把它趕跑已經是大功一件，照理來講應是如此。

大海彷彿對遠去的暴風雨或戰爭風暴一無所知，海鳥今天依然悠哉地互相鳴叫，「海洋之星」在這片海上有如幽靈船般悄悄停泊。

遠遠看去像是沒受到多大損害，不過據說與船艦航行相關的機械受到了致命性損傷。船團國群在這十年來的戰亂耗盡資源，加上原本就是國力與技術水準偏低的小國，他們說已經無力修復了。

結束隱密的出海，結束最後的作戰，已經不再有必要向「軍團」隱瞞作為據點的港口位置。所以船身就這麼暴露在海上。

征海艦的「前」船員、征海艦隊的極少數倖存者及城裡的人們都像燈火熄滅了一樣。出征前的祭典喧囂像一場幻覺，就像心中的火滅了那般。

「——不知道他們會怎麼處理國名之類的問題？畢竟已經不是船團國了嘛。」

「不要這樣說啦……很惡劣耶。」

「可是啊，假如萬一……」

萬一自己與其他人也遇到同樣的狀況要怎麼辦？

這些少年兵不禁想到這個問題，無論如何就是無法當成事不關己。

過去，他們曾一度遭到剝奪。在第八十六區成立時，他們以強制收容的形式失去了自我。

既然這樣，誰也無法保證同樣的事不會再次上演。

無論是好不容易才抓住的重要事物，還是今後有可能獲得的重要事物——都不是剝奪者會關心的事，所以無法保證不會再次遭到剝奪。

誰也無法保證。

辛早在第八十六區時就經常在戰鬥中亂來，屢次負傷；因此作為副長跟他長年來往的萊登也早已習慣代理他的文書工作。

習慣是習慣了，但不同於把他們當零件因此萬事敷衍應付的第八十六區，他們在聯邦是正規軍人。每一份文書處理起來都馬虎不得。看到實務都已經由參謀們處理卻還堆積如山的移交用檢查表，萊登吃不消地看向旁邊。

「喂，賽歐，不好意思幫我個……」

結果目光對上的是似乎剛好待在那裡的安琪。

萊登克制住想咂舌的衝動，仰頭往上看。他忘了，那傢伙現在不在這裡。

在視線的前方，安琪露出微笑。

看著她雙眸中的些微陰霾，萊登覺得她在硬撐。

「我來幫你，萊登。」

「抱歉。」

「不會。」

安琪很快地伸手過來，拿走了一半檢查表。她那天藍色的雙眸把第一章瀏覽一遍後，就再也沒留下半點笑意了。

「……真的受不了。比想像中更難熬。」

自己與安琪都是，不見人影的可蕾娜也是……當然辛也是。

同袍的死在第八十六區是家常便飯，這點來到聯邦後依然不變。

撿回一命但再也無法戰鬥……就連萊登等人這次也是第一次經驗，對這種痛楚和難過肯定就跟面對同袍的死一樣，永遠無法習慣。

在視野的邊緣，他看到安琪咬著嘴唇。

葛蕾蒂等女性軍人推薦這是一種修養，更是一種樂趣，於是機動打擊群的很多年輕女生都開始化妝了。如今萊登也已經看習慣了她那塗上淡淡口紅的珍珠粉紅色的雙唇。

「是呀，曾幾何時我們都開始以為……我們五個人一個都不會少。」

可蕾娜在作戰前想都沒想過要去看海，作戰結束後卻在不知不覺間來到了海邊。

回國日期在即，海邊一個同袍都沒有。作戰結束後的隔天，一些志願的處理終端、征海艦的船員與城裡的人們都各自來到這海邊獻過花。

來到這戰死者們，以及賽歐的一隻手臂仍淹沒在某處的海濱。

「——可蕾娜。」

有人在叫她，回頭一看發現是辛。

「在最後一刻終於得到探病許可了，所以我現在要去探望賽歐……妳也是，還好嗎？」

她急忙點頭。

「呃，嗯！我已經沒事了！」

她發出了連自己都覺得不自然的開朗聲音。

辛大概也察覺出她在強裝鎮定了吧。看到他的血紅雙眸憂慮地歪扭，可蕾娜搶在他之前繼續說：

「那個，可以幫我跟他說聲對不起嗎？……我那時候完全沒幫上忙。」

那時她變得動彈不得，扣不了扳機。無論是在對付高機動型(Phoenix)，還是緊接著來臨的電磁砲艦型的時候。

明明自己的職責與存在意義就是成為同袍的力量。

「要是我那時候能振作一點，賽歐就……」

「可蕾娜。」

平靜的聲調打斷了她。

一看，辛露出了隱約忍受痛楚的神情。

「那不是妳的錯。也不是任何人的錯。」

——夏娜之所以會死，是因為夏娜上了戰場。

嗯。

「……嗯。可是，我沒好好盡到責任也是事實。」

都怪自己沒完成職責，賽歐才會……夏娜才會……——辛也是。

要是自己能振作一點，情況應該不會是現在這樣。應該不會。

因為……如果跟那無關的話……

那就表示自己救不了任何人——什麼都辦不到，那……

她不要那樣。想到這裡，自己的思維令她渾身發冷。如果自己無能為力，如果在戰鬥中派不上用場……

一旦自己變成那樣，她就——再也無法陪在眼前的他身邊了。

「下次，我會振作點的。我會好好戰鬥，不會再失敗了，所以……」

「——可蕾娜。」

「不要拋下我。」

在船團國群的國軍醫院，辛走在陽光隔著窗簾畫出淡淡條紋的木片拼花走廊上，腦中始終無法忘記可蕾娜的話語與表情。

——要是我那時候能振作一點，賽歐就……

——我沒好好盡到責任也是事實。

用那種強裝鎮定、泫然欲泣，像是小孩被人拋棄般的神情。

辛自己也不是沒想過，假如自己與高機動型交戰時沒有墜樓，情況是否會有所不同。

況且如果要追究「責任」，那得由身為戰隊長的自己來承擔才行。蕾娜或以實瑪利大概會說那是他們的責任，是他們的失策，但辛無法苟同。

然而感性吶喊著那是自己的「罪責」的同時，理性卻也明白並非如此。

無論自己有沒有墜海，恐怕結果都不會改變。就算是「送葬者」也一樣對電磁砲艦型束手無策。頂多只能少花點時間抓出控制中樞的位置，還是需要由「海洋之星」接近並一齊發射主砲才能擊沉它。因此磁軌砲勢必得排除，換言之，甲板上的戰鬥無可避免。

更重要的是就連辛也沒料到電磁砲艦型最後的射擊，竟然用流體金屬重建了砲身。為了讓敵

機無法攻擊到「海洋之星」，還是得由某人擋在砲線上。

只不過是可能由自己來代替那個位子罷了。認為換成自己就能夠顛覆戰況——是一種自大與傲慢。

辛來到別人告訴他的病房門口，看到有人倚著目前關著的房門等候。在海風中褪色的金髮與船團國群的碧藍軍服。是以實瑪利。

「嗨。」

以實瑪利對辛舉起一手，辛以眼神致意。以實瑪利用視線指出背後的門。

「包括小子在內，機動打擊群的傷患在傷勢痊癒到能運送的程度之前，由船團國群負責照顧……我跟他雖然不是兄弟，但我有經驗，可以聽他訴訴苦。」

「好的……拜託你了。」

辛誠懇地低頭致謝。可以感覺到以實瑪利深深點了個頭。

等碧藍軍服的背影消失在走廊的另一頭後，辛打開了病房的門。

海風從開了條縫的窗戶吹進單人房，賽歐坐在床邊往外看。

可能是聽到開門的摩擦聲了，他把眼睛轉了過來。有些茫然若失的翡翠雙眸聚焦在辛身上後，眨了眨眼。

「辛……你已經可以外出走動了？」

「應該是我來問你傷勢恢復得怎麼樣了吧……我沒事，最起碼已經恢復到能走動了。」

「是喔，那就好。」

賽歐自己明明還是不准出院的重大傷患，卻放鬆肩膀呼一口氣。

他似乎看出了辛想反問「你呢？」卻又問不出口的心情，若無其事地接著說：

「我這邊聽說也還好，不用擔心感染症之類的問題。」

茫然若失而帶點虛無的翡翠雙眸透出無所關注、毫無感慨的眼神。

「說是斷口還滿平整的，所以癒合得很順利，已經沒那麼痛了。只是該怎麼說呢？感覺很怪。坐著的時候也是，試著站站看會更難取得平衡感。明明……」

他用目光指出包著繃帶，從手肘與手腕中間斷開消失的左臂，虛脫般地苦笑。

「只是少掉了前面一點，竟然就這樣。」

「…………」

「聽說手臂其實是很重的。只不過是因為平常都接在身上所以沒去注意，但怎麼說還是幾十公斤重的人體的一部分，所以是很有重量的。」

翡翠雙眸就這麼注視著失落的左手原有的位置。

「很久以前，在我還沒在第八十六區遇見辛之前，我一個戰隊的同袍被炸飛了一隻手，是我去撿回來的。既然實際撿過，我應該很清楚……卻忘記了。」

忘記了視為理所當然、應該存在的重量。

也或者其實，是忘記了隨時都有可能失去的虛幻易逝。

手──戰鬥到底的驕傲不過就是如此。

「……那個同袍啊，就那樣死掉了。無法再上戰場的人不准接受治療，所以流血不止，就那樣死掉了。」

第八十六區的醫療，不過就是提供給非人八六的這點應付性措施罷了。

接受治療後能夠立刻重返戰線的傷勢會得到醫護，但無法重返戰線，或是需要暫時靜養的傷勢，縱然是接受適當治療後可能撿回一命的傷勢也會被放著等死。因為共和國不樂意把飼料浪費在無法戰鬥的家畜身上。

「我再也無法戰鬥了。」

賽歐注視著跟那個死在第八十六區、辛所不認識的戰友相同的傷口，如此說道。

在第八十六區確定會被放著等死的傷勢。

看著在第八十六區之外，理所當然地能接受治療的傷勢。

「可是，我不用等死。就像這樣，我得到了幫助，也不會有人叫我自己想辦法……感覺到了現在，我才終於實際感受到──這裡真的不是第八十六區，我是真的走出了那個戰場。」

走出從軍五年後必定得死，無論如何期望都沒有未來可言，他們注定迎接的葬身之地。

走出別人規定服完兵役之後必定得死，而他們八六也就死心接受了的命運。

「再來只要我不讓自己受困其中就行了。」

只要放手──拋開以前認為是他們命中注定，放在心裡的傷痛就好。

「……我沒事，因為我還活著。我活下來了，所以我一定會找到幸福。否則我就沒臉見到隊長，以及先走一步的那些傢伙了。」

「那樣——」

「我明白，那樣就變成詛咒了。可是，因為我現在也只能依賴這一件事了。」

戰鬥到自己死前的最後一刻是八六的驕傲。是唯一的自我認同。

然而如今，他已失去了這份驕傲，以及僅有的自我認同。

「雖然如果被它束縛就真的成了詛咒，但在像你一樣找到了某人，或某種事物之前，這應該就跟『許願』沒兩樣吧。這點小事隊長應該不會跟我計較……況且，隊長遇到現在這種狀況應該會祝我獲得幸福才對。」

「——賽歐。」

辛忍不住開口了。

他或許應該保持沉默聽賽歐說……但實在是聽不下去了。

「你不用硬撐……不要假裝自己很好。」

被他這樣說，賽歐哭笑不得地彎起雙眸。

雖然他知道，辛就是「為此」而來的。

「嗯。可是還是讓我耍耍帥吧。至今我已經依賴你太久了，別再讓我……」

繼續依賴你。

不要縱容我依賴你。

「……對不起。一直以來，讓你背負這麼沉重的包袱。還把你叫做我們的死神。」

把共同奮戰的全體戰友，那些先走一步的人的名字與心靈扛在身上，帶往自己的生命終點。

那對賽歐和一路與辛共同奮戰的所有人而言都是不可多得的救贖；但那對於被他們所有人仰賴依靠的辛來說……究竟會是多大的重擔？

「對不起。對於至今的一切——我真的很抱歉。」

辛反射性地想否認，卻又改變了想法，閉口不語。

他本來想說：「那沒什麼。」

但根本不可能沒什麼。

「也是……的確很沉重。其實從一開始到現在都很沉重。」

受到他們依靠——他們託付給辛的心意很沉重。

「因為很沉重，所以我後來覺得不能輕易送命，把這一切撇下不管。正因為被這麼多人依靠，我才能撐下去……我也一樣，受到了你們的支撐。只要想到我好歹也能為大家做一點事，心裡就輕鬆多了。」

受人依靠成了一種支撐。

辛認為自己成為他人的救贖，這件事也救了自己。

這份關係不可能無足輕重。所有人都很沉重——是因為他們都很重要。

「…………這樣啊。」

賽歐像是細細玩味這個答案般沉思片刻，然後點了頭。一次又一次——深深地。

「這樣啊。原來我們那樣做也幫上了你的忙。那麼……」

賽歐抬起頭來了。他那翠綠眼瞳依然像是缺乏依靠，徬徨無助，但也變得稍微爽快、明朗了一些。

「……你現在已經不需要我陪了吧？」

「不能說不需要，但是還好，我可以的。」

「我也是，現在還可以……雖然只有一點點，但其實我也鬆了口氣。因為不用把我們的驕傲變成一種詛咒。」

不用把戰鬥到生命最後一刻的驕傲，變成只能選擇戰鬥到迎接死亡未來的詛咒。

不用把隊長的祝福當成詛咒看待，迎接戰場捐軀的死法。

「總之，我會努力看看的……好讓我有一天真的覺得不行時，能開口向你求助。」

不再像以往那樣單方面地一味依賴，下次會是對等的關係。

「因為我希望在那之前，我也能夠在你遇到困境時主動開口，成為你的依靠。」

走出國軍醫院，辛明明知道自己身為總隊長必須指揮隊員做回國準備，一回神卻發現自己來

到了基地大廳，站在原生海獸安閒游弋的骨骼標本前面。

兒時初次看到的那一天，覺得它簡直就像童話故事裡的巨龍骷髏，後來過了十年以上的歲月，如今再次仰望，仍然覺得這巨大的白骨有如一頭巨龍。

就連如今知道，它比起那大海中的霸王實在小如嬰兒，這種想法依然不變。

——沒有我陪，你也可以吧？

「……很難說。」

他在賽歐面前說自己沒問題，不過坦白講，他沒有自信。

他無法對賽歐講出那種喪氣話所以沒說，但他其實沒有自信。

因為他切身體會到了。

自己無能為力。

對於賽歐最後面臨的結局，戰鬥到底被迫面臨的喪失，辛什麼忙都幫不上。連能對他說什麼都不知道。

自己給不了任何幫助。

自己沒有能夠顛覆狀況的力量。

現在是如此——向來都是如此。

俯視他的巨龍白骨理所當然地保持沉默。他不禁嘆了口氣，轉身想回去，看到蕾娜就站在那裡。

辛不免吃了一驚，眨了眨眼。

「……妳怎麼來了？」

「還問我呢……辛你一直都沒回來，我覺得擔心於是過來看看。」

蕾娜苦笑著走過來，同樣帶著強裝開朗的表情。

蕾娜與賽歐的交情並不淺。豈止如此，她與賽歐的衝突還造就了日後那段只有聲音，但雙方確實有了某些契合的幾個月，因此帶來那份緣分的他脫隊，肯定也讓蕾娜相當不好受。

「賽歐他怎麼樣了……」

「假裝自己沒事……說他很好，不希望我縱容他。」

辛去見他的其中一個目的是想讓他拿自己出氣，對他發洩理不出頭緒，靠自己扛不下來的情緒，然而——他卻叫辛不要讓他這麼做。

「這樣啊……」

蕾娜站到與辛並肩的位置。白銀的雙眸隨著辛的視線仰望白骨標本。

「真的……很難熬呢。」

這話沒有明示出對象。對兩邊都適用。

無論是對賽歐不幸背負的喪失，或是辛幫不上忙的無力感。

「——是啊。」

可能因為身旁有了個比自己更低的體溫的關係，辛終於能坦率地點頭了。

一點了頭，就忍不下去了。

「我本來以為我有幫上他們的忙。」

被他們稱為我們的死神，受到他們的仰慕……

「我本來以為我至少有守住他們的內心。可是，一旦發生了這次這種狀況，我又幫不上忙了。連一句能對他說的話都想不到。我究竟該為那傢伙做些什麼才好……」

怎麼想都想不到。

「……對不起。越講越像是窩囊的喪氣話。」

「不會……我就是為此而來的。」

蕾娜抬起頭，直勾勾地望著回望她的血紅眼眸，那雙略顯脆弱搖曳的眼眸。好用沉默表示肯定，告訴他這樣沒什麼不好。

辛自己應該也明白，他無法拯救每一個人，無法背負每一份責任。賽歐的選擇與結果都只屬於賽歐一個人。誰都無法代替他承擔，也不該認為自己可以。

辛一定也明白這個道理。即使如此，辛希望這種事情不要發生，對於發生這種事情而感到哀痛的心情也沒有錯。

將心比心地感受對方的痛苦，由於無能為力而受到打擊——也是因為賽歐對辛而言是很重要的人，這種心情絕不可能是個錯誤。

所以他因而表露出的情感一點也不窩囊。

「你可以依賴我。如果你覺得難受，可以依靠我。如果哀傷到無法獨自背負，請讓我為你分擔。我會支持你，會與你一起背負。當你難受、哀傷到撐不下去的時候，我會——守護你的。」

辛是個溫柔的人。是能夠為了他人的不幸哀傷的人。可是——他會因溫柔而過分磨損自我，損耗到最後承受不住，也許會因此崩潰。

「辛。今後你覺得難受的時候，我會陪著你。我一定會陪著你。」

絕不會拋下你離去。

我不會讓你傷心。只有我，絕不會成為你的傷痛。

「我也——喜歡你。」

「我想和你一起活著。想再和你一起看海，欣賞你說想帶我去看的海。」

去看那據說靜謐蘊含著藍光的——北方的無情大海。

去看那據說有眩目光芒飛降的——南方的夏天海洋。

去看革命祭的煙火。去看蕾娜還沒經驗過的聯邦的秋冬。欣賞聯合王國邀他們去看的極光。去看盟約同盟極力推薦的絕景。去看「軍團」支配區域另一頭的，她還沒見過的異國城市。去看在第八十六區，必然再次綻放的百花。

去看在戰場的另一頭，你說想帶我去看，希望能與我一起欣賞的事物。

「我想與你一同欣賞前所未見的事物。想看到你看著那些事物露出的笑容。想與你分享心情，同甘共苦。如果可以——希望永遠如此。」

包括你現在背負的痛楚，以及你依然藏在心底的脖子傷疤的由來。總有一天。

蕾娜用雙手撫觸般滑過他頸上的傷痕，踮起腳尖與他嘴唇相疊。

即使阻擋他人視線般藏在衣襟裡的傷痕被觸及，辛卻沒有拒絕。反而像是觸碰一件易碎物品般將手臂繞到她的肩膀與腰際，將她輕擁入懷。

緊咬到破裂的嘴唇嚐起來有鮮血的淡淡氣味與滋味。

她覺得那是眼淚的滋味。

是不在我面前流下，也不在任何人面前流下的眼淚滋味。

彷彿拭淚般，她再次吻了他。

據說在神的面前接吻代表誓言，王的親吻會引發奇蹟。

在統領戰場的死神面前接吻，作為誓言。

由鮮血女王獻吻，引發奇蹟。

「我們走吧，我們一起跨越這場戰爭。只要一息尚存，就要繼續求生，直到生命的最後一刻——讓我們並肩奮戰到底吧。」

直到死亡將我們分開？

我不期盼那種附有期限的幸福。在這死亡如路邊碎石般俯拾即是的戰場，那樣柔弱的心願瞬息之後便會支離破碎。

縱然是死亡，也休想拆散我們。

「我一定會等你回來，絕不會拋下你離去。」

這種心願在這絕命戰場之中，除非奇蹟發生否則無法保證一定能實現，而既然要求雙方履行約定，這就成了誓言。

「所以你一定要回到我的身邊。」

今後無論有著何種戰禍等著我們，你都必須死裡逃生。

「一定要——平安回來。」

# 間章　黑桃國王與紅心皇后漫長無益的爭執

『——你為何會在這裡，蛇？下一場作戰不是已經開始了嗎？』

「見面就講這個啊，瑟琳。」

聽到被放回聯邦研究所貨櫃裡的瑟琳疑惑地說，維克聳了聳肩。

他不作答，只是如個性惡劣的蛇般冷笑。

「妳差不多也該在諾贊面前變回這種說話方式了吧？這才是妳作為『軍團』的本性。幾天前甚至還在他面前發笑——那傢伙到現在都沒想到，那種行為對現在的妳而言是多不自然的沉重負荷。」

『——』

「軍團」終究是為殺戮而生的戰鬥機械。

戰鬥機械並不需要人的語彙與情感。雖說身為「牧羊人」的瑟琳記得那些東西，但「軍團」並不具備重現那些反應的功能。

閒聊這種行為其實是——能燒燬流體奈米機械腦部的沉重負荷。

即使如此，她還是不願意用對現在的自己而言比較自然的機械語言與舉止與辛接觸。

辛明知瑟琳是「軍團」，仍願意試著將她當成人類。她不願用「軍團」的舉止與這樣的辛相處，那樣會證明自己終究只是個殺戮機械。

因為這項事實會嚴重傷害到那個溫柔的孩子。

『——來意為何？』

維克聳肩，不再追問下去。

「妳告訴過我們，第二次大規模攻勢將由電磁加速砲型（Morpho）的四號機打頭陣。我們在船團國群遇上了符合妳敘述的機種——配備磁軌砲的海戰專用機。屬於戰艦或是兩棲突擊艦型。」

瑟琳一時之間沉默了。儘管一如她的推測，「軍團」製造了量產型電磁加速砲，但……

戰艦？而且是——在船團國群？

『不明。不屬於本機的管轄範圍——總部及新型實驗機的製造只有該戰域指揮官機掌握詳情。』

「可想而知。為了保守機密，不是自己負責的情報本來就無權知道。」

『不只如此——難以理解。』

「……是啊。」

在低階外部攝影機的粗糙影像中，維克的帝王紫雙眸暗沉地發光。

「我想確認的問題是那艘戰艦型的控制系統除了既有的『牧羊人』，還追加了別人的腦部構造作為外部資料庫——即使是妳提過的『軍團』改良型，也還是很不自然。照理來說，應該只要

把原本的『牧羊人』換成新的就行了。」

身為戰鬥機械的「軍團」就連中樞處理系統也是零件之一。不可能無法替換。

「再加上高機動型。記得妳說過，那是人工智慧研究中的一部分。還說——我們給它取了個有趣的名字。」

Phoenix——於瀕死之際主動跳入火中，復活的不死鳳凰。

「『不死』才是高機動型的真本事——它是『人工智慧永生化』的研究實驗。從能夠無限量產替換的『軍團』中，將唯一無法量產的『它』們改良成不死之身。換言之，它是『牧羊人永生化』的原案。」

而它們之所以尋求永生化，而非「牧羊人」的「替換」……

之所以只是連接另外獲得的大腦，而不與現有的「牧羊人」做替換，是因為……

「現在的這些『牧羊人』開始執著於維持自我人格與存在——如果讓我反常地講得詩意一些，就是執著於自己的生命對吧？就好像……」

宛如怕死的人類。如同「牧羊人」生前那樣——如同脆弱易逝的人類。

「——『牧羊人』的強化，加上高機動型的量產與電磁砲艦型的投入。整體來說全顯得不自然。」

這是接到機動打擊群的報告後，聯邦軍方將官們的共同感想。

做了這段發言的理查少將、維蘭參謀長和回到聯邦統籌三地同時作戰的葛蕾蒂都各自點頭。地點在西方方面軍聯合司令部，參謀長的辦公室。

「用高機動型到處狩獵大將首級也就算了，竟然當成步兵配置在兩棲突擊艦上？沒有人這樣運用的。用近距獵兵型（Grauwolf）就夠了——不如說近距獵兵型還比較有用。」

就理查來看，高機動型一味追求速度而廢除了重裝甲與火砲是致命性的失敗。現代火砲的射程長達幾十甚至是近百公里。只具備近距離武裝的高機動型必須先在單方面暴露在槍林彈雨的狀態下穿越幾十公里的死亡行軍，才有反擊的機會。不管是稍快的腳程還是光學迷彩，碰上殺傷範圍廣大的榴彈都完全不具意義。

就算真的接近了，機動打擊群與他們的女王早就做好了近乎完善的對策，更何況它連對付同樣著重於近身戰的有人機「送葬者」都已經吃了幾次敗仗。

高機動型根本沒做出值得量產的成果。然而它們卻……

「真要說的話，我覺得電磁砲艦型本身就不對勁。聯邦北部戰線不靠海，原本預定投入該機體的戰線應該是船團國群或聯合王國吧。前者並不是在能夠活用奇襲優勢的初次運用時該對付的目標。因為只要用既有戰力圍困他們，讓他們彈盡援絕就行了。」

葛蕾蒂把手肘支在沙發扶手上托著臉頰，輕輕揮了揮另一隻手回答。即使談的是她不喜歡的冷酷內容，但身為上校必須理解冷酷在一些場合的必要性，才能擔當大任。

「聯合王國也是，該國北部的氣候太過寒冷，居民只有少數，再加上地形又是無從登陸的斷崖絕壁。換言之，敵軍投入電磁砲艦型的戰域全都沒有需要電磁砲艦型的戰場。」

「話雖如此，它仍是不可忽視的戰力，這點更帶有一種佯攻戰術的味道。我們應該認為背後另有陰謀。只是即使如此，我們還是得設法應對這種顯而易見的陷阱，實在教人氣不過。」

維蘭參謀長接著說，一如自己的發言般罕見地顯得氣惱——他這個人從不樂意讓人看穿他的內心，只會在老交情的理查或葛蕾蒂面前露出這種表情。

「我想『軍團』真正的目的應該是在摩天貝樓據點上。那個據點才是真的沒必要蓋在海上。無論是生產設施還是指揮據點，想設置據點的話蓋在陸地上就夠了。如同維克特殿下指出的問題，那樣是浪費資源。正因為如此——」

「可以斷定『軍團』有它們『非得將據點設置於海上的理由』是吧……妳認為會是什麼理由呢，葛蕾蒂？」

「只能說線索太少無從推測，參謀長閣下。只是……這樣說吧。我覺得它們是把重點放在不讓人找到據點。它們在陸地上的支配區域全都有夠多的警戒與探索目光盯著。但以往沒有海戰型而不曾成為戰場的海洋則不在此限。」

「嗯……」理查用鼻子哼了一聲……有點道理。派赴前由聖教國提供的追加情報——明顯不自然的敵機出現及其動靜或許也是出於同一個目的？

為了在時機成熟前，讓人類的目光注意不到某個東西——例如建造的設施及其用途。

「維蘭。能從『女武神』的任務記錄器重現摩天貝樓據點的細部構造且進行分析嗎？」

「在進行了，只是影像資料不足，無法完全重建。再加上電磁砲艦型親手破壞了該據點，想追加進行調查也沒辦法……只是，我認為電磁砲艦型特地破壞掉自己的據點，似乎也證明了該據點正是主要目的。」

「所以在下次作戰中，就要試著奪取推測保管在它們總部的情報對吧？甚至還終於下定了決心，將原先避開不用的舊貴族階級私兵收編為義勇部隊。」

過去的大貴族在帝國時期利用自己的家族與屬下獨占軍力，到了聯邦仍在軍方高層維持其權勢；至於資產階級則是在革命後得到從軍權利，步步擴大軍方整體當中的人數與勢力比例。「雙方」各自的盤算使大貴族以私有地警衛為由保有的私人軍隊至今未曾被聯邦軍收編。即使長達十一年以上的戰爭造成了無以計數的戰死人數。

這種私兵組織的投入，正顯示聯邦軍終於開始失去從容了。

儘管還沒動用到大貴族們真正保留實力的聯邦正規軍隊內部的精銳部隊。

「醜話說在前頭，義勇部隊的評價可不好喔……說貴族們一向只注重權力鬥爭而不顧平民小兵的死活，現在一嗅到戰功的氣味就把手下丟進來了。」

葛蕾蒂帶刺地說，但身為貴族之一的維蘭毫不動搖。

「是資產階級不願讓『那些』貴族進一步增強在軍隊中的影響力，長久以來拒絕接納我們的私兵入伍，現在這樣死不認帳我也很無奈。」

畢竟拖延著不讓私兵應召入伍的最大理由本來就是要讓那些小兵跟「軍團」兩敗俱傷，等著資產階級人數減少而導致勢力衰退。

理查冷靜透徹地心想，不過倒不至於說出口。

貴族們的目的正是蓄意坐視「軍團」戰爭中多為資產階級的戰死者人數擴大，待戰爭結束後再把完好無損的私兵提供給戰力不足的聯邦軍，藉此重新由舊貴族掌控軍方整體。這才是貴族們的目的——以備因應戰後才會真正愈演愈烈的貴族間的鬥爭。

帝國末期的宮廷也不例外，分成了幾個派系，其中揭櫫扶持皇室理念的皇室派如今因皇室滅亡而成了烏合之眾。然而代替弱化的皇室，企圖由自己成就新皇朝的派系卻並非如此。他們繼續維持著自己的權勢，準備伺機顛覆現有政權。

「況且布蘭羅特大公——新皇朝派的女僭主事實上本來就不顧死老百姓的傷亡，大概也是這樣才會把那個……好像叫做蟻獅？的聯隊交給我們。」

他說的是與機動打擊群之中的一隊一同派往聖教國的部隊。蟻獅——獅頭蟻身的「不純獸類」。無論如何拚命獵捕獵物都無法自己吞食，終將餓死的可悲野獸。

……真是可憐。

「——真的，你們大貴族就連帝國滅亡了，都還是不肯改改傳統的惡劣關係呢。」

理查諷刺地、略帶黯淡心情瞇起單眼所做的思維被葛蕾蒂的聲音打斷。

「自帝國創建以來的傳統，夜黑種與焰紅種的不和與對立……聖教國的敵機據推測可能是修復後的電磁砲艦型，不然至少也是相關的新型。關於這架敵機，我想我方投入那種實驗兵器的第一目標應該是加以破壞，而不是奪取情報。你們不打算將重要情報交給蟻獅聯隊——焰紅種的勢力，對吧？」

理查無言地聳肩。的確就某種意味來說，葛蕾蒂說的沒錯。

電磁砲艦型提供不了他們什麼情報，這點已經向辛確認過了。宿於該機體內的「牧羊人」不是帝國軍人，沒有他們「真正想要的情報」。

只是……

「要說企圖，他們焰紅種也一樣。畢竟第一機甲群有諾贊上尉在。他是臨時大總統恩斯特·齊瑪曼的監護對象，更重要的是屬於『諾贊』家族。」

恩斯特成為大總統是因為指導革命而獲得公民的支持，但革命成功並非他一人的力量。他是黑珀種，換言之就是黑系種的附屬種——也就是臣民。在他的背後有著聽從領袖判斷而刻意支持民主化的——理查出身的亞納家及維蘭的埃倫弗里德家等夜黑種派系當靠山。

始終想由自己登上王位的布蘭羅特大公家與其麾下的焰紅種們，戰後勢必與夜黑種的最大派系爆發衝突。而夜黑種的領袖——正是諾贊家。

帝國的魔劍，漆黑的驍騎。阿德爾艾德勒皇室的守護者——也是征滅者的後裔。

「布蘭羅特的狐狸精與新皇朝派才是真正不想讓他們成功討伐『軍團』最大兵種，奪取戰功——不願讓平民百姓繼續將他與八六視為英雄的人。」

# 第二章　灰姑娘的戰場

如雪的灰塵紛然飄落。

在諾伊勒納爾莎聖教國管制官有些近似禱詞，帶有獨特抑揚頓挫的廣播聲迴盪的臨時機庫中，辛邊戴手套邊走著。

「女武神」在機庫裡一字排開，這些是辛指揮的第一大隊——在這場作戰中稱為挺進大隊的部隊機體。機體比起大隊成立時少了一些，另有「貓頭龍」與「阿爾科諾斯特」各一架加入隊伍以彌補空缺。

笑臉狐狸的個人標誌早已不在隊伍裡的任何一處。

……賽歐。

辛無意間想到他現在是否已被轉院至聯邦醫院，隨即輕微地搖了頭。作戰即將開始，現在不是分心的時候。

聖教國的軍事設施有一項特徵，就是建造成完全隔離室外空氣的構造。辛目前所在的這個臨時機庫，也以外牆與透明建材製成的捲門完全密閉以隔絕外界，室外空氣經由過濾器提供。可能是因為這樣吧，機庫明明位於戰場，其中卻沒有滿滿的灰塵或金屬燒燙的氣味，清淨的空氣讓人聯想到宗教設施。微亮的珍珠色建材地板、牆壁與天花板，同樣缺乏軍事設施特有的印象。

其中彷彿自空間浮現的不祥暗影，一個色彩昏暗的巨影映入了眼簾。

在「女武神」隊伍的後方，那個巨影莊嚴地佇立於機庫的黑暗中。龐然巨軀幾乎要迫近高聳的天花板，特有的砲銅色烤漆宛如世間萬物全都沉沉睡去的夜晚天空。

「狂怒戎兵（Armée furieuse）」。

「——來確認作戰內容吧，芙拉蒂蕾娜・米利傑上校。」

諾伊勒納爾莎聖教國第三機甲軍團西迦・圖拉的指揮所，看在習慣了聯邦軍粗莽司令部的蕾娜眼裡，簡直像是異教的至聖所。

蛋白石色的玻璃天花板上，葉脈狀銀框縱橫遍布橢圓形的天蓋。磨亮如鏡的地板與牆壁呈現白金中藏著彩虹的珍珠色。再加上在玻璃半球體內部浮現影像、形狀獨特的全像式顯示器；以光線將文字投影至空中的觸控螢幕型控制臺；同樣採用珍珠色的軍服當中，覆蓋整個頭部的帽兜給人隱修士般印象；整體看來一如神域般潔淨。

投影於指揮所正面的半球體全像式顯示器的作戰圖上，北方「軍團」支配區域中的一點，配合著第三機甲軍團軍團長的發言一明一滅。

「目標為排除空白地帶內部，將勢力擴張至前線七十公里處的新型『軍團』攻性工廠型（緊捺・庫庫）。參

加戰力包括我等第三軍團西迦．圖拉與第二軍團羿．塔法卡，以及本次自聯邦派遣而來，由機動打擊群第一機甲群與義勇聯隊蟻獅組成的兩個聯隊——聯邦派遣旅團。」

聲調纖細而玄妙的嗓音宛如無數玻璃薄片閃爍著光彩喁喁私語。彷彿搖響無數細微的金鈴，又如水琴窟在雨中歌唱的回音。

蕾娜不禁有些困惑地回看對方……派赴聖教國都已過了將近半個月，她還是不習慣跟這位軍團長閣下相處。

在視線的前方——有著陽光般金色頭髮與眼睛，嬌小纖弱的少女輕聲一笑。

「極西諸國軍的各位將領應該已經習慣了，不過現在回想起來，每位人士初次見到我的時候，也都是驚訝得目瞪口呆。好久沒嚇別人一跳了，感覺真是既新鮮又開心。」

赫玫璐娜德．雷羯聖二將。

聽說這位少女正是蕾娜等聯邦派遣旅團將協同作戰的——聖教國軍第三機甲軍團的軍團長。對，是軍團長。

儘管每個國家有所不同，軍團基本上都是由多個師團十萬餘名人員組成的龐大兵力。小於師團的旅團與聯隊由二十幾歲的葛蕾蒂及十幾歲的蕾娜率領都已經是戰時特例了，這裡竟然由十五歲上下的少女擔任軍團長。這已經不是特例而是異常了。

的確，雖然不比在祖國曾擔任方面軍——大約由多個「軍團」組成——指揮官的維克，但聯合王國實行由國王獨領統帥權的君主專制政體，而他是該國的王子。國王之子代行國王的統帥權合情合理。

「失禮了，雷羯二將。雖然事前已經聽說，這在聖教國並非特殊的情況……」

「還請叫我赫璐娜就好。上校的年紀正好就像是我的姊姊。若您能把我當成妹妹，我會很高興的。」

面對仍難掩困惑的蕾娜，赫璐娜的笑聲高雅而輕快。春日淡弱陽光般的金髮有著細微的波浪起伏。金色眼眸宛若白亮、甘美地熔化墜落的落日。水鳥般纖瘦的肩膀與苗條的肢體包在金線刺繡的白衣裡，指揮杖高過她嬌小的個頭，成串的玻璃細管鈴鐺隨身體動作噹啷作響。

她維持著楚楚可憐的微笑，用一種理應如此的語氣天真無邪地說道：

「既然人天性喜好『放蕩』，水習於往低處流，異國人民不願遵從我等諾伊勒聖教的嚴格教規自是不可強求。更何況早在三百年前，我們就已經了解共和國的人民寧可謳歌放蕩的自由而不願獻身於地之姬神安排的天命，無法理解我等教規實屬自然，您無須放在心上。」

「…………」

出發前，葛蕾蒂告訴過她。

蕾娜回想起她事前提醒過自己聖教國對事物的看法與國外不同，內心暗自嘆氣。她在與赫璐娜或聖教國幕僚談話時，屢屢體會到這種價值觀的隔閡。

以聖教國為中心，在極西諸國擁有廣大信眾的諾伊勒聖教，將地神與祂司掌的命運信奉為最高準則。每個人都被賦予了該盡的職責與該遵從的命運，因此所有靈魂都會誕生在肩負其天賦職

責的家族中。據說在規定諾伊勒聖教為國教，視教義在國法之上並嚴格遵守的聖教國，至今在職業選擇與婚姻等方面仍然重視門第，沒有選擇的自由。

沉默佇立於一旁的聖教國軍年輕參謀官維持著面朝前方的姿勢乾咳了一聲。赫璐娜遭到規勸，細瘦的肩膀抖動了一下。

「啊……對不起。我說了一些失禮的話，對吧？」

她的金色雙眸頓時變得不知所措，像挨罵的小貓般抬頭看著蕾娜——沒錯，赫璐娜說到底並沒有惡意。只是根本性的觀點跟蕾娜有些許不同罷了。

而聖教國使用的語言明明與共和國或聯邦都不同，赫璐娜卻配合蕾娜以及八六們，從一開始派遣入國時就用聯邦語跟他們交談。流暢到有時會讓蕾娜忘了這件事。

「不會，請別放在心上……還有，赫璐娜，也請妳叫我蕾娜就好。」

赫璐娜頓時容光煥發——看到這種地方，就會覺得她果然是個比蕾娜小三歲的年幼少女。

「謝謝妳，蕾娜姊姊！」

參謀官再度乾咳了一聲。赫璐娜這次露出促狹的表情，誇張地聳了聳肩。

看到參謀官儘管始終面朝前方，淡金色雙眸中卻有著愛護妹妹的溫柔親情，以及彷彿愛戴皇女般的深深尊崇，蕾娜覺得很溫馨。這個小小軍團長閣下一定很受到她的部下敬愛。

「那麼，赫璐娜——順便想請教妳一件事，你們是如何捕捉到遠在前線七十公里外的攻性工廠型呢？」

「是預測官的『神諭』捕捉到的。」

看到蕾娜疑惑的表情，參謀補充道：

「我們向來如此稱呼陽金種的異能，上校閣下。或許可以形容成——能切身感應到對自身與同胞之威脅的能力吧。雖然無法像焰紅種的千里眼或青玉種的預知那樣掌握到威脅的具體內容，相對地可偵測的距離極遠。憑著當代神諭官們的能力，感應範圍可擴及極西友邦的全體戰線。」

「一般評論認為這十一年來，聖教國與極西諸國之所以能勉強維持國家形態，原因之一就在於這種神諭能力。在聖教國尚未建立的太古時代，據說甚至有人擁有擴及半徑數十萬公里的超廣感應範圍呢。」

或許就類似辛的感應範圍遍及共和國與聯邦西部戰線全域的異能吧……不過數十萬公里應該是言過其實了。

赫璐娜接著說：

「如同參謀所言，神諭無法掌握威脅的具體內容。為了做確認，我們讓偵察兵深入『軍團』支配區域的結果——終於發現了那頭巨獸，攻性工廠型。」

「根據聖教國的事前觀測，攻性工廠型（Halcyon）應該是從自動工廠型改良而成的了——承襲了自動工廠型時速僅有幾公里的緩慢腳程，算是不幸中的大幸吧。」

不同於共和國與聯邦、聯合王國與盟約同盟之間的官方語言只有方言程度的差異，以聖教國為中心的極西諸國所使用的語言，無論是生於共和國的辛等人還是聯邦軍人都聽不清楚，也很難發音。

替攻性工廠型取的幽世麗鳥（緊捺·庫庫）這個稱呼也是，因此在聯邦軍之間通訊時都是使用替換成聯邦語言的稱呼。

Halcyon。傳說中棲息於北海的鳥禽名稱。

視線轉去一看，芙蕾德利嘉蹙著眉走了過來。

「……不過話說回來，弄得真是複雜啊。簡單來說，就是攻性工廠型與那電磁砲艦型合體了不是嗎？余是覺得繼續稱它為電磁砲艦型也並無不可啊。」

「只不過是從狀況推測起來，可能是這樣罷了。在擊毀且進行調查之前還不確定。」

但實際上藉由辛的異能，這幾乎已是確定的事實了。一被配置在聖教國的前線，辛就感應到了電磁砲艦型的存在，而不需要多少時間，他就確定那跟聖教國所說的攻性工廠型發出的是同一種聲音。

只是在這聖教國當中，他們將這當成不確定的推測。就連知覺同步的存在也沒有向聖教國公開，上級嚴令他們作戰時必須同時使用無線電，以隱匿其存在。

「對，余忘了……那麼，這個『可能是』電磁砲艦型的『軍團』，即使已在射程範圍內仍未用砲火轟炸我方，就表示……」

「八成是想逼近到火砲射程的外緣，一口氣轟炸前線到後方後勤系統的範圍吧——看來這也一如推測的結果。那種火力的砲擊與龐大機體的移動恐怕沒辦法同時進行。」

敵機射程雖然夠長，但前進速度極端地慢。既然開始砲擊時勢必得停止前進，那麼最好的手段自然是接近到迎擊範圍的邊緣，再活用長射程一口氣橫掃前方到遙遠後方的範圍。

說完，辛眯起眼睛。難怪聖教國會焦急了。

「憑電磁加速砲型或電磁砲艦型的最大射程，視射擊開始位置而定可以轟炸聖教國全境——一個弄不好，可能靠僅僅一架『軍團』就能在一夜之間攻陷聖教國。」

「——所以我們的任務，就是在攻性工廠型到達那個射擊開始預測地點之前，先把它打倒對吧？」

瑞圖代替尤德率領的第二大隊與滿陽負責指揮的第三大隊在遠離先鋒戰隊與「狂怒戎兵」足足十五公里的前方，於最前線附近待命。這時他們待在偽裝成彈藥與燃料等物資供應點，同樣呈現珍珠色的組合屋式偽裝倉庫群中。

口譯的聖教國年輕女軍官告訴他們這間倉庫氣密性較差，建議他們坐上機甲，因此瑞圖坐在自己的座機裡，一面瀏覽開啟的作戰圖一面說道。

透過知覺同步與目前依然採有線方式的通訊電路，滿陽苦笑著回應：

『你跳過太多部分了，瑞圖。這樣聽起來，簡直好像要由我們所有人發動突擊似的喔。』

「我知道啦——首先由聖教國發動佯攻對『軍團』正面施加壓力，引出並困住敵方部隊。其間諾贊隊長他們挺進大隊與我們旅團本隊繼續躲起來待機，對吧？……雖說聖教國那些人好像還滿有實力的，佯攻交給他們完全不用擔心，可是……」

聖教國軍即使看在少年兵出身的瑞圖眼裡，一樣是軍紀嚴明且領導有方、軍容整肅的精強軍隊。儘管裝備或設備跟大國聯邦相比之下損耗程度不輕，但士氣高昂，布署於前方的部隊無論是編隊還是候命士兵們的神態都沒有半點鬆懈。

該說是對軍團長少女的崇拜嗎？全體士兵似乎都隨身攜帶她的肖像畫，動不動就像祈禱般念誦其名，此時到處也都有肖像旗隨風飄動，無臉的士兵又一次歡聲雷動地叫她的名字，整體狂熱到有點異常，但更重要的是……

「——我還是覺得那個看了不太舒服。」

他的眼睛往旁邊一瞥。

在機庫外稀稀落落地來回走動的聖教國士兵穿著緊密覆蓋全身的珍珠色戰鬥服，又用看起來像防塵用的面罩與護目鏡把頭部完全遮住，看不見任何一個人的臉孔。他們的座機同樣也是有著珍珠色裝甲，形狀陌生的機甲。

在紛然飄降的灰雪中散發朦朧幽光，無臉大軍駕馭的異形馬群。

『我懂你的意思，可是沒辦法呀。因為聖教國的戰場——空白地帶聽說無論哪個地方，都是像這樣滿天的灰塵。』

位於大陸西北的斷頭半島——通稱空白地帶。

此處是長達數百年終日降下火山灰的飄雪，火山灰所封鎖的荒野。

由於位於半島中央的火山進入活動期，它散播大量濃煙與火山灰導致此地不再適合人居。居民、動物甚至是整個國家都逃離了此地，就這樣數百年處於無人狀態——如今陽光仍被滯空的厚重灰塵遮蔽，地表覆蓋著一層厚灰，與熔岩一同被汲起的重金屬汙染了水源，造就了拒絕所有生命的北方異境。

與聖教國對峙的「軍團」主力以空白地帶為勢力範圍，所以聖教國的任何一處戰場都受到這種灰雪所支配。當然，聖教國的軍服及機甲的形狀也受其限制。

火山灰是在地下熔化的岩漿噴發到地表後固體化的細微粒子。換言之就是細碎的天然玻璃。它的邊緣一如玻璃碎片般銳利，會傷害皮膚與眼球等等。長期吸入甚至會傷到肺部，所以暴露血肉之軀待在戰場上實在不是好做法。

因此，聖教國的軍人在機庫外無一例外都會穿上防塵裝備，並且根本不具有相當於步兵的兵種。聖教國的機甲會率領無數的小型子機而不是隨伴步兵，在它們的掩護下穿越戰場。

『嘻嘻。』滿陽笑了。

『可是，瑞圖你不是跟那些駕駛員處得很好嗎？』

「啊——是啦，沒想到語言不通，有些遊戲還是有辦法玩得起來。」

跟處理終端正好年紀相仿，十五到十九歲的少年兵們畢竟都是自懂事以來初次見到外國人，顯得好奇心十足，一有空就來機動打擊群的隊舍玩。

瑞圖跟他們交換零嘴，玩玩看翻牌對對碰，像軍隊常有的那樣比伏地挺身次數，最後雙方都得意忘形起來，把辣醬與聖教國特有的辛香料加到茶裡玩大家輪流喝的膽小鬼賽局，結果被辛與像是聖教國長官的年長少年跑來罵人——對，當時他們還把軍團長的肖像畫拿給瑞圖看。有著淡色金髮與金眼的滴金種少女，就像對待一件寶物那樣，把容貌神似童話故事中精靈的高貴少女畫像拿給他看。

「榮耀歸於妳，赫玟璐娜德（雷馬・雷福・赫玟璐娜德）。引導我們吧，如星的雷羯（茨里諸・由那・雷羯）……記得是這樣說的。」

這句話的意思是來做簡報的聖教國參謀官告訴他的。會講聯邦語的他，在背誦這句話時也把手放在珍珠色的軍服胸前，虔誠的手勢讓人知道那隻手的底下必定藏著放了畫像的照片項鍊或什麼。

崇拜、狂熱，或者是——信仰。

只是不信神或天堂的八六不具有能那樣瞻仰的對象。

就在這時候，從「女武神」列隊站立的機庫外，灰雪飄降的空白地帶戰場傳來了瑞圖才剛提到的歡呼句子，讓他知道作戰開始了。那是聖教國的無臉士兵們讚揚他們的高貴女將時唱誦的詞語。

——雷馬・雷福・赫玟璐娜德！

——茨里諸・由那・雷羯！

作戰第一階段開始。由聖教國軍兩個軍團組成的佯攻部隊於此刻出擊。

彷彿回應透過通訊電路轟然響起的歡呼，赫璐娜一手握著指揮杖，用尾端在珍珠光澤的地板上輕敲了一下。玻璃鈴鐺發出清涼而冷淡的噹啷聲響。

「以大地的命運與護國的驕傲——西迦・圖拉，我命你們出擊。此地的戰事是屬於我等的戰事。你們必須抱持著唯我主攻之心態，盡力奮戰。」

赫璐娜的號令同樣高亢澄明，並帶著獨特的回音在落灰戰場中清越地響起。回應石英砂粒般的細微聲調，下個瞬間傳來了彷彿軍團全體人員發出咆哮的吶喊聲。

蕾娜不由得受到了震懾——蕾娜從沒指揮過這樣的大軍。

「你們——真厲害。」

難以想像比蕾娜還小了幾歲的她竟能有這種統率力與兵士的支持。幾乎可以說是狂熱或狂信了。

赫璐娜依然仰望著正面螢幕，沒有看她。她所指揮的第三軍團「西迦・圖拉」，有著星斑青灰駿馬的部隊章。

「我們軍團的孩子們，都有父母兄弟死於『軍團』之手。」

「啊。」蕾娜睜大眼睛。

在聖教國，出生的家庭會決定一個人該從事的職業。軍人們換言之就是出生自軍人世家，那麼這十一年來聖教國的戰死者就全都是此時戰場上士兵們的家人了。

她仰望著構成軍團的五個師團各自移動的符號，尚未開始塗口紅的珊瑚色嘴唇一瞬間像是吞下眼淚般抿緊。

「——我也是。」

是她的門第讓年僅十五歲就擔任軍團長的她非得如此。

「我的家人也死在『軍團』手裡——雷羯家族是聖者門第。上承天命的聖者同時也司掌作為政治延伸的戰爭，因此十一年前開戰時，雷羯家族便全以將領身分出征，然後全數戰死。除了我以外，無一倖免。」

聖者是諾伊勒聖教對高階神職人員的稱呼。據說聖教國的高階神職人員同時是政壇高官，也是軍隊指揮官。但沒想到除了開戰時年紀還太小無法上戰場的赫璐娜之外，竟然所有人都……戰況——激烈至此。

赫璐娜呈現落日般金色的雙眸霎時間透出嚴厲的光彩。

但蕾娜轉頭時，她那白皙的臉龐已恢復成原本的柔和微笑。

「正因為知道此事，大家才會這樣欽慕我——因為我們都是亡失了家人的……同一個陣線的人。」

「破壞神」按照出發順序聚集在「狂怒戎兵」周圍，在其中一個角落，萊登待在待機狀態的「狼人」旁邊一手按住耳麥。辛將眼睛轉過來看他，他回看回去說：

「——辛，伴攻的聖教國第二、第三軍團動身了。目前一切照計畫進行。我們很快也要按照預定計畫出發。」

「收到——芙蕾德利嘉，妳也開始移動吧。」

接收到血紅雙眸的注視與平靜的聲調，「唔嗯。」芙蕾德利嘉有些自豪地點頭——在這場作戰當中，芙蕾德利嘉並非跟蕾娜一起布署於指揮中心，而是將運用其異能作為「觀測員」加入戰鬥行列。她將會跟目前在前線腹地待命的瑞圖、滿陽同樣布署於旅團本隊的射擊大隊。

「聖教國的伴攻部隊引開『軍團』前線部隊時，汝等挺進大隊將攻進前線腹地，將攻性工廠型困在作戰區域。余等本隊就趁此時通過伴攻行動在敵方部隊之中開出的空隙，攻進『軍團』支配區域六十公里處，擊毀攻性工廠型……是吧——就像這樣，作戰概要余掌握得清清楚楚。儘管交給余吧。」

芙蕾德利嘉對辛點頭後……

她忽地收起笑容，抬頭看著辛。

「——已經下定決心，要讓余派上用場了嗎，辛耶？」

芙蕾德利嘉所指的，並非在這次作戰中將觀測員的職責託付給她。

而是讓帝國的末代女帝下達全「軍團」停止的號令。

「……坦白講，我還是不太願意，但是……」

辛輕嘆一口氣後回答。他身為八六，一向以戰鬥到底為傲。出於這份高傲與溫柔，他不樂意讓一個小女孩背負人類的命運，讓一個小女孩成為結束戰爭的犧牲品……但這麼做的結果，卻斷了他的一名戰友戰鬥到底的路。

他的眼中有著苦澀，卻仍定睛注視著這苛刻的天秤。

「我不會再讓更多人像賽歐一樣犧牲。我沒能替那傢伙做任何事，可是，我能做到『這件事』，所以……我認為非做不可。」

不只是八六的同袍們，也不只是機動打擊群的戰友們。他必須打一場仗，讓所有與「軍團」對峙的戰場，此時此刻仍在繼續犧牲生命的士兵們——不再繼續犧牲。

芙蕾德利嘉抬頭看著他，細細斟酌字眼，真誠地——為的是不讓他一個人背負這份選擇的責任。

「余說過了，余不會永遠是個孩子。汝不也以萊登或芙拉蒂蕾娜為依靠嗎？同樣地，汝尋求余的幫助也只是在借助戰友的力量罷了……無須為此感到內疚。」

「在一切『準備』就緒之前，我不會讓任何人實行計畫——話先說清楚，我還是不會拿妳做犧牲。」

「真是個保護過度的哥哥啊……真拿汝沒轍，余也不能讓汝變得跟共和國一樣嘛。」

她無奈地苦笑——然後想到一件事，補充道：

「……但那個給人添麻煩的祕密武器，縱然汝再怎麼保護過度，下次余可要鄭重謝絕了。」

「喔……」

攻性工廠型原本是自動工廠型與電磁砲艦型，因此可想而知體型極為龐大。「女武神」的八八毫米砲不用說，就連「破壞之杖」的一二〇毫米砲或「神駒」的一二五毫米砲的威力都不足以擊毀它。

因此才需要動用到新武器，以及觀測員（芙蕾德利嘉）——無奈這個新武器實在是……

「……沒一次有像樣計畫的。」

「這次能準備對策，我覺得已經比以往好多了。」

突然有個外人的聲音岔進來：

「——我們的黑鳥看在你們這些窮光蛋的眼裡，想必是讓你們羨慕不已，但卑賤之人就是這樣才討厭。一如酸葡萄的寓言，豺狼虎豹般的刁民總是喜歡嫉妒貴人呢。」

芙蕾德利嘉不高興地挑起眉毛。

「……汝說什麼？」

應該說……

誰啊？

被這種高傲自大的語氣打岔，就連辛也不禁愣了一下。因為聲音屬於軍事基地不該有的……

「真要說起來，只會滿地爬的窮酸白骨骷髏，竟然把哥哥與『破壞之杖』撇到一邊擺出主戰力的嘴臉，真是笑『破』我的大牙！你們就趁這機會看看騎士高尚雄壯的身姿，多學著點吧！」

尖銳的——年幼小女孩的嗓音。

辛不假思索地看向對方，只見那個小女孩的個頭還只能勉強讓頭頂髮旋搆到芙蕾德利嘉的視線高度。視線再往下看，就跟貓兒般橫眉豎目的金瞳對上了目光。

她是個大約十歲的嬌小女孩。近乎玫瑰色的鮮紅頭髮燙成大捲髮，在頭部左右兩側綁成小狗垂耳般的髮型。分明身在靠近最前線的地方，卻穿戴著緋紅綢緞禮服與紅色寶石的頭冠。

該怎麼說呢？就是個從頭到腳一片火紅的女孩。

辛沒見過她，但這種一身通紅的外表在這次派遣中已經看習慣了，應該是擔任吉祥物的少女吧。屬於為了確實擊斃攻性工廠型並收集情報，與辛等第一機甲群一同受派前來的另一個聯邦機甲部隊。

辛本身在第八十六區就是差不多在她這個年齡上戰場的，看著芙蕾德利嘉不知不覺也看習慣了，但聯邦軍的吉祥物也好，「西琳」也好，還有聖教國軍的軍團長也好，辛這時才開始覺得每個國家都很欠缺常識，同時回答：

「妳是說笑掉大牙嗎？」
「啊……」
吉祥物少女意外老實地叫了一聲。
由於芙蕾德利嘉毫不客氣地（大概是為了剛才的事報復）爆笑出來，小女孩把眼角豎得尖尖地說：
「妳這是怎樣！這麼囂張！」
「汝說什麼！汝的態度才叫囂張吧！」
辛煩不勝煩地嘆了口氣。

雖然規勸過瑞圖，但滿陽也覺得聖教國軍的整體氛圍有點詭異。
散發珍珠光澤的無臉士兵們加上帶領著無數小型子機、形狀陌生的機甲，最詭異的是簡直像要進行宗教巡禮一般，聖教國軍的氛圍不是看習慣了的合理與殺氣，而是充滿了莊嚴與虔誠。
這讓滿陽覺得有點靠不住，而且好像一戳即破。大概是因為八六幾乎都不信神或天堂的關係吧。
伴隨著沙沙聲，耳麥發出雜音，一道聲音透過通訊電路而非知覺同步說了：
『這位小姐，是不是覺得緊張了？——別擔心，我們蟻獅聯隊無論是弱小的聖教國百姓或是你們機動打擊群的年幼孩子，都一定會保護到底。』

流暢到令人尷尬的舊齊亞德帝國貴族階級口音帶著輕撫天鵝絨般的聲調。

齊亞德是大陸首屈一指的大國，諸侯人數多，貴族口音也不只一種。對方的口音跟滿陽在文件上的監護人，或是理查少將、維蘭參謀長都有所不同，可能是聽不習慣的關係，聽起來更顯得做作。

總之滿陽悄悄嘆了口氣，不讓青年聽見。她其實也明白，對方只是在用他的方式表示關心。

滿陽往某處輕瞥一眼，看到機庫中除了她的「法里恩」等「女武神」的純白機影之外，還有另一群機體在待命。它們有著以蹂躪為己任的頑強八腳及用牢固的複合裝甲護身的威武機身。配備有兩挺重機槍，以及足以對付戰車型（Löwe）或重戰車型（Dinosauria）、強力無比的一二〇毫米滑膛砲——只不過裝甲烤漆並非聯邦的鐵灰色，而是鮮豔的硃砂色。

聯邦的主力機甲，Ｍ４Ａ３「破壞之杖」。

他們是即將與滿陽等人協同作戰，同為聯邦派遣而來的部隊所屬機體。

「記得你們是——義勇機甲聯隊蟻獅吧。」

她不怎麼感興趣，不過葛蕾蒂有跟他們說明過一遍。說是過去大貴族的私兵部隊，如今已收編到聯邦軍之中。

不只「破壞之杖」的烤漆是硃砂色，隨伴的裝甲強化外骨骼（Armored skeleton）「狼戰士」也是，說是貴族趣味或許說得通。富麗浮誇而弄錯場合的色彩無論是聖教國的灰色戰場，或是聯邦西部戰線的市區與

森林等地，恐怕在任何戰場都無法融入環境。如同在受到實用理論支配的現代戰場上誇大地報上名號，不合時宜的盔甲騎士。

光滑如鏡的朱紅裝甲均一地反射微光，這是因為烤漆表面沒有半點刮痕。也許是經過重新上漆拋光，以備初次出征。與身經百戰而讓裝甲受到無數刮傷，視為理所當然不以為意的「女武神」正好相反——不知何謂戰鬥的毫髮無傷。

「我明白你這麼說是出於一片好意，但我不需要讓你這種初次出征的菜兵把我當小孩……請不要把人看扁了。」

聖教國軍第三機甲軍團的五個師團各自迅速行動，每個部隊都尚未與「軍團」展開交戰。赫璐娜這才鬆一口氣，抬頭看著蕾娜說：「對了……」並微微偏頭。

「不知道義勇聯隊的各位隊員都是什麼樣的人？我沒太多機會可以跟他們說話……」

蕾娜倒覺得聽起來像是她跟八六們說過了很多話。但蕾娜他們聯邦派遣旅團分配到的宿舍與聖教國軍的宿舍是分開的。

「我在機庫、會議廳或迴廊上遇見八六的各位人士時，大家都很隨和地回答我的問題，也有陪我玩過。」

還真的說過話了。

赫璐娜笑容可掬地說：「他們看我很會玩翻牌對對碰，還說我很厲害呢。」

「之前聽說各位都是以戰場為故鄉的精銳，沒想到能跟各位和睦相處，真是太好了。而且，各位八六之間感情似乎也很好。」

蕾娜也覺得很溫馨，有些自豪地微笑著回答：

「因為他們都是在第八十六區的戰場一同戰鬥到底的戰友。然後……不好意思，我是共和國軍人，所以也不是很清楚聯邦軍的內情。」

馬塞爾在參謀們的催促下，代替她開口解釋：

「他們原本是帝國貴族的領地聯隊。」

被赫璐娜以澄澈的金色大眼轉過來注視，馬塞爾心神慌亂地移開目光。

「在帝國的朝代，領主都有自己的軍隊。雖然在聯邦成立時幾乎都編入了聯邦軍，但部分掌權者獲准在手邊留下一些私兵。然後在帝國時期，從軍權都被貴族與他們的屬下獨占，所以領地聯隊也幾乎都是貴族子弟，或是跟他們家族血脈相連的出身。」

在貴族即為戰士階級的帝國，從軍不是國民義務，而是只有王侯可享有的權利。

「所以蟻獅那幫人大概也是前貴族的子弟吧。主人布蘭羅特大公家是焰紅種的豪門，那些傢伙當然也就是焰紅種的貴公子了。」

「原來如此……」「是這樣呀……」

聽了這番意外通順的解說，蕾娜與赫璐娜都佩服地點頭。經他這麼一說，在作戰會議或簡報

時遇到的蟻獅聯隊長或軍官們的確都是合於貴公子之名、彬彬有禮的斯文青年，但是……

然而，就連做這番解說的馬塞爾本人都露出弄不太懂的神情。

「只是……話雖這麼說，不過他們……」

一個就連看慣了吉祥物的班諾德或戰鬥屬地兵來看都覺得太過年幼，頂多六七歲的小女孩，從剛才到現在一直在珍珠色的臨時機庫裡匆匆忙忙地跑來跑去。

她拿著看來是用水晶柱鏤空而成的提爐，在聖教國軍士兵們的頭上搖擺的同時唱誦了些什麼，大概是出擊前的祈禱之類的吧。她同樣匆忙地跑來班諾德等人的面前，把吊在長杖前端的提爐舉到他們頭上，於是班諾德等人沒多想就把頭放低。聖教國軍的年輕口譯士兵有些慌張地跑過來。

「失禮了，聯邦的士官閣下。我國出征前有接受祝福的習俗，希望沒冒犯到各位——……」

「喔，不會，我們很感激——謝謝妳喔，小妹妹。」

大概因為是聯邦語的關係，小女孩愣愣地、有些不安地看了看口譯又看看班諾德，於是他蹲下去讓視線與小女孩齊高，對她講了後半句話。小女孩從氣氛感覺出對方是在跟她道謝，頓時神色明亮地笑了。

這時班諾德正好看到這次協同作戰的蟻獅聯隊，具有獨特色彩的一行人經過通往機庫的走道，就對他們出聲說：

「你們要不要也過來？初次出征前接受人家的祝福……」

豈止回話，連一個眼神都沒送過來。

那群軍官一看就知道出身高貴，體格與姿勢都端正挺拔，卻好像沒聽見似的直接走開，就像班諾德等人不存在一樣。簡直把人當成小狗。

「哼。」一名戰鬥屬地兵用鼻子哼了一聲。

「雖說從派遣過來時就一直是那樣，已經習慣了，但那幫人真有夠令人不爽的。」

「哎，人家是貴族大爺嘛。不管是哪裡的領主都沒把我們當人看啦。」

不是把戰鬥屬地兵蔑視為禽獸。帝國貴族是沒把同為貴族以外的族群當人看。無論是臣民還是禽獸，對他們而言都是不屑一顧的賤民。這種待人方式就某種意味來說也算一律平等，所以班諾德事到如今也不會覺得生氣。

所幸小女孩也似乎不介意，這會兒跑去替大鐮戰隊的處理終端（小鬼頭們）祈福了。

「可是我們那兒之前的主人每逢我們娶老婆、生小孩或是老爸戰死的時候，不是好歹有送我們幾桶酒在宴會上喝嗎？」

「那是因為我們那兒的老爺是個驍勇善戰的夜黑種啦。」

「喔——……也就是說，我看這也是原因之一了？」

班諾德與他的部下們出生的戰鬥領地原本是夜黑種的領地。既然曾是夜黑種的手下，焰紅種

的貴族子弟一定更看不順眼了。

有著大紅色頭髮或雙眸的焰紅種軍官們看都不看他們一眼便逕自走遠。帶頭的女性上尉把金髮綁成辮子緊緊盤起，給人標準的高潔女騎士印象，跟隨她的青年軍官們也把髮型與指甲修剪得整整齊齊，戰鬥服也剪裁得合適貼身。

彷彿貴公子與淑女等名詞具體成形的存在。

這時無意間，班諾德狐疑地回過頭去。不，等等……如果是這樣，有個地方不對勁。

焰紅種，大紅色的頭髮或雙眸。有著一頭「金髮」的女軍官。

「他們那些人……」

很遺憾地，兩個小女孩的尖聲互罵還在進行中。

「真要追究起來，什麼叫做『我們的黑鳥』啊。那隻鳥——『黑天鵝』應該是先技研開發的東西才對。分明直衛任務也是交付給了機動打擊群，真虧汝能這般不要臉。」

「到聖教國的運送任務是我們蟻獅聯隊的勇士們在負責的！這是當然的了，粗鄙的八六哪可能搬運這麼纖細的武器！」

「這汝倒是說得對——因為慢郎中的『破壞之杖』最適合擔當運貨馬匹的工作了。」

「你、你們才是，只會靠幾雙腿到處逃竄的卑鄙『女武神』……！還有妳穿著這種窮酸的軍服，算什麼勝利女神（吉祥物）嘛！」

「不愧是把戰場與舞會會場搞混了的千金小姐，講話真是別有見識啊。是否打算用汝這身派不上用場的浮華禮服去迷倒那些『軍團』啊？」

萊登假裝不知道，躲進了「狼人」的駕駛艙裡；至於遭到夾擊的辛則無處可逃。應該說都怪芙蕾德利嘉抓著他的戰鬥服袖子不放，害他跑不掉。

小女孩用穿著細跟高跟鞋的腳用力跺地板。

「討厭！妳是怎樣啊！一直躲在妳哥哥的背後，膽小鬼！」

「羨慕余是吧，汝這無用之輩。」

「妳！……妳這……洗衣板！」

「矮冬瓜！」

辛終於聽不下去了。

「適可而止吧，太幼稚了。」

「再說下去就不是淑女該有的行為嘍，公主殿下。」

一道新來的聲音岔進來，兩個小女孩頓時住了口。

雖然兩人閉起了嘴巴但照樣朝對方顯露敵意，辛一面對小貓互瞪低吼的氣氛感到敬謝不敏，一面望向出聲之人。

這次這道嗓音，他有聽過。派遣前已經先見過面，來到聖教國後也在幾次會議、聯合演習與

做簡報時跟這個人交談過。

「我們隊上的吉祥物冒犯到你了，上尉。還有這位吉祥物小姐也是。」

這人有著舊帝國貴族階級特有的細瘦的體格與端正的容貌。身上的機甲戰鬥服縱然是聯邦軍款式，色彩卻似乎是特別訂製的硃砂色，臂章的部隊章是獅子與大螞蟻混成的奇異怪物。他正是舊布蘭羅特大公領地，義勇機甲聯隊蟻獅的聯隊長——

「……鈞特少校。」

「叫我吉爾維斯就好，我不是每次見到上尉都這麼說嗎……」

垂頭喪氣地走過來的人年約二十歲上下。明亮的緋紅色頭髮整齊地剪短，有著與辛及芙蕾德利嘉相同的焰紅種血紅雙眸。

小女孩一轉身就去找吉爾維斯哭訴。嬌小女孩抓住高挑的吉爾維斯，使他必須彎下他的高大個頭去抱住她。

「哇～哥哥！我還是不能接受下賤的八六忽視哥哥擺出主戰力的嘴臉！就不能現在去叫他們改過來嗎！」

「妳怎麼又說這種話……這樣太沒禮貌了喔，公主殿下。還有，妳跟上尉以及機動打擊群的吉祥物是第一次碰面，應該先好好打招呼才是。」

他用和善純樸的臉龐盡可能地擺出嚴厲的表情規勸小女孩。「唔——」這個什麼公主殿下一臉不滿地鼓起腮幫子抬頭看他，他也不受動搖。

結果公主殿下只好輕輕拈起禮服裙襬，不情不願地行了個禮。

「……我是義勇機甲聯隊蟻獅的勝利女神，思文雅．布蘭羅特。今後請多關照了，辛耶．『諾贊』上尉。還有囂張的跟屁蟲。」

她講到諾贊兩個字時，特別加重了語氣——布蘭羅特家是蟻獅的主子，在齊亞德帝國是與夜黑種之棟梁諾贊家對立的焰紅種豪門。

聽到這種明顯的挑釁，芙蕾德利嘉又準備要開口，於是辛奪得先機把她的軍服帽子拉到鼻尖以下讓她閉嘴。再吵下去會把問題搞得更複雜，差不多該讓她住口了。

話說回來……

「蟻獅不是配置於派遣旅團本隊嗎？少校這時候應該正在跟滿陽少尉他們一起前往前線才對吧？」

「呃，其實是這樣的……說來丟臉，是公主殿下睡過頭了。好像是昨晚太緊張而失眠……」

「哥哥！」

思文雅滿臉通紅地嚷嚷。

吉爾維斯尷尬地把臉別開，用修剪過的指甲前端搔了搔太陽穴。

「雖說等候貴婦妝點儀容是騎士的義務，但也不能拖延到作戰開始的時間。所以我把本隊交給副長帶領，讓他先過去了。一個『破壞之杖』小隊的話移動不會花上太多時間，可以在出發時刻之前追上他們……再說，在作戰開始之前，我想先跟諾贊上尉你說兩句話。」

辛回望著吉爾維斯，只見他聳了聳肩。

「率領八六的死神，混血的『諾贊』──我一直很好奇，你是抱著何種想法在戰鬥。因為我一直以為，你跟我們應該是一樣的。」

「…………？」

忽然間，辛注意到了。

辛本身跟父親同樣是夜黑種的黑髮，但哥哥是遺傳自母親的焰紅種火紅髮色。他哥哥與母親的髮色，色調與吉爾維斯的頭髮有所差異。身旁的思文雅有著標準焰紅種的火紅髮色，使得他那彷彿出於人手的緋紅更加顯眼。他這是染的。再加上思文雅有著很可能混合了陽金種血統的金色雙眸，而且辛之前並未留意，不過現在回想起來，蟻獅聯隊的軍官們各個都是焰紅種與其他民族的混血。

帝國貴族排斥混血──從帝國變為聯邦過了十年，這種價值觀依然不見減緩。

原來如此，難怪。辛有些苦澀地心想。

蟻獅(Myrmecoleo)。獅頭蟻身的嵌合怪物(Chimera)──兩種不同生物交相混合的存在。

流有貴族之血卻不為家族所接納的混血子弟所組成的部隊。

「不過，看來是我誤會了。諾贊侯爵對你來說，應該是個好祖父吧。只是……既然如此，你為何還要戰鬥？」

「…………」

辛輕嘆了一口氣……以前他也被問過同一個問題，那時問他的人是尤金。

「……鈞特少校，作戰就要開始了，時間有限。」

吉爾維斯有些困窘地笑著說：

「是啊。所以如果你願意回答這個問題……我會很高興的。」

如此詢問身為帝國貴種家族的混血，卻並未被家族當成工具利用的辛。

「——……因為……」

辛希望能讓奪走了他的家人，以及眾多戰友……在第八十六區奪去了自由與未來的災禍……吞噬了賽歐一隻手臂與未來的——鋼鐵的暴虐……

「我想結束這一切——你覺得我的這種想法很奇怪嗎，少校？」

「『是啊』。因為這場戰爭結束後，你與你的同伴就會變成普通的青少年，而不再是英雄。你們是優秀的戰士，但除了戰士的本事之外一無所有。這樣你還是想結束戰爭？」

「因為我從來都沒想過要當英雄。」

吉爾維斯露出淡淡的、略微苦澀的笑容。

「這樣啊……真令人羨慕。我——我們沒辦法像你這樣堅強。如果能當得了，我恨不得現在就當。」

當英雄。

在那些以戰士身分為傲的昔日帝國貴族中，站上顛峰、君臨戰場——縱然不被接納為家族成

員，至少以繼承貴族血統者的身分。

或者，也可能「正因為不被接納」，才要藉此證明自己是貴種之一。

思文雅表情嚴肅地聽完，拉了硃砂色的戰鬥服袖子向他訴說：

「所以正是因為如此，哥哥你們還是應該……！」

「公主殿下，已經跟妳說過不行了。」

「——你們是兄妹？」

雖然不同姓，但從類推得知的出身來想，即使是親兄妹也不奇怪。

吉爾維斯促狹地揚起一側眉毛。

「啊，這還是你第一次問我問題呢。」

對著一時顯得有點困擾的辛，他笑著繼續說：

「差不多啦。不只是公主殿下，我們蟻獅全都是同胞，也是兄弟姊妹。有些有血緣關係，有些沒有就是了——你們不也是這樣嗎？」

機動打擊群——在第八十六區的戰場一同奮力求生的八六們都是如此。

辛稍微想了想，然後點了頭。他覺得關於這點的確就如吉爾維斯所說，蟻獅聯隊的隊員與他們八六之間的關係是一樣的。

沒有血緣關係，但都是以相同戰場為故鄉的同胞，如同以相同驕傲為牽絆的手足。

「……你說得對。那麼『我妹妹』就麻煩你了，少校。」

「庫克米拉少尉是吧。交給我吧，上尉。」

吉爾維斯對他堅定地點頭，爾後忽然放鬆肩膀力道般苦笑了。

「順便還有那個給人添麻煩的黑鳥也是。」

「——是。」

先進技術研究局設計案一七二〇，「黑天鵝（Trauerschwan）」。

亦即由先技研進行研究，但來不及在大規模攻勢時迎擊電磁加速砲型，接著在電磁砲艦型與隨之而來的攻性工廠型的登場下，決定投入戰線的「聯邦製磁軌砲」。

為了完全破壞太過巨大無法以機甲對峙的攻性工廠型，它將是這場作戰的關鍵。這個聯邦派遣旅團的最終王牌此時布署於前方滿陽及瑞圖等人所在的旅團本隊，預定在他們的護衛下前進。面對擁有四百公里射程的常識外巨砲，為了同樣從四百公里外的遠方加以反擊，在一擊之下解決敵機，己方也開發了超乎常識的大口徑超長距離砲。

只是以目前來說……

「雖說因為是未完成的試製品而無可奈何，但我是覺得要把那個磁軌砲投入戰局還太早了吧。」

超乎常識的大口徑超長距離砲——目前還只是「未完成的試製品」。

儘管秒速兩千三百公尺的初速的確超越了火砲的初速極限，卻仍遠遠不及電磁加速砲型的秒速八千公尺。能射出的彈頭重量也是。即使如此，它至少可以從幾百公里外破壞戰車型程度的機

體，但要擊毀攻性工廠型這樣的龐然大物，按照試算結果必須將距離拉近到十公里處。根本是有負長距離砲之名的超近距離。

發出軍靴的喀喀蹬音，身穿硃砂色戰鬥服的集團走了過來，帶頭的金髮女性上尉——徹底不看辛或芙蕾德利嘉任何一眼——做了敬禮動作。

「少校——就快到出發時間了。」

「知道了，蒂妲。公主殿下，我們走吧。謝謝你陪我說話，諾贊上尉。」

「好的，哥哥。」

辛早就對女性上尉的這種行為習以為常，不過接著吉爾維斯與思文雅的對話讓辛覺得有點奇怪，抬起頭來。

「——把吉祥物帶到最前線？」

不同於單座的「女武神」，「破壞之杖」的駕駛艙是前後雙座式——雙人座。並且也設計成在緊急情況下，可以將機體的所有操縱系統全集中至砲手座（Gunner）或駕駛員座（Operator）。所以「破壞之杖」也不是不能乘載操縱或射擊都不會的吉祥物前往戰場，可是——……

結果吉爾維斯神色自若地點頭了。

維持著顯然很有教養，純樸和善的笑容。

「因為她是勝利女神啊……這不是當然的嗎？」

目送硃砂色集團走遠，芙蕾德利嘉抬頭瞄了一眼辛。

「以觀測員名義將余安排為『黑天鵝』人員，卻百般拖延余的出發，是想試著避免讓那人與余見面對吧，辛耶？」

「……是啊。」

但反而弄巧成拙了。

既然會這樣問，就表示芙蕾德利嘉也察覺了。思文雅報上姓名後，辛仍沒給芙蕾德利嘉報上姓名的機會，講話時也故意讓吉爾維斯接不下去。

「關於布蘭羅特，余是不知諸位將領都跟汝說了些什麼，不過汝無須這般戒備。鈞特家族是布蘭羅特家的旁系，對皇室而言就是陪臣。所以汝無須像保護幼仔的狼那般張牙舞爪。」

「…………這也是原因之一沒錯，不過……」

在受派之前，理查少將已經告訴過辛，跟那些人碰面無妨但是必須特別留心。他提到帝國末期，焰紅種貴族之間爭執不休，分成擁戴皇室的皇室派與企圖伺機篡奪帝位的新皇朝派。新皇朝派的領袖布蘭羅特大公家是帝國末代女帝奧古斯塔——芙蕾德利嘉的敵人。即使如今帝國覆滅變為聯邦，這點依然不變。篡奪者主張自我正當性的手段之一就是與舊王室女子的通婚。身為女帝的芙蕾德利嘉——對新皇朝派而言仍有奪取的價值。

然而，辛之所以那樣戒備吉爾維斯並不光是為了這點。

「不是因為派系之類的問題，我是覺得那個男人本人不值得信賴……我說不上來，該怎麼形容才好……」

自從在聯邦與那人初次碰面認識時，他就有此感想。

回想起來，辛瞇起眼睛……吉爾維斯給予他的不祥感像極了什麼？很不情願地，他竟然想到答案了。

該說是虛無的氣味嗎？就是那種打從心底只把目的當成唯一，只要能達到目的，之後怎樣都無所謂，就算失去性命也不在乎的人散發的氣息。

「跟在第八十六區時的我……給人同樣的感覺。」

†

『——華納女神呼叫挺進大隊各位人員。計畫進入第二階段，請做好準備。』

「收到。」

†

一得知「那件事」，西汀立刻來找辛。

受派至聖教國的當天晚上，辛一聽到「那個」的當天，她就跑來了。

「帶我一起去——『那傢伙』必須由我來解決。」

辛的異能可聽見的距離如同過去曾掌握共和國第八十六區全戰線的「軍團」，能遍及極大範圍。

儘管在跨越共和國的大陸西端，與聖教國對峙的「軍團」集團的聲音必須要來到聖教國才聽得見，但只要到了聖教國就會聽出很多事情。

包括聯邦與機動打擊群追殺的電磁砲艦型是否逃到了這個戰場。

「西汀。」

「我看你大概是想瞞著我，但是沒用的。如果是對我有所顧慮，那只能說你很雞婆。」

以女性而言屬於高個子的西汀的視線與辛幾乎同高。她用雙手揪住辛的胸襟抬眼一瞪，對方的雙眸就這麼名符其實地近在眼前——冷硬的血紅雙眸。

打從一開始見面就看不順眼的這種冷靜透徹，現在更是到了令她忿恨的地步。

「誰敢搶走我打倒那傢伙的權利，就算是你我也——……」

定睛盯著她那雙色的，如受傷野獸般炯炯發光的異色眼眸……

辛重複一遍：

「『西汀』。」

用他那慣於下令而響亮的——過去曾君臨第八十六區戰場的戰神的聲音。

西汀像被砍了一刀般閉上了嘴。辛趁著這個空檔甩開揪住自己的手，反過來把她的衣襟連同領帶一起拉向自己。

「給我冷靜點——這是妳自己說過的。我不能帶現在的妳去作戰。」

——以你目前這種狀態，我可不會讓你加入攻略部隊喔，戰隊總隊長。

在聯合王國，龍牙大山據點攻略作戰在即之時，西汀對辛說過這番話。

「打倒了『她』，然後呢？假如妳覺得跟她同歸於盡也無所謂，那我不能帶妳去。妳那不是同歸於盡也無所謂，是『想跟她同歸於盡』。我不能帶著有這種心態的傢伙去作戰。只要隊上有一個想找死的傢伙，就會導致全體隊員陷入險境。」

妳會礙手礙腳。

西汀咬牙切齒。

辛的這些主張——她明白。雖然很不甘心，但她明白。身為戰隊長與指揮官，這樣判斷是對的。不能帶會礙事的人上戰場。至於那個人的悲憤或激憤，則沒有任何考慮的必要性。不只是這次走危橋般的作戰，無論是在任何戰況下，必須對全體部下性命負責的戰隊長本來就該保有這種冷徹。

但即使理性明白應該諒解，感性卻沒辦法。

為什麼，就憑你……

也敢講得好像你都懂一樣。

「什麼叫做想跟她同歸於盡？……你又了解我的什麼了！」

「因為我知道——我在特別偵察行動中，也做好了打倒哥哥的打算。」

西汀沒料到他會這麼說，睜大了眼。特別偵察。那是為了逼八六戰死，過去由共和國下達的、生還機率為零的偵察任務。也是兩年前辛被判處的，事實上的死刑執行令。

而辛既然說要對付哥哥——「打倒」應該同樣身為八六的哥哥，就表示……

他成了「軍團」。

「我在第八十六區戰鬥就只有這個目的。我本來打算打倒他以後，自己也要一起死……但我沒死、活了下來，就成了與電磁加速砲型戰鬥後的我。」

一年前那場黎明前的黑暗，獵殺巨龍的戰鬥結束後……

在滿天飛舞的碧藍機械蝴蝶中，呈現磨亮的骨白、原形盡失的「女武神」就好像失去方向般茫然佇立。

西汀自己還認為那個人怎麼會這麼窩囊。

「就是那副妳嘲笑過我丟臉難看的模樣。那種要不是蕾娜來了，可能就那樣放棄生命的丟臉德性，就是現在的妳以後會走到的結局……我不能帶妳去。就算是妳也一樣，我不能讓任何人去送死。」

不能讓那種在打倒敵人的同時失去戰鬥與生存的理由……就那樣墜入死亡深淵的事態發生。

西汀咬緊了牙關，咬到不能再緊。

她刻意用力吐出一口氣，藉以發洩內心情緒。

「……就連這種時候都不忘講難聽話。沒必要強調『就算是我』吧。」

「哼。」辛嗤之以鼻。

「妳不也是到了現在才終於能講講這點程度的玩笑話？完全不像平常的妳。」

「是是是，沒錯沒錯～您說得都對～知道啦。」

西汀酸溜溜地別開目光，故意在他面前抓了抓頭。

就像平常自己對這傢伙的態度一樣，講話故意酸溜溜。

「……你說得對，我失常了。我會設法在作戰開始前恢復正常，所以……」

她感覺得到一股憤恨在腹腔深處狂暴肆虐，卻刻意將它丟到意識的邊緣，極力壓抑著擠出了聲音：

「麻煩你等到最後一刻，再決定要不要把我踢出去。」

†

『——所以我就勉強趕上加入挺進大隊了，但我說啊……』

失去了所屬戰隊的西汀與「獨眼巨人」目前被分配到極光戰隊。與辛率領的先鋒戰隊一半隊員一起，將會第一個出發。忽然聽見西汀叫自己，辛位於正與「狂怒戎兵」進行連接作業的「送葬者」駕駛艙內，僅以視線瞥了一眼「獨眼巨人」。

聯邦語與聖教國語輪番構成的廣播宣布挺進大隊即將出擊——機庫捲門開啟，處理終端請確認座艙罩已封閉。未穿戴防塵裝備的人員請退離機庫區。

『丟下可蕾娜沒關係嗎？』

語氣中有的不是挖苦，而是關心。

辛眨了眨眼睛。

伴隨著刺耳的警告聲，機庫前方的捲門往左右開啟，天花板部分往後方摺疊，露出灰塵色彩的天空。他隔著光學螢幕仰望那片灰色，說：

「我不是丟下她，也沒有那個打算……可蕾娜是狙擊手（Marksman），有其他更適合她的任務。」

熟悉的「神槍」駕駛艙裡被增設的控制臺及子視窗等等擠得亂七八糟，規格不合的電線插上轉接頭做連接，再加上用布膠帶勉強固定，簡直弄得一團亂。

可蕾娜待在這種擁擠的駕駛艙裡，卻興高采烈地等待出發時刻到來。

聖教國軍正在進行伴攻戰鬥，挺進大隊在他們的後方做出發準備。聯邦派遣旅團本隊則是躲在臨時機庫內待機，等著在挺進大隊之後輪到自己出發。她這時跟熟悉的「女武神」及義勇聯隊蟻獅的大紅色「破壞之杖」一起窩在機庫裡，待在固定於聯邦試製磁軌砲「黑天鵝」架臺上的

「神槍」艙內。

以電磁加速砲型為假想敵開發的「黑天鵝」與電磁加速砲型幾乎同高，是個總高度十餘公尺，全長長達三十公尺的龐然大物。不過不同於電磁加速砲型給人的鋼鐵惡龍般印象，「黑天鵝」正如其名，具有長頸水鳥伏地般的形狀——前提是必須用正面詞彙來形容。

畢竟因為是挪用了實驗設施的試製品，並非為了野戰而設計，所以緊急裝上了一看就是趕製品的防塵罩，以及用現有的零件拼湊而成，烤漆和日曬痕跡都各有不同的無數腳部。還有同樣屬於趕製外接，用來控制腳部的幾個操縱室導致整體輪廓左右不對稱又凹凸不平，甚至還有好幾條電線像是蜿蜒的觸手或血管般一路連接到「神槍」機身。這是因為野戰用的射控系統(FCS)也一樣尚未完成，不得不用「女武神」代替。

就連跟在共和國得到「鋁製棺材」惡名的「破壞神」相比都嫌醜，然而受命負責使用這個武器，可蕾娜心情卻再好不過。

不知不覺間，她哼起了胡亂編的歌。雙腿像小孩子一樣前後擺動。就像等不及要出門的小孩子一樣。

因為她很開心。

將這項任務託付給可蕾娜的人，正是……

# FRIENDLY UNIT

[友軍機體介紹]

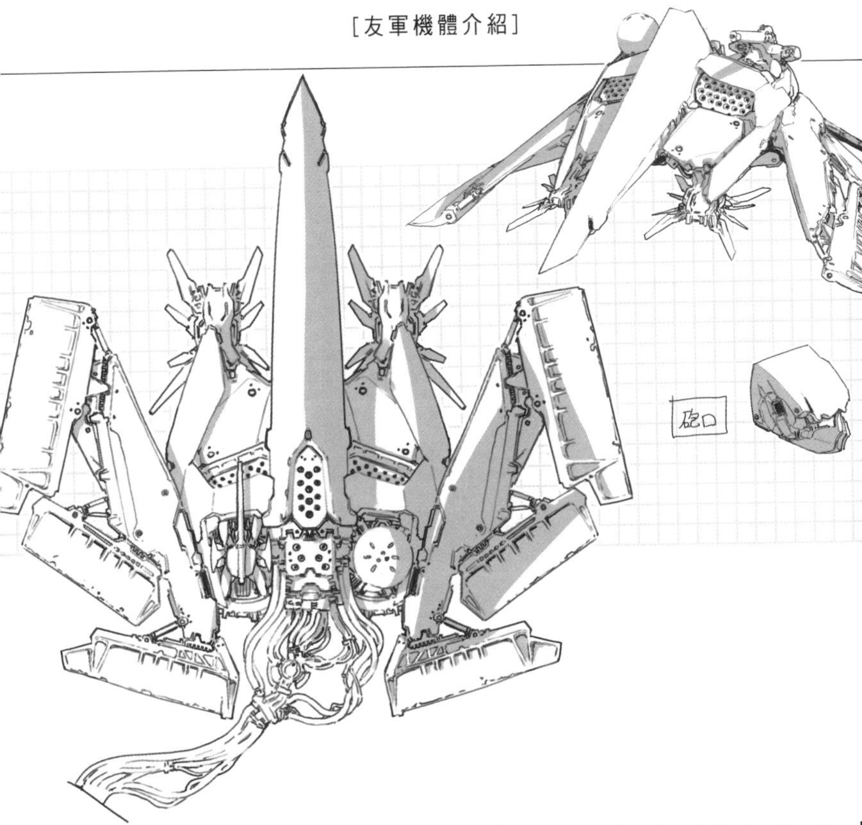


[齊亞德聯邦・試製磁軌砲]

## 黑天鵝

**[SPEC]**

[全長]約40m　[總高度]11.8m
[裝備]300mm磁軌砲×1
[製造廠]齊亞德聯邦・先進技術研究局

為了對付「電磁加速砲型」等大型「軍團」，由齊亞德聯邦試製的武器。由於是趕製式樣，管線等配件暴露在外，且必須使用一架「女武神」進行射控。實射性能也仍不比「軍團」，加上可射擊次數少，必須由前線部隊攔住敵機後實行一擊必中戰術。雖然是難以運用的武器，卻是人類勢力的最終王牌。

†

「——可蕾娜。」

辛突然遞給自己的「黑天鵝」操作手冊，看在當時的可蕾娜眼裡，就像童話故事裡的舞會邀請函。

灰姑娘所嚮往的城堡夜晚的舞會。穿起銀色禮服與金色鞋子，僅限一夜的魔法舞會。

即使是用拼湊的檔案訂成，連個像樣的封面都沒有，湊合著使用的趕製手冊也無妨。她小鹿亂撞地接下了它。

「就跟簡報時說過的一樣。『黑天鵝』的射手由妳來擔任。」

「！嗯……！」

他們在聖教國北方戰線腹地的軍事基地分配給機動打擊群的居住區塊的迴廊上。這裡同樣也使用珍珠色的建材，迴廊呈現正八角形的獨特形狀，而且在長年的焚香下，連空氣都染上了香木的芬芳。沉香木的香氣像要蓋過血與鐵的臭味。

試製磁軌砲「黑天鵝」。

大致上的性能諸元與有待解決的問題已在簡報上聽說過了。畢竟它是沒預料到要投入實戰的試製品，雖然可以射擊，但射控系統尚未完成，能經得起戰鬥的冷卻系統也是。儘管姑且追加了自動裝填裝置，卻一樣也是試製品，重新裝填得花上足足兩百秒的時間。

雖說對手的移動速度也很慢，可是這樣的話就算能開火也就一兩發。必須由人類代替機器修正瞄準，還幾乎不能射偏。

這麼重大的任務交給了自己。

他還願意仰仗她的力量。

辛仍然需要可蕾娜。

這就是證明。她好高興，心裡小鹿亂撞。甚至覺得就算距離更長，目標更小，現在的自己都能百發百中射穿目標。

同時……

也有個冰冷堅硬的冰塊卡在亢奮的頭腦一隅，告訴她這次絕不能再失敗。

冰塊其實是她的焦躁、緊張及不分對錯的不安。因為辛信賴她，把重責大任交給了她。因為辛是認為她辦得到，才會願意交給她。

所以絕不能夠失敗。

不能辜負他。

這次一定要幫上辛……大家的忙才行。

「交給我吧。」

就像重新發誓，要和大家一起戰鬥到底那般。就像害怕自己如果辦不到就會被搶走那般，把手冊緊緊抱好。

因為自己只剩下這個了。

因為我只剩下戰鬥到底的驕傲，能讓我在你身邊戰鬥到底的技術了——……

「這次，我絕對不會射偏。所以——放心，交給我吧。」

辛為難地、關懷地皺起了眉頭。

「不用給自己這麼大的壓力，我信任妳……我不會拋下妳不管的。」

——不要拋下我。

在他們即將從船團國群撤退時，可蕾娜不小心哀求他，說出了這句話。

「嗯。」可蕾娜點點頭笑著說。辛當然會這麼對她說了。

「嗯，我知道。我很清楚，可是我……因為我也是八六……」

因為我已選擇戰鬥到底。

「我也想戰鬥到底，好好守住——我們的驕傲。」

可蕾娜把話說完了。不知怎地，辛——像是忍受著痛苦般面露糾結。就跟他們從船團國群撤退之前，看到可蕾娜哀求自己時露出的神情。

他像是煩惱著這話該不該說，沉思了片刻後——這次靜靜地開口：

「妳之前說過不用改變沒關係，對吧？」

「……嗯。」

——假如你覺得痛苦，就不要勉強改變自己。

「假如可蕾娜不想改變，我覺得妳不改變也沒關係。可是，假如妳是認為『改變不了』，把驕傲當成一種詛咒的話……」

辛透出有些深遠的目光，既不像在聯合王國進行那場作戰時的眼神，也不同於在第八十六區戰場時的眼神。

在聯合王國如履薄冰般受到脆弱的焦躁驅使，在第八十六區如嚴冬湖水般冷冽結凍的血紅眼眸不知不覺竟已迎來冰雪解凍的一刻，穩重而平靜無波。

他的雙眸映照出可蕾娜的模樣。像是帶著關懷，忍著痛楚。

分明他就在眼前，為什麼感覺如此地——遙遠？

「……我認為妳其實不需要勉強去背負它。」

†

『——彈射器滑軌冷卻完畢。全接合固鎖已確認，最終檢查表全項目檢查完畢。』

全長九十公尺，兩條一對的粗長滑軌，在後座力吸收用鏟形元件(spade)與轉移陣地時可發揮移動功能的兩雙腳部上發出金屬擠壓的叫喚聲開始運轉。

收納時如羽翼般摺疊起來的滑軌此時得以伸展，有如長槍槍尖般斜著仰望天際。即使除去這個粗長部位不算，全長仍有四十公尺，大小可與電磁加速砲型比肩。烤漆顏色既非聯邦的鐵灰色也非盟約同盟的焦茶色，而是比照狂怒戎兵的——於黑夜中征伐獵物的亡靈軍隊之名，採用帶藍色的漆黑（Gunmetal black）。

八六們已經看過幾次類似的配備。

在電磁加速砲型追擊作戰中，使用的翼地效應機「尼塔特」的起飛裝置。

在聯合王國擄獲並加以運用的「軍團」特殊支援機種，電磁彈射機型（Zentaur）。

然後是在船團國群搭乘過的，設置於征海艦「海洋之星」的飛行甲板上，用來讓艦載機起飛的彈射器。

『——Mk1「狂怒戎兵」，投射準備完畢。』

多達二十四頭宛若無月黑夜的爬龍各自在滑軌上乘載著「女武神」，緩緩地站起身。

「現在問這好像太遲了，但你是以教官身分被派到機動打擊群來的對吧，奧利維亞上尉？」

考慮到遭受攔截時的戰力或指揮權的轉交問題，即使同樣屬於挺進大隊裡的先鋒戰隊，萊登率領的第二小隊並不會與辛的第一小隊同時出發。

在「狂怒戎兵」的彈射器上，辛等人的「破壞神」在距離萊登所在的地表十公尺以上的高度等待出擊指示。萊登將仰視的目光移向一旁，只見一起等著出發的第三小隊，純白的成群機體中有著獨獨一架突兀的焦茶色「貓頭龍」。

由於第三小隊擔任前衛的賽歐脫隊，需要有人來彌補空缺，因此擅長近戰的奧利維亞能加入是幫了一個大忙沒錯，但是……

「加入實戰部隊沒關係嗎？而且還是挺進部隊。」

『……怪了，有哪條法律規定教官不能上前線嗎？』

奧利維亞回答時，似乎在自己的座機──「安娜瑪利亞」裡重新綁起長髮。可以聽見在後腦杓高高束起的頭髮摩擦的聲響，以及髮圈勒緊的嘰嘰聲。

宛若古代劍士讓愛刀滑出刀鞘，抑或是弓兵替弓上弦。

『「狂怒戎兵」這次是初次實際出戰，而你們也是初次在實戰中使用「羽衣」挺進──我有經驗又是教官，當然應該同行了。』

在以尚武精神為王侯榮耀的聯合王國，即使是王子也要駕駛機甲。

以維克的聯隊副長身分，在這次派遣暫代他職務的柴夏也不例外。只要有必要，羅亞・葛雷基亞的貴族千金都會為了捍衛領地與子嗣而戰。學會機甲的操縱技術就如同用槍或帶兵，豈止不會有失莊重，甚至是一種受人讚揚的美德。

『──大人。雖然已經在可裝載的重量範圍內加裝追加裝甲了，但「阿爾科諾斯特」畢竟是

輕裝甲機種。請勿以平時的感覺應戰。』

聽了部下恭敬的進言，柴夏在挺進大隊的一個角落簡短回應。她的頭髮綁成兩條辮子，眼鏡後方有著紫色的眼眸。

「我了解。謝謝你，上尉。」

她平時駕駛的是加強通訊與電子作戰性能的專用「神駒」，但「神駒」對挺進大隊來說重量太重。因此緊急裝配同等電子作戰性能的「阿爾科諾斯特」將成為柴夏在這場作戰中的座機。

在挺進作戰中進攻的小規模部隊將在敵軍中暫時孤立。孤立期間由於電波會遭受阻電擾亂型的電磁干擾阻礙，挺進大隊將得不到「華納女神」的情報支援。挺進大隊內部的資訊鏈視狀況而定也可能斷絕。柴夏與她的「家兔」與挺進大隊同行，為的就是代替本隊提供這些支援。

通訊的中繼任務早晚應該由「西琳」來代理，但這次是機動打擊群首次運用「狂怒戎兵」，無法預料會有什麼意外等著他們。柴夏認為不能將此重任交給難以臨機應變的「西琳」，所以才會自願同行。

一切都是為了她認為值得奉獻生命效忠的主君。

「為了我們的維克特殿下——家兔準備出發，完成使命。陸上部隊的指揮還請妥善處理。」

雖然隸屬於先鋒戰隊，在處理終端中訓練精度最低的達斯汀並不屬於挺進大隊，而是與「黑天鵝」一同進攻的派遣旅團本隊。他暫時調換所屬部隊，將先鋒部隊留在「後方」於前線待機時，一陣聲音透過知覺同步傳進他的耳裡。

『——達斯汀。』

安琪？

達斯汀檢查設定，發現同步對象只有自己一人。和其他先鋒戰隊的隊員同樣屬於挺進大隊的她在出發前會有什麼事呢？他一面感到疑惑一面坐正。

「怎麼了——……」

『你說過不會丟下我一個人先走，對吧？』

安琪一邊說，一邊回想起那些事。

回想起感覺十分漫長其實還不到半年的機動打擊群成立期間，與達斯汀交談過的每一場對話、被迫交出內心榮耀的船團國群人民，以及戰鬥到底的道路未能走到最後的賽歐。

幾天前，她偶然經過時，不小心聽到了可蕾娜與辛的對話。

聽到辛將「黑天鵝」的射手職務託付給可蕾娜時，對可蕾娜說的話。

把驕傲——本來應該像是祈禱或心願的事物變得像是詛咒。

在那之後，她就一直在想。不得不去思考自己的心態。

——我……並沒有忘了戴亞。

這是真的。但是……

——我沒辦法像喜歡戴亞那樣喜歡你。

這句話，其實是謊言。

假如她對達斯汀毫無感覺，在舞會上就不會第一個握住他的手。不會在洞窟裡探險時跟他結伴走在一起……欣賞夜光蟲的藍海時會跟同伴在一起，而不是跟他兩人獨處。

即使如此她仍然沒能做出回應，是覺得那樣好像會背叛了戴亞。

因為她怕那麼做會忘了戴亞。

可是那樣……

卻又好像是把戴亞——當成繼續裹足不前的藉口（詛咒）。

戴亞看到現在這個卑鄙的我……一定不會高興吧。

她吸了一口氣，幽幽地嘆息以免被他聽見。

不知為何，她非常地——害怕。想到有可能再次失去，就害怕得不得了。

她拚命忍住，告訴他：

『我可以相信你那句話嗎？——我也一定，會回到你所在的地方。』

達斯汀一瞬間睜大眼睛。

然後堅定地點頭。

「嗯！」

『聯邦派遣旅團的各位聯邦軍人與八六。我是聖教國軍第三軍團軍團長，赫玫璐娜德‧雷羯

——接下來的攻性工廠型征滅行動，還請各位多多幫忙了。』

從分配給聯邦部隊的頻率播放的少女嗓音令可蕾娜猛地抬起頭來。是她。那個聽說是聖教國的將軍之一，只比芙蕾德利嘉大兩三歲，比可蕾娜還小了幾歲的嬌小女孩。

她去機動打擊群的宿舍露過幾次臉，因此可蕾娜也見過她。雖然只有三言兩語，但也講過話。就在幾天前，對，剛好就在……

辛將「黑天鵝」的射手任務託付給她的時候。

†

——我認為妳其實不需要勉強去背負它。

背負驕傲，背負八六直到力盡身亡的最後一刻，都要戰鬥到底的生命樣態。

「你這……！」

這番話實在令可蕾娜無法接受。她急著想回嘴時，辛忽然舉起一隻手打斷她。可蕾娜吞下不滿的情緒，眼睛也順著略為變得銳利的視線望去。

轉角柱子是乳白色玻璃的女神像柱（Caryatid），漫射燈光閃爍著彩虹的七色。遭人斬首的有翼女神像據說是仿造了這個大陸的輪廓。

一個有著金色長髮的嬌小、宛如精靈的少女半個人躲在那柱子背後，僵立不動。

「對、對不起……！打擾兩位了，那個，我不是有意要偷看……！」

少女面紅耳赤，驚慌失措地說著。

於是可蕾娜明白了，眼前的少女看到辛與可蕾娜面對面站著，產生了什麼誤會。

「——不、不是啦！我不是妳想的那樣！」

慌張地說溜嘴後，可蕾娜才發現自己說了什麼，變得更加慌張。她每次總是忍不住加以否定，但這次卻是當著辛的面前。

可蕾娜正在心慌意亂時，辛似乎也有點愣住了，說：

「妳是聖教國軍的軍團長，對吧？記得是雷羯二將……怎麼會特地來到這裡？」

「軍團長？」

「沒、沒有，我只是繼承了父母的地位而已……」

可蕾娜不由得大叫出聲，讓赫璐娜變得不知所措。

她勉強讓自己鎮定下來後，說道。

以真誠的眼神。眼裡有著熔化落日般的金色。

「只是想來向各位八六致個意。正如兩位所說的，我是軍團長，所以想代表我的軍團，向前來解救我們的各位致意。」

稚氣未脫的清純容顏綻放坦率的笑靨。

「向跟我一樣，自幼就在戰火中戰鬥到底的各位致意。」

†

同樣的嗓音，即使越過無線電不識趣的雜音依然帶著玲瓏的音色。

『請各位救救我們，來自異國的英雄們……願姬神祝福並守護各位的肉身，大地的堅牢與嚴峻宿於各位的鋼鐵坐騎。』

她說話時一定是凜然繃緊了那張稚氣未脫的容顏，盡可能地挺直了背脊。

請救救我們。

「嗯，交給我們吧。」

——同一句話，她以前也說過。她的手無意識地摸了摸固定在大腿上的手槍。

九毫米口徑，內藏撞針式的自動手槍。在第八十六區有許多八六隨身攜帶，而聯邦軍也會配

發這種武器，用以自盡或是讓戰友解脫。

無論是何種目的，可蕾娜都還沒用過。

從第八十六區到現在，代替大家負起這份責任的都是……

「諾贊上尉，挺進大隊即將出發——這是『狂怒戎兵』首次運用在作戰當中。各位……必須比平常更加留心，確保萬無一失。」

挺進大隊的進攻地點這次又是在「軍團」支配區域的最深處。那裡無處可逃。只要任何一個環節出錯，包括辛在內的挺進大隊就會被圍困在敵方大軍的正中央。

其實這份恐懼總在作戰期間讓蕾娜的心臟發冷。

再加上這場作戰萬一被警戒管制型（Rabe）或對空砲兵型（Stachelschwein）偵測到，挺進大隊將無計可施。危險性反而比至今任何一次作戰都還來得高。

上次的作戰也是，從摩天貝樓墜落的辛——本來有可能是回不來的。

彷彿有塊冰塊穿過背脊，蕾娜渾身發抖。發現她拚命壓抑心中戰慄卻壓抑不了，辛似乎苦笑了一下。

『我還沒忘記我們從船團國群回來時，妳對我下的命令……那個我想忘也忘不了。』

「辛——……！」

揶揄般的口吻讓蕾娜不禁叫出聲來。

因為剛才辛很明顯觸碰了嘴唇。隔著知覺同步都感覺得出來。

那時蕾娜吻了他……在那之前，其實在那之後，也都有過好幾個吻。

雖然只有兩人在進行同步所以還好……不，包括「送葬者」在內，所有「女武神」駕駛者作戰中的發言都會被任務記錄器記錄下來。辛似乎被這種紀錄害慘了幾次，大概是學乖了，這次的發言光聽表面不會知道內情，但知道內情的蕾娜還是會害羞。要是在任務報告時被葛蕾蒂問到這句話的意思，蕾娜該怎麼辦？

……不怎麼辦。假如發生那種狀況，她就讓辛來解釋。

「你或許以為這樣是在報復我，但到時候我可會把辛拖下水喔。」

『喔，原來妳也知道我在報復妳啊。在抵達船團國群之前，妳把我撇在一邊足足一個月，當時我都覺得差不多可以開始鬧脾氣了呢。』

「是沒錯……但那是因為……講這些可能會變成找藉口，但訓練中心沒有實線電路又禁止寫信，害我拖了一個月結果變得很尷尬……然後就……」

說完之後，連她自己都覺得還是太過分了。

「……對不起。」

對方以細碎的笑聲回應。

『我好不容易才等到妳的回答，不會這麼快就丟掉性命的。』

所以妳不用這麼擔心沒關係。

聽出他的言外之意，蕾娜展露微笑。對啊。蕾娜自己也是這麼希望，祈求奇蹟發生，那時才會和他互相立誓不是嗎？

接著她想到了「一點小報復」的方式，說了：

「嗯……還有，辛。其實我現在穿『蟬翼』的時候，還會借用你的外套……原來你平常也有在搽香水啊。外套上的辛的體香讓我覺得心情好平靜喔。」

『！』

她聽見辛激烈的咳嗽聲。看來是被這出其不意的一下弄得嗆到了。

蕾娜自知有點不得體，但又覺得是他活該，假裝若無其事地繼續說：

「以後每次作戰我都要跟你借。心情不安的時候我就緊～緊地抱住它。」

『…………』

不知道是做了什麼想像，辛不說話了。

……畢竟作戰就要開始了，再繼續逗他就太過頭了。

「等作戰結束後，我會親自拿去還你……請讓我親自還給你。今後的每一場作戰，我都要跟你借，然後還給你。」

你一定要平安。

「我等你回來。」

『嗯——……』

講到一半，辛忽然沉默了。

然後改變了語氣：

『——「等我」。』

這句簡短的話語令蕾娜睜大雙眼。

不是「我走了」，而是……

接著她害臊地笑了。

作戰即將開始。現在明明不是想這種事的時候，聽到他那面對戰友，或是——對發誓共度一生的人說話的遺詞用句，讓她高興得不得了。

「好——路上小心！」

『前方淨空——「狂怒戎兵」，開始投擲！』

前方同樣有阻電擾亂型散開隊形所以根本沒淨空，更何況這可是把有人駕駛的機甲整架射出去，說成投擲未免也太那個了。然而誰也沒有多餘精神講這些玩笑話。

形似起跑器的滑梭拖曳著「女武神」在滑軌上疾馳。電磁彈射器帶來猛烈的加速。即使經過模擬器與聯邦國內的訓練，辛更是已在「尼塔特」體驗過此種加速，坦白講還是不習慣。

眨眼間滑梭已從彈射器滑軌的這一頭衝到另一頭，在滑軌的前端敲出堅硬聲響急速停止後解鎖。

把即使屬於輕量仍有十多噸重的機甲硬是拋上了空中。

拋往高遠的北方天空。

盟約同盟製，Ｍｋ１「狂怒戎兵」。

這就是讓擁有空戰女神之名的機甲一如其名地能夠以天空為進擊路線的電磁彈射器。讓「女武神」如同「尼塔特」與艦載戰鬥機那樣起飛的——成對空降裝備中的一個。

擺脫重力上升的「女武神」就藏身在另一件空降裝備裡——識別名稱為「弗麗嘉羽衣」的推進裝置。

其名來自可讓穿上此物者化身為老鷹的傳說中的羽衣。這件推進裝置的任務就是一如其名，讓「女武神」翱翔於天空以隱藏行蹤。

它以整流罩包起形狀在空力上不安定的陸戰兵器，並有兩座火箭助推器可將遠超過十噸的總重量抬上高空。整流罩於離開滑梭的同時點燃火箭，展開安定翼。「弗麗嘉羽衣」獲得推力後一直線衝上遙遠天際。如同羽衣之名，遍布整個裝置、大小與厚度正如鳥羽的無數銀色薄片彈開可見光甚至是電波，閃閃發亮。

獲得火焰之翼，以銀色羽衣隱藏形體，「女武神」集團飛向高空。

# FRIENDLY UNIT

[友軍機體介紹]

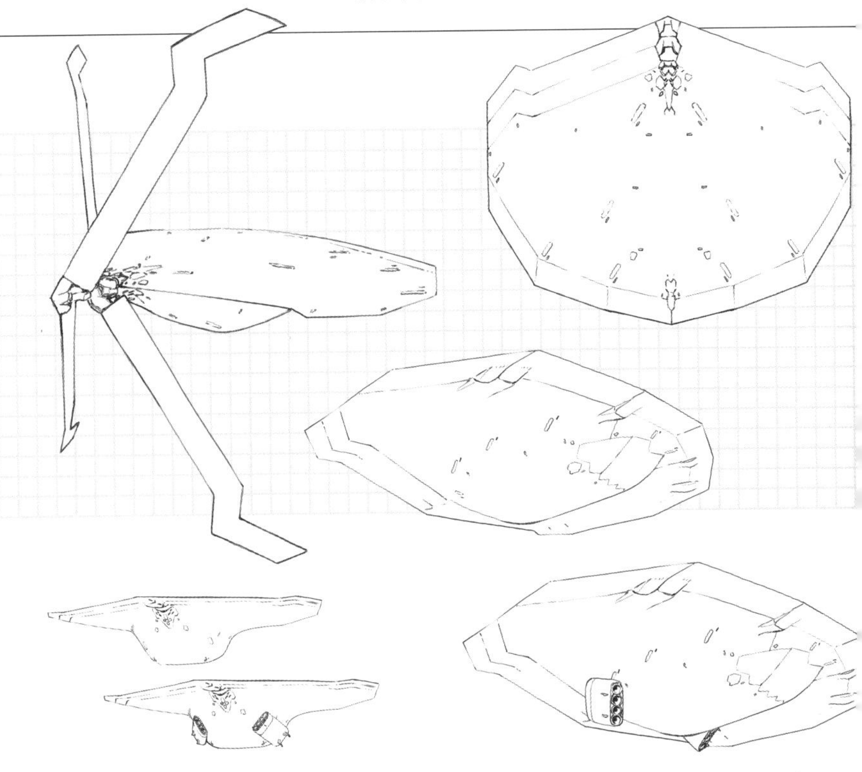

[「女武神」用，特殊空降裝備]

## 弗麗嘉羽衣

[SPEC]

[全長]13.83m　[翼展]16.34m
[裝備]火箭助推器×2
[製造廠]盟約同盟・亞森第二兵工廠

用以將「女武神」投入遙遠戰域的大型空降裝備。以在聯合王國，龍牙大山之戰擄獲、使用過的「電磁彈射機型」為基礎，在瓦爾特盟約同盟的協助下開發的強化型自走電磁彈射器「狂怒戎兵」先於地表將此裝備射出，接著在達到最高高度後展開大型旋翼，於飛越一定距離後降落。整體採用了從「阻電擾亂型」所得資料開發之素材，具有高度匿蹤性能。

在前線仰望天空的吉爾維斯並不會看到此刻正飛越天際的「破壞神」身影。那種高度與速度都不是地面上的人類視力所能企及。

他只是仰望著它們想必正在飛行的陰暗天空，自言自語：

「戰神兼死神所率領的征伐夜空的鬼群。狂怒戎兵……是吧。」

率領鬼群的戰神，同時也是統領戰士亡魂大軍的死神。

集結於戰神麾下的戰死者據說死後仍將奮勇投身於永不終結之戰。

對於這件事實，率領眾人的戰神自己究竟作何感想？

他搖了搖頭，讓自己的「破壞之杖」站起來。這架「破壞之杖」已將原本的鐵灰色烤漆重新塗成了蟻獅聯隊特有的硃砂色。個人標誌為長著小牛頭的海龜——識別名稱「假海龜」。

「假海龜呼叫全機——我們也行動吧。」

「弗麗嘉羽衣」覆蓋其身，且從外殼各處往周圍散布的大量銀色薄片其實是阻電擾亂型的翅膀。正確來說是模仿真品的仿造品。機動打擊群至今強襲並壓制過多個「軍團」生產據點。軍方從其中的龍牙大山據點回收了瑟琳與它的樣品，當成了仿造的原版。

此種鷹羽般的金屬箔片能夠擾亂、折射並吸收包括可見光在內的所有電磁波。名稱則繼續沿用盟約同盟開發時使用的暱稱「白斑鷹羽」。

其擾亂能力無論是對飛行高度超過它們的警戒管制型的廣域雷達，還是潛藏於地表的對空砲兵型的對空雷達電波一律管用，隱藏了「女武神」的蹤跡。

只是航空器的噴射引擎一樣會從進氣口將它吸入，導致引擎損毀。只有燃燒時不須進氣的火箭引擎能夠在銀翅雲層中進軍，而這種效率極差的引擎實在無法取代噴射引擎。

它只能用單程飛行的方式將輕於戰鬥機的重量拋到高空中。

辛從全像式螢幕的高度計確認機體已達到人體若是待在機外連肺部都會結冰的高度。火箭引擎燃燒結束，完成職責的它與「羽衣」分離。

取而代之地，原本摺疊起來的滑翔翼與螺旋槳雙雙展開——火箭引擎極度缺乏效率。即使是聯邦軍也只能使用它飛翔短短一瞬間，爬升到所需高度後即轉為將高度轉換為動能的滑翔方式，讓機械的狂怒戎兵向前推進。

人造羽翼迎風張開。機體的移動方向從上升轉為下降。

彷彿全身的血液與內臟往上浮起，獨特的飄浮感仍令他難以適應。他在無意識中變得渾身緊繃——只因本來無法飛天的人類本能對自遙遠天際墜落的感覺產生恐懼。

斜著斬裂高空的冰凍大氣，空降大隊開始一直線地滑翔，飛往敵軍陣營的最深地帶。

†

縱使在這極西戰場，飛舞於上空的警戒管制型仍即刻接收到「軍團」巡邏部隊開始交戰的消息。

其中，接到為了進行補給而正火速趕往前線的回收運輸型(Tausendfuessler)提出的報告，警戒管制型雖然並未因此而焦急，卻一時之間難以做出判斷，陷入沉默。

『發現資料庫未登錄的機體殘骸。推測為火箭引擎。』

然而該區域並未傳來敵機入侵的報告。看守最前線的斥候型(Ameise)或是在戰線腹地監視空域的對空砲兵型也是，就連警戒管制型自己的雷達也一無所獲。

然而發現到的引擎溫度極高，才剛墜落不久。假如有個未被發現，當然也未被擊毀的不明機引擎孤零零地掉在那裡，可以想見是在征途中拋棄的。

——這是同時使用某種電磁干擾裝置，騙過雷達展開的空降行動。

恐怕是跟「軍團」本身偶而為之，讓斥候型裝備火箭助推器與滑翔機進行空降時，用上了相同的裝備。

既然如此，敵方空降部隊的目標就是——……

『飛鷹五號呼叫斐迪南計畫。有敵機入侵。』

它對著至今並未進入戰鬥態勢的後方——作為祕密武器的「那個」發出警告。對「軍團」支配區域深處進行空降行動，自然不可能只是為了擾亂前線。

『推測目的為擊毀或擄獲斐迪南計畫。請加強戒備。』

『斐迪南計畫呼叫飛鷹五號。收到。』

『整合機能活動。珊瑚綜合體，準備啟動。』

『「蛇女」一號——準備啟動戰鬥系統。』

†

「——被發現了。」

聽到攻性工廠型發出戰鬥系統啟動的咆哮，辛瞇起一眼。

然而它的光學感應器與任何一種對空武裝都沒有朝向己方的跡象，可見被發現的應該不是空降大隊，而是他們留下的痕跡——分離的引擎殘骸。「白斑鷹羽」的迷彩效果即使在這種近距離內仍使敵機看不見「女武神」，至於己方的光學螢幕上則終於顯示出了鐵灰色的巨型身影。大隊已抵達預定降落地點的上空。

當然，他能夠聽見亡靈之聲的異能早在很久之前就已經捕捉到了攻性工廠型的悲嘆，持續聽見那幽幽的哀嘆。

「……早知道會『這樣』，就該早點找出約束她的方法了。」

辛瞥一眼於斜後方滑翔的「獨眼巨人」，以即使是知覺同步也接收不到的聲量低語。

大隊繼續降落。攻性工廠型的龐大身軀逼近眼前——如同高機動型曾以阻電擾亂型作為光學迷彩，「弗麗嘉羽衣」不只雷達，也能騙過可見光線。「軍團」特有的幽藍光學感應器直到現在仍未捕捉到「女武神」部隊，純白機影在隱形羽衣的庇佑下躲進無數林立的高層建築背光處。降落地點為聖教國軍的基地……在更久之前則是城市的廢墟。

宛如墓碑群的林立大樓，讓「送葬者」躲過了攻性工廠型的眼睛。覆蓋著灰塵的地面漸漸逼近眼前。與高度計產生聯動，減速用的第二對翅膀自動開啟，急速奪走機體的下墜速度。

『「弗麗嘉羽衣」，卸除（Disconnect）。』

接在全像視窗顯示的訊息後，滑翔翼與整流罩從機身分離。接著是一陣衝擊。強烈的著陸衝擊力道遍及整個機體。

狠狠踢飛飄落堆積的火山灰……

在染成銀灰雙色的戰場——純白的好戰女神集團，降臨地表。

# 間章　青鳥的最終去向

「小子明天終於也要回國啦。」

留在船團國群的重大傷患依序轉往聯邦的醫院，賽歐這一批最後的轉院對象將在明天回國。在北方海邊城鎮逗留的期間好像很長，又好像只是一眨眼的工夫。

「嗯……那個，謝謝你的照顧。」

看賽歐輕輕低頭致謝，以實瑪利皺起臉孔揮了揮一隻手。

「別這樣。該低頭道謝的是我。」

「可是，艦長……」

「我已經不是艦長啦。」

「……上校。你明明很忙卻還是常來看我，不是嗎？」

有時捧著不必要的紅豔玫瑰花束，有時看他是住院患者溜不掉，就把當地居民用來開旅客玩笑的美味特產帶進病房。

一開始還玩過蓋被單扮妖怪的老套惡作劇，害得賽歐忍不住破口大罵拿東西丟他。總之真的是又煩又吵……賽歐心裡其實很感激。假如讓賽歐靜靜獨處，他一定會鬱悶地想一些沒必要去想

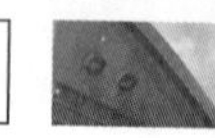

的事。

……假如從一開始就認真聽他說話，多思考一下的話，或許就不會這樣了。

或許就會想到內心的驕傲這種東西，再怎麼小心保護著，在這樣的世界裡一樣有可能保不住。就會想到即使如此，還是得活下去。

話語不自覺地脫口而出。

「……我可以說出來嗎？」

說出對夥伴們……就連對辛也說不出口的話。

因為他知道這樣會對大家造成沉重負擔，但他不願意。那樣太丟臉難看，他不想讓那些夥伴聽到那種喪氣話，所以說不出口。

可是，如果是這個人一定會——願意傾聽。

「我不想放棄當處理終端。」

話一出口，某種東西隨即滴滴答答地落在地板上。

是眼淚。

「我不是喜歡戰鬥，只是想跟大家一起戰鬥到最後。下次作戰也是，我好想跟他們一起去……我不希望變成這樣，實在不想接受這種半途而廢的結局。」

「——就是啊。」

以實瑪利深深地點頭。

帶著他那深邃的、宛如陌生南海的翠綠眼瞳。

賽歐已經記不清楚長相的父親一定也有著這種顏色的眼睛。

「就是啊。雖然我不能輕易地說我懂。」

「但你應該懂吧。因為——『海洋之星』也已經……」

「……是啊。那是她最後一次出擊了。」

電磁砲艦型造成的損傷並沒有讓那艘巨艦失去航行能力，但船團國群已經沒有修好它的力量了。更何況作戰時已經說過，征海艦隊沒有重建的機會。

考慮到戰後海軍再度成軍的需要，資材挪用的事應該會延後，但也不知道能拖延多久。

就算戰爭結束了，恐怕得等上幾十年後才能重建艦隊了。

征海艦、破獸艦及遠制艦都不是船團國群獨力建造，而是仰賴了「軍團」戰爭之前的齊亞德帝國提供的資金援助與技術支援。齊亞德帝國如今已經滅亡。「軍團」戰爭中派不上用場的造船技術有多少部分得以留存，無論是賽歐或以實瑪利都無從得知。說不定根本沒有留存下來，也有可能得不到聯邦的協助，艦隊就這樣再也無法重建。

「我不再是征海氏族了——其實早在好幾年前拿征海艦隊去獵殺臭鐵罐時，就已經不是了。」

即使如此，還是得活下去。

既然還活著，就不能愧對逝去的人。

以實瑪利是，賽歐自己也是。

為此……

「我也能找到下一個事物嗎？」

「找得到的。再說你也不用急，像我都不知道煩惱迷惘多少年了。所以……假如你又迷失了，我最起碼可以當你的商量對象。畢竟我們一千年前是親戚嘛。」

聽到這種在摩天貝樓攻略作戰前就已經聽過了的講法，這次賽歐苦笑了。

他已經不再像當時那樣，不分青紅皂白地想反駁了。

血緣與地緣塑造個人。這是以前芙蕾德利嘉對他說過的。

那句話說得很對，但也說錯了。

的確，一個人——他們八六也是，都不能靠自己維持自我的形體。無論是誰都需要歸宿，都需要共度人生的對象。

可是，賽歐跟大家——無論是那時候還是現在，都並不孤單。

他們有同伴。賽歐有辛和萊登，還有安琪、可蕾娜陪著他。

這些同伴正是他的歸宿，也是塑造他這個人的「緣分」。是互相支撐彼此形體的同胞。

即使如今再也無法戰鬥，現在他相信只要他希望，隨時都能回到那個歸宿——所以他不會忘

記自己是誰。

是同伴們給了他這份信心。

同時他現在終於明白，葛蕾蒂還有恩斯特……聯邦對他們的期望是什麼。

血緣與地緣。賽歐跟大家曾經失去的事物。

這些都能夠要回來。

無論是家人還是故鄉都並非只有在出生時能夠獲得。在自己抵達的地方也能夠掌握這些事物。

期望他們即使失去了這些，仍努力找到代替的歸宿。找到痛苦時可以說出來的一個地方，認識心靈脆弱時可以依靠的對象。不只是靈魂擁有同樣形貌的同胞，在其他人當中也能找到。

就像眼前這個一千年前的親戚一樣。

「……謝謝你，大叔。」

以實瑪利的眉毛萬分委屈地下垂了。

「好歹叫我一聲哥哥總行吧。不是說過可以叫我以實瑪利大哥了嗎？」

「呵。」賽歐笑了笑。

就像他這個年齡的姪子對偶爾見面、年紀相仿的叔父會有的反應。

「才不要。」

# 第三章 砍掉她的頭（Behead!）

「那個……戰隊長。諾贊……隊長。」

當時，可蕾娜還稱呼辛為諾贊隊長。

那時她才剛被分發到他的戰隊。

她待在前一個戰區時就有聽說過傳聞了。第八十六區的無頭死神。據說除了跟隨他的「狼人」僅僅一人之外，所有跟這個受詛咒的處理終端共同戰鬥過的人都會死。之前她很怕那個傳聞及一如傳聞的冷靜透徹性情，幾乎沒跟他說上過幾句話。

當時的辛才剛開始長高，同樣地，體格與其說是消瘦，都可以形容成纖細了。既不愛說話又嚴重缺乏表情變化，不太對別人敞開心胸。

可蕾娜明明在叫他，他卻沒回話，只將視線轉向她。

赤紅的眼眸。

是鮮血的顏色。是死人或即將死去之人身上的色彩。

被那冷淡的色彩定睛注視，可蕾娜反射性地縮起身子。

大概也是因為身上蘊藏著這種冰冷的色彩，別人才會叫他死神吧。

伴隨著背負死去同袍的名字與心靈，一個不剩地扛著他們走到生命終點，帶他們一起逝去的職責。

「我們的死神」。

這是連老天爺都不肯拯救的他們八六唯一留下的寶貴救贖。

可蕾娜昨天第一次親眼看見了。看見他開槍打死身受無法救活的重傷卻死不了的同袍，助其解脫的背影。

「那個……我想說……」

†

攻性工廠型盤據的作戰區域直到幾年前還是聖教國軍的前線基地，戰前則是歷史悠久的城市留下的廢墟。四方形的高層建築與圍繞它們的石砌城牆，灰白的磁磚牆讓人聯想到成排墓石。林立的建築物和高射砲塔跟後方的軍事基地同樣呈現珍珠色。

在這高射砲塔的背後，「送葬者」踢飛薄薄飄落堆積的灰塵降落在地。

吹飛的「弗麗嘉羽衣」起火燃燒，在空中燒燬降下火星雨點。接著小隊的五架機體於周圍著陸，全機沉默無言地散開。他們謹慎小心地消除著陸之後最容易遭受攻擊的破綻，入侵周圍的建築物——掩體的背後隱藏蹤跡。

「——第四、第五小隊。」

『第五小隊，全機著陸成功了，辛。』安琪說。

『第四小隊也是——準備掩護後續著陸人員。』

辛的呼喚得到迅速靈敏的反應。先鋒戰隊第四小隊的小隊長並非過去共和國第一戰區第一戰隊「先鋒」的隊員，但也是在一年前的大規模攻勢存活下來的代號者之一。論技術或指揮能力都不輸萊登、安琪或可蕾娜等其他小隊長。而代替賽歐職位的第三小隊小隊長也是如此。

極光戰隊、大鐮戰隊也傳來著陸報告。接著是第二批、第三批——空降大隊的所屬全機陸續飛落地面。

最後著陸的柴夏座機「家兔」到達資訊鏈中繼所需的高度。敵我雙方的光點(Blip)顯示在螢幕上。

『這是家兔，已看見目標，開始分析。立刻將影像傳送給各位。』

「收到——各機於現在位置待機。確認傳送過來的目標影像……」

結果他不需要把話說完。

因為轟的一聲，攻性工廠型爆發出聲波感應器捕捉不到的無數叫喚，淹沒光學螢幕的下半部，從高樓大廈的對面挺起了它的龐然巨軀。

『！騙人的吧……！』

『超大的……！』

某人不禁發出的呻吟聲落在知覺同步中——那種非現實的巨大，就連以身經百戰為傲的八六看了都忍不住要呻吟。

坡度如丘陵般和緩的圓形背部與矮胖的輪廓很像蹲坐的山豬或豪豬。一隻總高度約莫四十公尺，全長更是可能有七百公尺，不帶尖刺的鐵青色豪豬。

在這龐然大物的面前，就連重戰車型都簡直成了小蟲。由於原本是自動工廠型的關係，本體下半部與地面接觸的部分有著整排疑似「軍團」裝卸口的構造，但看起來幾乎跟針孔沒兩樣。為了消除自己的身軀造成的死角，光學感應器像貝類的眼睛般一字排開。

所有「軍團」形狀共通的整排散熱板在背部中央如鬥魚的背鰭，或是像孔雀尾巴那樣呈扇形張開——沉默地說明了就連這頭怪物都不是生產「設施」，而是自律戰鬥機械（軍團）這種難以置信又令人不願相信的事實。

以機械之身復活。

神話中的巨獸（Behemoth）。

如同《啟示錄》中多頭龍的腦袋——不過不是七門而是五門，承載著的八〇〇毫米磁軌砲傲然旋轉，搜尋躲藏在廢墟瓦礫後方的無頭骷髏（女武神）。

辛極力讓自己發出冷靜的聲音：

「——全體人員，如同簡報說明過的。本次作戰的目的是破壞攻性工廠型，或是在可行的狀況下擄獲該機體。空降大隊的任務是暫時剝奪攻性工廠型的行動能力。然後在『黑天鵝』到達射擊位置之前，引開攻性工廠型的注意與應對。」

雖說早在擬定作戰的階段就預料到了，不過親眼一看，這般龐大的巨獸果然難以用「女武神」的八八毫米砲擊斃。恐怕如同作戰計畫，還是得由大口徑的磁軌砲「黑天鵝」進行射擊。

「先鋒戰隊拖延攻性工廠型本體的行動，大鐮、極光、刺針、雷電、薩里沙等五個戰隊負責擾亂並破壞磁軌砲。磁軌砲從我們的左手邊開始，依序稱為『芙烈達』、『吉塞拉』、『赫爾加』、『伊西多拉』、『約翰娜』。」

「家兔」不只電波中繼，也負責支援指揮。顯示於光學螢幕的五門磁軌砲覆寫成辛所指示的名稱。這是直接承襲了尤德替電磁砲艦型的磁軌砲取的識別名稱，命名來源為音標字母。

當時想都沒想過，下次作戰還會沿用這些識別名稱。

「大鐮戰隊負責『芙烈達』，薩里沙戰隊負責『吉塞拉』，刺針戰隊負責『赫爾加』，雷電戰隊負責『伊西多拉』，極光戰隊負責『約翰娜』。作戰區域除了攻性工廠型之外沒有其他處於活動狀態的『軍團』，但仍須注意休眠機的伏擊。」

大鐮戰隊的戰隊長回答：

『收到——所幸打的是城鎮戰，大樓也不少，我們負責對付磁軌砲的人員就一邊現身故意引誘它瞄準，一邊用建築物擋住砲線前進就對了吧。』

『柴夏（家兔）也會為各位追蹤磁軌砲的瞄準點。從彈速來看，射擊後再閃避是不可能的。遭到瞄準時我會發出警告，請各位以閃避為最優先即時做出反應。』

『至於我們弓兵與方鏃砲兵部隊就是占據位置掩護近戰部隊了。跟先鋒一樣，盡量選擇不會被發現的建築物後方移動……對吧。』

磁軌砲的砲塔上，銀線編成的兩對蝶翼悠然展翅。

那是排熱動作，代表了磁軌砲戰鬥系統開始運轉的前兆。十對二十隻的翅膀伸展擴大，覆蓋天空。震得腹腔深處發麻的無數亡靈叫喚自攻性工廠型的內部轟然迴盪。

其中之一……在聽過一次就記住了的電磁砲艦型無數尖叫中，混雜著一個臨死慘叫。

辛定睛盯著前方，瞇起雙眼。

——祝你們報仇成功嘍。

對。一定就在這個戰場上。

繼而五門磁軌砲的各個控制系統，分別發出五種調式的哀嘆。沒聽過的呻吟、叫喚、喘鳴、嗟怨……只有一個，是一聽就能認出的悲嘆。

用冰冷、空虛——應該已戰死在那碧藍戰場的少女的嗓音。

『——好冷。』

夏娜。

那聲音即使相隔數十公里，仍傳到了以知覺同步相連的蕾娜、芙蕾德利嘉及可蕾娜的耳中。

『好冷——好冷。好冷好冷好冷——……』

「怎麼會……！」

在接到空降大隊開始交戰的消息，與旅團本隊開始一同前進的「黑天鵝」架臺上，可蕾娜愕然地倒抽一口氣。

在摩天貝樓據點與電磁砲艦型的戰鬥中，夏娜在要塞最高樓層負責狙擊任務，結果因為逃生不及而戰死。

就好像代替了擅長狙擊且以此為己任，卻丟人現眼地動彈不得的自己送命一樣。

她的遺骸就這樣與倒塌的鐵塔一起沉入大海，卻似乎落入在同一片水域潛航逃亡的電磁砲艦型手中，然後被「軍團」所吸收。不是「黑羊」，而是成了「牧羊人」。北方遠洋的深暗海域，海水極其冰冷，使得腦組織在死後腐壞得較慢。

能聽見「軍團」機械亡靈之聲的辛——理當早就發現了這件事。

想到這點，她打了個冷顫。

難道說……

辛沒有選上自己加入空降大隊，並不是信任她的狙擊技術，正好相反，是因為覺得「信不過」她？

是因為他判斷在摩天貝樓據點由於心神動搖而呆站不動、醜態畢露的可蕾娜無法跟「夏娜」交戰，無法在戰場上與他並肩作戰——……？

「夏娜」的臨死慘叫轟然響起的同時，「送葬者」的雷達螢幕顯示出一架「破壞神」一直線衝了出去。

識別名稱不用看也知道。當然是極光戰隊的「獨眼巨人」，西汀。

辛當下想阻止，卻改變了想法。他就是「為了這個」才會把「約翰娜」分配給極光戰隊。雖然的確算是擦槍走火，但只要還能按照任務內容行動就別計較了。

「西汀，『夏娜』在『約翰娜』的控制系統裡。交給妳沒問題吧？」

她沒回答。

辛認為她並不是沒聽見，於是接著對極光戰隊的戰隊長做出指示：

「班諾德。笨蛋一如預期地失控了，麻煩你罩著她。」

『是是是，還真的一如預期咧。收……』

『我聽見了你這混帳辛你說誰是笨蛋了！』這回怒罵聲岔了進來，辛與班諾德短暫陷入沉默……看來她比想像中更冷靜。

只是平常都用亂取的綽號叫辛，現在卻不小心叫成了平常叫都不肯叫的名字，可見還是有點失去理智。

『……你們的關係能惡劣到這種程度也算夠厲害的了。』

「忽視作戰中通訊聯絡的傢伙活該被罵笨蛋……麻煩你了。」

辛正是因為判斷即使西汀多少有點亂來，他跟戰鬥屬地兵也有辦法掩護得來，才會刻意將她分配到極光戰隊。

班諾德似乎笑了一下。

『你不用說我也知道，隊長大人——傢伙們，我們走。去掩護失控小姑娘了。』

「獨眼巨人」一馬當先的動作彷彿成了號砲，空降大隊的八個戰隊紛紛一躍而出。他們各自在沉沒於灰海的廢墟中疾馳，衝向鋼鐵巨獸。

先鋒戰隊的目的是剝奪敵機的行動能力，首先以攀上攻性工廠型的本體為目標，採用在都市外圍大幅迂迴的方式繞到巨獸背後。在反磁軌砲戰鬥中身負掩護任務的兩個砲兵規格大隊為了占據所需的射擊位置而往攻性工廠型的懷裡前進。由於絕不能被敵機發現蹤跡，兩者都穿梭於廢墟都市的陰影中。

負責排除五門磁軌砲的五個戰隊為了分散巨砲的準星而在廢墟都市中呈扇形散開，同樣也以攻性工廠型的咽喉為目標，如五爪爪痕般一路進逼。他們同時也是佯攻部隊，目的是不讓攻性工

廠型發現先鋒戰隊正在悄悄接近它。

這五個戰隊的「女武神」故意暴露行蹤，但疾速奔馳不讓敵機掌握總數；而攻性工廠型的感應器似乎接連捕捉到了他們。

凶器般的砲身伴著破風巨響旋轉過來。從搜敵的曲線運動變成明顯瞄準獵物的直線動作。彷彿與之呼應，臨死之際的叫喚聲嘈雜地增加。

「……！」

如西洋棋盤般整齊鋪設的縱橫街道似乎是聖教國都市的特色；「送葬者」衝過其中一條街道時，辛在駕駛艙內聽見了這些聲音，抬起頭來。並不是伏擊的休眠機啟動了。增加的聲音都在攻性工廠型的「肚子裡」。

緊接著散熱板的左右兩邊開了條縫，投擲出某種東西。軌道呈拋物線。那東西「慢」到就連人類的動態視力都能輕鬆看得一清二楚，是無數的、像是抱著雙膝般蜷曲著身體的——……

——自走地雷？

可是——現在丟出自走地雷又能怎樣？

辛掌握不了敵方的用意，發出了警告。讓他生存至今的經驗告訴他，正因為掌握不了敵方的用意，才更應該提高戒備。

「各機注意，目標自機體內部釋放了自走地雷，用意不明。盡量減少接觸——……」

『！——磁軌砲已鎖定瞄準點！』

犀利的警告聲打斷了他，是柴夏。她活用為了進行通訊支援與戰況分析而占據高處的優勢，自願支援部隊的閃避行動。

『「獨眼巨人」、「庫力奇三號」、「血狼」請立刻躲避！並戒備「伊西多拉」與「吉塞拉」的第二次砲擊——……』

這時奧利維亞短促地倒抽一口氣，說：

『——全機退避！光是離開砲線還不夠——所有人從磁軌砲的前方閃開！』

轉瞬之間。

五門磁軌砲，全砲門發出咆哮。

緊接著發生的狀況，空降大隊中沒有一個人能瞬間正確掌握。

無可厚非。磁軌砲的彈速是每秒八千公尺。這種速度的彈頭運動，區區人類的動態視力自然不可能辨識得了。

廢墟的景觀，惡狠狠地「少了一塊」。

不只是砲線上的一點。彷彿五隻隱形巨手從斜上方抓了一把似的，五個地方各自少掉了約莫五十公尺範圍內的一切。如同奧利維亞憑著他能看見三秒後未來的異能發出的警告，大範圍的破壞把範圍內的所有建造物全炸得一乾二淨，在廢墟都市中刻下了圓形的瑕疵。

慢了一拍，無數的破風聲才震破了聲波感應器——即使重達數噸的八〇〇毫米砲彈在幾乎維持著秒速八千公尺的初速下零距離射擊命中，卻聽不到其龐大動能擊碎地面的砰然巨響。

彷彿遭到刀砍，斷面異常筆直的建材瓦礫到這時候才灑落在廢墟的傷痕上高高堆起。

警告於千鈞一髮之際趕上了。也因為八六向來習慣盡量少站在敵機正面——用火力和裝甲薄弱的鋁製棺材與戰車型或重戰車型正面搏鬥，等於是自殺行為——沒有一架「破壞神」被捲入異常廣大的破壞半徑。但是……

「這究竟是——……」

在廢棄都市的多處接連響起驚天動地的爆炸聲。可能是必須以閃避磁軌砲為優先，讓自走地雷自爆了。

一看到磁軌砲砲塔轉向爆炸發生地點的瞬間，辛弄懂了敵方散播自走地雷的目的。

從資訊鏈可以看到全機無一受害，沒有人因為觸雷而死。無論是腳程較快的「女武神」或是裝甲較厚的「破壞之杖」都不會那麼容易死在區區自走地雷手裡。所以散播自走地雷並不是為了擊毀機甲——……

「誤觸地雷的各機繼續退避！『敵機瞄準的是爆炸聲』！」

而是為了在視野不佳的城鎮戰中，藉由自爆的巨響即刻將敵機位置傳達給攻性工廠型。

緊接著是一陣砲聲。接在破風叫喚後，五個看不見的拳頭故技重施，把水泥建築物切碎變成圓形空地。

可以感覺到五架機體的處理終端勉強閃避成功，都鬆了一口氣。其中，班諾德隨即嘖了一聲。

『這也算得上是地雷的用途之一啦。的確是有人會把那個當成警報器……用爆炸的方式暴露踩雷傻瓜的行蹤。』

瓦礫再次嘩啦嘩啦地紛紛落下——無論是水泥還是內部鋼筋都沒有區別，一律留下像遭到利刃劈砍的斷面。再加上數量多得異常的破風聲，以及即使考慮到動能的傳播方式，相對於砲彈直徑仍太過巨大的破碎痕跡……

包括「送葬者」在內，嘗試接近攻性工廠型的「破壞神」距離太近，光學感應器來不及捕捉。然而於後方待命的「家兔」則不在此限。

「家兔，妳那邊的光學感應器捕捉到了嗎？分析做得……」

『第二次勉強捕捉到了——敵機砲彈為鏈彈！』

不等辛回問，分析結果已經送來了。是從「家兔」有些粗糙的光學影像中，擷取出的射擊後與彈著瞬間的圖片。

直徑八〇〇毫米的砲彈於彈著瞬間將形狀變成了直徑長達五十公尺的某種巨大物體。某種平坦的，與其說是銀色圓盤倒比較像是投網的物體。

『砲彈於離開砲口後即刻分裂，分散成圓形平面。中央的主彈頭與七十五發子彈加上將它們連結成蛛網狀的單分子鋼索，將會把砲線上直徑五十公尺範圍內的所有物體撞碎，或是切開……

在帆船時代，人們會使用鎖鏈連接砲彈用來折斷敵艦的桅桿，這個也是類似的原理。』

雖然將破壞力集中於一點時穿透力較強，但論破壞所及範圍的話，線比點更廣。只要是在不易影響彈道的近距離，要打中目標也不難。既然如此，使用七十六個點以線條連接的鋼索「平面」會更有效。

如果用來粉碎要塞或基地的超長距離砲擁有的砲彈並不要求足以擊毀碉堡的破壞力或超長射程，而是可用來橫掃極近距離範圍的話……

「……看來是反機甲的──用來對付『女武神』的對策。」

用來對付先是電磁加速砲型，接著是電磁砲艦型，至今兩度擊倒磁軌砲搭載型「軍團」的……他們機動打擊群。

即使佯攻部隊引開了半數以上的「軍團」，聯邦派遣本隊與「黑天鵝」的征途仍舊不會空無一人。

接到挺進大隊開始交戰的消息，聯邦派遣旅團本隊開始進軍後，終於在射擊預定地點的二十公里前方遇上了「軍團」的迎擊部隊。

將各部隊部署為菱形隊形，並更進一步在前方安排偵察部隊的旅團本隊，其中的「女武神」兩個偵察大隊及立於菱形前方最前端的義勇聯隊蟻獅立即開始交戰。而在此處也是一樣，由一如其名地無以計數的成群機械亡靈，有如烏雲湧起般迎擊三個部隊。

再加上聯邦戰場所沒有，這個空白地帶特有的——

「……！」

準星一對準戰車型側腹部的瞬間，「假海龜」的前腳一彎往下沉，吉爾維斯倒抽一口氣——

他沒注意到，竟一腳踩進了藏在灰塵層底下的凹洞！

他沒多餘的精神去安慰乖乖坐在背後砲手座的思文雅發出的尖叫，擺動操縱桿，即刻重整態勢扣下扳機。「破壞之杖」的高性能射控系統在瞄準敵機之後，只要還在火砲的可動範圍內，就算姿勢難看地差點摔倒也會持續將砲口對準敵機。

一二〇毫米戰車砲發出名符其實地震耳欲聾的凶猛咆哮。戰車型被射穿砲塔側面噴出火焰頹然倒下。

「假海龜」受強烈的射擊後座力向後彈飛，藉此拔出踏空了的腳部重整態勢。

到這時候，吉爾維斯才終於呼出憋住的呼吸。

「抱歉，公主殿下。妳沒事吧？」

「我……我沒事。這點小事不算什麼的，哥哥。」

在機體承受射擊後座力而後退的時候，她的頭似乎撞到了椅背。吉祥物小女孩摸摸小腦袋瓜，堅強地噙著眼淚對他點點頭。

她把被撞亂的禮服裙襬匆匆拉平，然後說了——身為布蘭羅特大公的「女兒」，身為貴族御

用部隊的象徵（吉祥物），她即使身在戰場，服裝也不能有一絲不整。

吉爾維斯轉頭四處張望，發現不只是友機「破壞之杖」的隨伴裝甲步兵們，就連在前方散開的兩個「女武神」大隊都被脆弱的灰塵地層絆倒，再加上光學螢幕上也零星分布著幽暗的汙點。這是機體每次進行高速機動時，光學感應器的鏡頭被火山灰的鋒利邊緣一點一點削掉的細微刮傷。

最糟的是……

『！測距雷射又……！』

中隊無線電迅速竄過一陣慘叫——格外強勁的風吹起灰塵形成厚重簾幕干擾了主砲瞄準用的雷射。射控系統能計算並修正彈道，讓砲彈沿著必中軌道射出，但前提是必須取得精確資訊才能發揮正常功能。

畢竟是在公主殿下的面前，吉爾維斯忍耐著不咂舌，只能苦澀地喃喃自語。他以為自己已經設想過所有狀況，做過了充分的訓練，卻不料……

「……這真是始料未及。原來空白地帶的支配者不是『軍團』，而是灰塵。」

從位於高層大樓之間的這條街道看不見，但辛想起在滑翔的過程中看到過攻性工廠型的背後有著堆積如山的一大堆瓦礫。那是把金屬構件啃光後剩下的殘渣。這頭怪物之所以在廢墟都市駐足，目的之一大概就是為了補充物資吧——也就是說，體內的剩餘彈藥也很充足了。

真是棘手。

辛當然聽得到自走地雷的位置，但數量太多，無法對大隊全機個別做出警告。城鎮戰有很多遮蔽物，特別是只有人類大小的自走地雷，無論是雷達還是光學感應器都很容易看漏。

正因為雷達與光學感應器都容易受到遮蔽物阻擋而看漏，所以敵機才會選用可大量投入的自走地雷，而非平常用來探敵的斥候型。在這個貼近火砲的戰場，沒有可以妨礙聲音警報的辦法，因此如果打定主意不分敵我一律轟炸，用完即丟的自走地雷比較合乎經濟效率。

「各機注意——抱歉，我實在沒辦法追蹤每一隻自走地雷的位置。關於攻性工廠型，我只要專心聽就會知道砲擊的時機，所以——……」

『對。所以你不用警告我們沒關係，辛。』

『我們都有跟你同步，所以攻性工廠型的聲音無論是控制中樞還是磁軌砲，我們都聽得見。只要有在聽，就會知道哪個叫聲代表砲擊要來了。』

被他們打斷，辛大感意外地眨了眨眼。說話的人是薩里沙戰隊與雷電戰隊的兩名戰隊長，但其他戰隊長也都沒有提出異議。

『自走地雷的位置也是，你不用特地告訴我們，我們自己會想辦法。你好像忘了，但我們以前在第八十六區還有大規模攻勢，沒有你也一樣活下來了啊。』

「…………」

辛呼了一口氣。

「你說得對。抱歉。」

『你專心應付你的任務就好……通話結束。』

對方用作戰中經常保持聯繫的知覺同步所以不需要的無線電術語作結。與他並肩奔馳的萊登座機「狼人」的光學感應器的焦點略為往他瞥來一眼。

『那些傢伙口氣也越來越大了啊……現在忽然冒出個什麼鏈彈還有自走地雷，你覺得該怎麼辦？要是擔心的話，可以從先鋒戰隊調出一點人手清理自走地雷。』

「……不了。」

辛想了一會兒，爾後搖了搖頭——既然已經託付給他們，就應該相信他們辦得到。

「雖然沒有料到，但還不到無法應付的地步。可以先照當初的作戰計畫進行……有想好對策的……」

講到一半，「哼。」辛冷靜透徹地瞇起眼睛。

「並不是只有攻性工廠型。」

「——說穿了，就是隨便踩在地上會在灰塵上滑倒很危險，所以……」

在旅團本隊與「軍團」的交戰中，駕駛「女武神」打頭陣的是擔任尖兵的瑞圖的第二大隊，以及滿陽的第三大隊。

好幾次讓自己的座機——「米蘭」腳下打滑，險些跌跤，瑞圖也終於慢慢摸清了在這滿地灰塵的戰場該如何戰鬥。

況且，由於「女武神」採用匍匐於地的低姿勢導致動力系統的進氣口容易吸入灰塵，因此防塵過濾器何時會堵塞也令人擔心。既然這樣……

「只要不降落到地面上奔跑——就可以了嘛！」

「米蘭」的純白機影在空中飛舞。

感應器性能較差的近距獵兵型及戰車型的身邊率領著斥候型充當它們的眼睛。「米蘭」踢踹這些斥候型當成立足點，又踩踏轉向他試圖迎擊的近距獵兵型的發射器，接近一輛戰車型。砲口一轉過來的瞬間，他轉回反方向躲避砲線，趁著沉重砲塔無法即刻掉頭的些微僵硬時間，攀上了砲塔頂部。

他如實地在零距離內開砲，擊毀戰車型。接著看都不看它頹然倒下的模樣，迅速四處掃視找出下一個可當成立足點的敵機位置，一躍而出——跳躍的過程中機動動作會受限，空中也沒有遮蔽物可藏身。他避免跳得太高太遠，在不會被瞄準的範圍內反覆跳躍，衝過成群「軍團」上方的路線。

「看……我的！」

戰隊中的「女武神」進行的支援掃射連連擊中「軍團」隊伍，然而不具生命因此無所畏懼的

「軍團」為了保護更有價值的戰車型，而試著阻擋「米蘭」的前進。近距獵兵型爬上了他的目標——戰車型的砲塔頂部。

敵機啟動高周波刀，刺出刀鋒以迎擊直逼眼前的「米蘭」……但他一邊看著，一邊往正下方的地面射出鋼索鉤爪。

「拜託喔，我只是盡量不想下去，又不是一下去就會怎樣。」

「米蘭」捲動鋼索將移動軌道往正下方修正，於著地的同時高舉另一具鉤爪往下打，賞近距獵兵型的頭部一記附加降落速度的攻擊。

接著在近距獵兵型的下巴（？）丟臉地撞上戰車型砲塔頂部時，再往它的背部飛彈發射器補上一頓機槍掃射。用以確認彈道的曳光彈引發爆炸，使反戰車飛彈在發射器內部炸開，讓近距獵兵型自己與戰車型陷入爆炸火海。

如果以為這樣能讓戰車型一起遭殃就太樂觀了，因此不等火焰散去，先賞它們一頓八八毫米砲再說——只可惜辛不在，不然就會告訴他該不該開火。

副長的「女武神」發出一聲匡啷的腳步聲來到他旁邊。

『剛才那招真炫，瑞圖。』

「是吧～！我稍微用了點巧思。有沒有很像隊長或利迦少尉？」

瑞圖咧嘴笑著做回應。副長正經八百地說：

『我也來。』

「——打得順利是很好沒錯，但瑞圖這樣有點太過火了吧……」

側眼看著瑞圖與第二大隊的奮戰，滿陽露出苦笑。她自以為已經慢慢習慣了瑞圖的亂來或是莽撞，可是剛才那個未免也太……

那是與機體重量相比之下動力系統與驅動器的輸出較大，疾馳如飛的「女武神」才能辦到的驚險特技。由於滿陽的「法里恩」是裝備四〇毫米機砲的火力壓制機，她不太想效法。

她是這麼想的，但第二大隊就像被瑞圖影響似的，擅長機動戰鬥的前衛與負責支援他們的火力壓制機開始用同一種機動動作咬破「軍團」隊伍。他們像爭先恐後的狼群般殺進鐵青色隊伍，從群體內部把敵機啃個亂七八糟。不久滿陽的第三大隊也受到感染，過沒多久，又換成各個戰隊的狙擊手開始發出笑聲。

『能有人引開「軍團」的注意力，狙擊起來超輕鬆的。』

『首先是會危害到突圍的傢伙的臭鐵罐，然後從戰車型開始優先打起，對吧？』

半開玩笑的支援請求從混戰當中飛往大隊後列的大範圍壓制機。

『——左手邊前方出現新的敵機群，推測為增援。』

『麻煩趁它們會合前來個火力支援！達斯汀（射手座），小心別誤射友軍了！』

『別說了。射手座，收到——注意別被我差勁的射擊波及了！』

無數的多管火箭彈橫掃增援部隊的近距獵兵型與斥候型，要求火力支援的戰隊像鯊群般，從三個方向咬噬失去部隊眼睛的戰車型。

「…………」

就連作為代號者擁有豐富戰場經歷的滿陽都是頭一次看到如此高昂的士氣和真摯的態度，而不是要跟敵軍拚命。那種熱誠有點嚇到了滿陽。

——假如戰爭結束了。假如我們讓戰爭結束了，那分明就等同我們親手放棄了八六戰鬥到生命盡頭的驕傲……

在「軍團」前線部隊的背後，灰濛濛的遠方斷斷續續響起震撼力十足的榴彈砲爆炸聲；那是蕾娜從後方軍團指揮所坐鎮指揮的砲兵大隊——待在旅團本隊最尾端的他們展開的反突擊火力。在運用「阿爾科諾斯特」分隊深入陣地進行前進觀測所展開的無情鋼鐵驟雨之間的空檔，蕾娜銀鈴般的嗓音傳遍知覺同步的各個角落。

『華納女神呼叫各機。灰塵風暴即將再度來臨，請深入敵陣的各機暫時後退。我把敵方集團的預測位置傳送給各位。為了避免誤射友軍，請勿攻擊指定範圍以外的位置——開火。』

灰塵簾幕遮住了人類與「軍團」雙方的光學感應器和測距雷射。緊接著一二．七毫米重機槍、四〇毫米機砲、多管火箭運載的飛彈以及八八毫米滑膛砲轟然一齊射擊。灰塵簾幕被塗改成硝煙與爆炸火海，又被肆虐的衝擊波吹散——八六的鮮血女王僅憑推算演繹就能看穿看不見的戰場，降下神示。

一旁駕馭愛機的副長輕聲低語：

『……總覺得大家都好猛喔。』

聲調與其說是引以為傲或懷抱憧憬——不如說帶有強烈的隔閡感。

「是呀……老實說，我有點……」

對瑞圖也是，對達斯汀或蕾娜，或是不在這裡的辛、萊登或安琪都是。

看到同袍們戰鬥的方式簡直像是要親手結束戰爭，那種熱忱讓她……

覺得有點……跟不上。

感覺好像被大家拋下了……滿陽差點說出這句話，但她吞了回去。

前線奮勇戰鬥的情況也傳達給了同屬旅團本隊的可蕾娜與「黑天鵝」。

由四個「女武神」大隊與蟻獅聯隊組成的旅團本隊，以瑞圖的第二大隊與滿陽的第三大隊帶頭擔任尖兵前進，背後則有具備大火力的蟻獅三個大隊提供支援。左右同樣分別安排了機動打擊群的一個大隊作為側衛，後面是兩個砲兵式樣的「女武神」大隊。「黑天鵝」被友軍四面圍繞，在他們的中央受到保護，等待出擊的時刻到來。

「黑天鵝」這種部署位置簡直像被當成公主似的小心呵護，不過其實也像是因為派不上用場而被關在籠子裡。不屬於野戰規格的趕製實驗武器——給人添麻煩的黑鳥。

真要說起來，說不定辛或機動打擊群的同袍們根本沒有任何人需要什麼「黑天鵝」。

「黑天鵝」是在可蕾娜等第一機甲群決定受派至聖教國後才被決定投入戰場。當時他們在聖教國發現了攻性工廠型，從狀況研判它很可能與電磁砲艦型有所關聯。就以攻性工廠型來說，第一優先事項是加以擊毀而不是擄獲控制中樞以收集情報，為了這個目的才會從先技研借用「黑天鵝」，然後辛將它託付給了可蕾娜……

可是……

真要說起來，其實原本……

機動打擊群——辛他們早就已經想好了最基本的、不靠「黑天鵝」這種大型火砲或「海洋之星」等軍艦的力量，只用「女武神」對付電磁砲艦型或攻性工廠型這種超大型「軍團」……剝奪其戰力的方法。

†

在未曾料到有電磁砲艦型這麼一個存在的摩天貝樓據點攻略作戰時是非不得已，但既然已經遇過一次，就是已知的敵機了。只有怠惰的傢伙才會毫無對策就再行挑戰。

聖教國沒有征海艦，也無法期待嚴重受損的「海洋之星」提供支援。

下次要如何才能僅憑機動打擊群的戰力，僅憑只配備八八毫米口徑戰車砲的「女武神」擊沉巨艦？八六……尤其是他們的隊長級人物，不能不想好對策。

面對即將來臨的同時強襲作戰，機動打擊群總部軍械庫基地上上下下忙著準備。身為戰隊總隊長的辛、梅霖、迦南和翠雨在基地的幾間會議室之一，在他們麾下的大隊長、副長還有直屬小隊長們參與下，一連幾天展開了議論。

對抗超長距離砲時，一般常用的同射程火砲或導引飛彈都不在他們提出的對策中。那是砲兵、兵工廠及統括軍隊的將官負責的領域。他們應該早就考慮到，並已開始著手擬訂對策了。

所以機動打擊群該考慮的是「不同於一般」的對抗方式。

說到底，射程四百公里的大口徑超長距離砲與機甲對抗起來，用正面火力交鋒的方式根本連打都不用打。一遭到砲擊就輸定了。

所以大前提是「不讓它開火」。在磁軌砲還來不及射擊之前，就要跑完它的四百公里射程。然後闖進三十公尺長的砲身內側，待在絕不會被巨龍轟炸、僅有三十公尺的安全範圍內——屠戮那頭巨龍。

他們必須絞盡腦汁想出這個方法。

難得能讓三個機甲群同時參加作戰，順利的話，可以同時試試三種方案的可行性。

梅霖與第二機甲群的結論是，磁軌砲搭載機必定配備排熱用翅膀，若除了「軍團」特有的散熱片還得另行散熱，可以試著針對翅膀下手看看。

迦南與第三機甲群採用的方案是，跟以往壓制自動工廠型或發電機型時一樣，可以針對控制中樞下手，撬開搬入口或維修艙口入侵並壓制內部。

至於辛，以及他指揮的第一機甲群……

「——結果還是以擊毀為優先而採用了磁軌砲，但以我們第一群來說，還是很想把那隻臭傢伙的裝甲打穿耶。既然我們這邊有諾贊在，不能用高周波刀從正面砍開它嗎？」

這天在第一機甲群的攻性工廠型對策會議上，頭一個開口的是克勞德。他是先鋒戰隊第四小隊的小隊長。一頭紅髮與眼鏡底下的銳利月白雙眸，令人對這個少年留下深刻印象。

最後決定由每個機甲群各自採取對策，待在基地第四會議室裡的都是第一機甲群的大隊長級人物。電磁加速砲型及電磁砲艦型的光學影像、交戰紀錄、推測諸元投影於幾個全像式螢幕，不知為何還一直播放著怪獸電影。

在眾人的視線關注下，辛聳了聳肩。

「我明白你比較想正面進攻而不是挑充滿未知數的弱點下手，但只有一個人能實行的對策不能說是對策吧。」

「那能不能由你努力訓練大家，大家也努力學起來？」

「要是有那麼簡單的話，就不會從第八十六區到現在整整七年，還只有他一個笨蛋在使用高周波刀了好嗎……」

接著代替賽歐成為第三小隊小隊長的托爾說道。這個少年正巧跟賽歐一樣是金髮綠眼，但他是金綠種，而且長相、個頭與氣質都跟賽歐完全不像。

「就算用小口徑一發打不穿好了，那如果往同個地方多打幾下呢？呃……就是那個啦。叫什麼來著……箭射中靶子後，再一箭射中它箭尾的那個。」

「你說穿箭？」

「對，就是那個，滿陽。就像那樣，讓下一發砲彈射中已經命中的砲彈，把它往裡面塞。這樣就算攻性工廠型的裝甲跟電磁砲艦型一樣誇張，最後應該還是會貫穿吧？」

「只有可蕾娜才能那樣神乎其技吧？只有一個人能實行的對策不算是對策。」

「不，我覺得方向是對的喔。『海洋之星』的主砲也不是一發穿透，而是打中了好幾發才貫穿的吧？就算打不中同個位置，只要集中射擊那一塊地方……」

「我有點子！用攻性工廠型的磁軌砲打穿攻性工廠型的裝甲怎麼樣！在反磁軌砲的戰場上當然找得到磁軌砲，對吧！」

「雖然是個好點子啦，瑞圖，但那也得有能把八〇〇毫米砲彈打回去的特大號球棒才行。」

「哎呀，但攻性工廠型好像比電磁砲艦型更大，所以或許不用打回去，視砲身的角度而定，說不定能打中攻性工廠型它自己喔。」

「等等等等等，瑞圖還有安琪麻煩都先等一下，這樣會越扯越亂，照順序來討論吧。首先是托爾的方案，討論到一個段落後再來研究瑞圖的方案。否則會討論不出結論。」

萊登打岔制止，但話題已經被熱烈討論到快要不可收拾了。奧利維亞說自己不熟悉「女武神」於是沒積極提案，但在被問到意見時會回答，沒被問到時就寫會議紀錄，一面苦笑一面用超快速度敲打資訊裝置的鍵盤。

其中，可蕾娜這天又被大家的氣氛吞沒，呆站不動。

她也覺得應該講點什麼，應該想點能幫上大家的忙的點子，但總覺得跟不上大家的熱忱，一句話也說不出來。

在基地餐廳執勤的青年軍夫走進來，把輕食餐盤放在每個人旁邊。看來大家又忘記吃飯了。由於對策會議每天都討論得太激烈，導致大家經常錯過吃飯時間，所以食勤人員這幾天都會準備能單手拿著吃的輕食，幾天下來也都不太開心。

今天也是，大家雖然趁著會議空檔向青年道謝，眼睛卻看都沒看輕食一眼，一手抓起來就機械性地往嘴裡塞。有的是三明治，有的是用馬克杯裝的湯。

霎時間，喧喧鬧鬧的議論戛然而止，所有人都睜大了眼睛。

萊登睜大了眼，開口說：

「——這還真好吃。裡面夾的是炸肉餅嗎？」

就連被萊登說成味覺白痴的辛都罕見地低頭看著手裡的三明治。

「是啊。醃黃瓜，還有……是黃芥末嗎？很開胃。」

「啊，這邊這個是起司配上煮過的無花果。」

「湯也好好喝喔～乾菇的味道好濃。」

大家只是討論得太熱烈忘了吃飯，畢竟午餐時間都過了。看到大家這回在空腹狀態下把會議擺到一邊狼吞虎嚥，青年用鼻子哼了一聲。

「都怪你們連續幾天吃別人認真煮的飯吃得心不在焉，主廚終於爆氣了。他說『既然如此我就賭上廚師的志氣，用我煮的飯讓會議中斷！』於是就有了今天這一頓。怎麼樣，認輸了吧？」

「對不起。」「抱歉。」「我們錯了。」

所有人紛紛低頭道歉。

一邊低頭還一邊繼續吃個不停，青年看了反而滿意地點頭。

「這是主廚故鄉的家鄉味……本來還有另一種叫油漬鯡魚的料理，但那個現在沒辦法做，他說等戰爭結束後再讓你們嚐嚐。」

聯邦唯一的港口已落入「軍團」手裡，所以當然也捕不到鯡魚。

但先不論這些，可蕾娜又心頭一驚。等戰爭結束後。又是那個話題。

明明就不可能會結束。

托爾開口，自顧自地說：

「對耶，我小時候也常常吃魚。」

視線聚集到托爾身上，他聳了聳肩，說：

「我是海邊地區出身的，現在才想起來我們那邊常常吃魚。我爺爺很擅長燒魚……對，我爺

爺是漁夫，說是家傳的祕密風味……雖然我並不想回共和國，不過倒是有點懷念那個。」

與面露懷念笑容的托爾正好相反，可蕾娜變得更憂鬱了。再懷念也沒用，那些都已經吃不到了。他的祖父遭共和國殺害，所以也別想再吃到那些料理。

至於克勞德則是很乾脆地說了。講得像理所當然似的，語氣輕鬆。

「自己煮就好啦。反正戰爭結束後要去海邊或哪裡都行，到時候就可以自己煮了。」

「啊，也是喔。好，那等到戰爭結束後，我就來重現爺爺的味道！」

「拿做菜當目標喔？」

「哎，也沒什麼不好啊。反正大家都還沒決定戰爭結束後的出路，總之想做什麼就先做什麼吧。」

「爺爺或媽媽的味道啊……對耶，我忘記我媽說她是哪裡出身了。等戰爭結束後就去看看當作旅行好了。」

「啊。」可蕾娜睜大眼睛。

她總算知道辛、萊登還有同伴們為什麼這麼認真地討論如何對付攻性工廠型了。

因為想讓戰爭結束。

因為想結束這場「軍團」戰爭……前往戰場以外的地方——……

†

對，那時候，辛也沒有關心過可蕾娜。就好像丟下可蕾娜遠遠走開一樣，專心跟大家討論如何結束這場可蕾娜認為不會結束的戰爭。

討論如何捨棄可蕾娜至今仍割捨不掉，名為戰士的自我認同。

就好像要丟下呆站原地的可蕾娜不管。

其實，也許早在很久之前……辛就已經拋下她了。

會不會是因為這樣，才沒把可蕾娜帶去他的戰場？

所以現在也是，一直沒跟可蕾娜說話？

因為他覺得他已經不再需要——該開槍時沒能開槍，派不上用場的自己；沒能救到賽歐與夏娜，無能為力的自己。

只要可蕾娜稍微恢復冷靜，就會發現自己這番亂七八糟的理論有多奇怪。不合邏輯也要有個限度。辛現在正在最前線跟攻性工廠型交戰，當然沒有多餘精神跟可蕾娜說話。

但逐漸失去冷靜的可蕾娜想不到這個事實。

她不要變成沒用的人，她怕自己變得無能為力——其實她最怕的，「是切身體會到自己的無能為力」。

記憶中的白銀色頭髮回過頭來。

深藍色的，共和國的軍服。與白銀長髮同色的眼睛。

——對。就像妳那時候，默默坐視妳的父母親被人槍斃。

……這不是真的。

那個軍官才沒有說這種話。他當時是說「對不起，對不起我沒能幫助他們」。

既然這樣，這是……

誰說的……

——白豬全都是人渣，對，說的沒錯。但既然這樣，妳為什麼沒有阻止那些人渣？為什麼沒有吼叫著抓住並阻止他們？……為什麼妳最喜歡的爸爸媽媽被人開槍打死，妳卻沒挺身而出？

那是因為……

——妳最喜歡的姊姊也是。白豬把她帶去戰場時，妳沒有去揪住他們。妳只是默默地袖手旁觀，任由她被帶走而不敢挺身而出。

我辦不到，怎麼可能辦得到？因為……

因為……

銀色的眼睛在譏笑她。不對，也許是金色。這是……誰的……

——對啊，因為妳……

——妳是無力挺身而出，「對任何事情都無能為力」的小孩。

「……！」

她終於明白自己為什麼害怕他人、世界和未來了。明白自己為何連向前踏出一步都不敢了。

因為「自己其實沒有半點力量」。

因為「就像當時切身體會到的一樣」，她什麼都辦不到。

如果在她想前進的時候，前方有人對她惡意相向的話……如果她想掌握幸福，卻被人奪走的話……

到時候自己一定又是無力抵抗，只能任由他人剝削——……

自從聽見「夏娜」的聲音後，可蕾娜整個人就不太對勁。

這件事讓坐鎮遙遠後方的軍團指揮所，指揮旅團本隊的蕾娜相當憂心。

知覺同步透過雙方意識讓聽覺同步化的同時，也會傳達見面說話程度的情緒。同樣與蕾娜連上知覺同步的可蕾娜顯而易見地心神動搖、畏怯，不知所措地僵在原處。

可蕾娜想向人求救，卻怕被拒絕而縮成一團。辛似乎也察覺到了她的情況，雖然沒有出聲關心，但可以感覺到他像是頻頻回望般的擔憂。

話雖如此，辛正在戰鬥。實在沒有多餘精神出聲關心。

就在蕾娜想替他表示關心，正要開口時……

吉爾維斯忽然開口了：

『——方便打擾一下嗎？神槍。記得妳是……庫克米拉少尉吧？』

突然被一個同樣隸屬於聯邦軍，但從未交談過的其他部隊指揮官叫到，名叫可蕾娜的八六少女似乎感到相當意外。吉爾維斯並未責怪她一時之間忘了回話，說：

『我聽說過妳的風評了——神槍。在絕命殞首的第八十六區存活下來，成了機動打擊群無數軍功的助力之一，無人能及的八六狙擊手。即使已經聽過妳的風評……我本來並不打算讓妳擔任「黑天鵝」的射手。』

透過無線電感覺得到她倒抽了一口氣。

關於原因，本人應該也有所自覺吧。那種反應不是驚愕，反倒像幼小的孩子做錯事被指責。

「在船團國群，妳在摩天貝樓據點作戰時暴露的醜態——我因此判斷妳不值得信賴。在重要時刻無法行動的士兵算不上士兵。呆站原地更是不像話。」

能夠在重要時刻確實發揮作用才是好武器、好士兵。試製武器本來就已經不夠可靠，更是不能託付給不值得信賴的士兵。吉爾維斯甚至還要求過蕾娜和辛，直接把可蕾娜剔除在作戰之外。

對此表達強烈反對的人，正是……

『即使如此——諾贊上尉還是堅持把「黑天鵝」交給妳。』

†

他早已聽說共和國的可憐棄民——八六少年兵所組成的機動打擊群的隊長是「諾贊」家的混血兒。

從那時開始，吉爾維斯就對這位未曾謀面的少年懷抱著單方面的親近感。

假如那個豪門還有把他當成家族的一個低階成員，就絕不可能把他留在那種滿是平民、龍蛇雜處的部隊裡。所以他以為那個少年就像他們蟻獅聯隊一樣。是個不受家族接納，只能將戰功獻給門第的好用工具。如同即使抓到獵物也不能吃下化為自己的血肉，注定終將餓死的蟻腹獅子。

一個不受任何人所愛、無家可歸的孩子。

結果錯了。

「——這次是共同作戰，『黑天鵝』也是向先技研借用的。所以我不會說要將射手職務交給誰是我的權限。」

那時是在聖教國前線基地，八角形的珍珠色會議場。在帶有彩虹光澤的乳白色玻璃管裝飾覆蓋著整個牆面，建築樣式陌生的一個房間裡，辛正面緊盯著吉爾維斯說道。

「但如果只因為那一次失敗就對她失望，我認為以作戰指揮而論太過冷酷無情。如果只因為一次失敗就拋棄每個士兵，隊伍將會潰不成軍。庫克米拉少尉當時佇立不動是事實，但我不認為

這樣就可以認定她今後不會振作起來。」

意思就是——你沒資格來管我們，甚至連振作的機會都不給她。

「那——如果她又失敗了呢？」

吉爾維斯一邊問，一邊暗自吞下苦澀的心情。

蟻獅聯隊是新成立的部隊，別說失敗，連上戰場的經驗都沒有。要說不值得信賴的話，他們才是最不可信的一群人，假如擁有七年戰場經驗的辛提出這項事實，到時吉爾維斯將無話可說。但辛完全沒有提到這件事。

不可能是沒想到。必須要有足夠的智慧才能活過與「軍團」的激戰，並且讓身經百戰的八六們心服口服。所以辛之所以沒指出這點，恐怕只是覺得那樣很卑鄙。以他對自己要求的規範——或者是驕傲——而言，這構成了卑鄙行徑。

那種高尚的情操。

唯一與吉爾維斯相同的血紅雙眸抬眼看著他。

帶著在帝國受到極度忌諱的焰紅種與夜黑種的混血色彩；據說在第八十六區受到嚴重排擠，帝國貴種血統濃厚的外貌；被祖國蔑視為骯髒有色人種的八六外觀。對這一切絲毫不顯排斥，帝國貴種混血的八六少年定睛盯著吉爾維斯。

「到時候我會設法補救——因為指揮官的職責，就是在部下失敗時想辦法補救。」

語氣毅然決然，卻不爭強好勝。

必須要認為無論是給予同袍雪恥的機會，或是一次次力挺同袍都是自己應當負起的職責，才會有這種語氣。

到場參與的蕾娜把場面交給辛解決，保持沉默；這也是一種信賴。信賴辛，也信賴不在場的可蕾娜。

這兩人都相信那個人能振作起來——即使那個人在上次作戰犯下了可悲又丟臉的失敗，應該已經辜負了他們的期望，這點依然不變。

他忽然感到心酸又羨慕。

要是他也有個——能像這樣力挺、保護、相信他的哥哥或姊姊，他就……

……他無法踐踏自己渴求已久的這種信賴關係。

「我知道了——既然你都這麼說了……那就讓她試試看吧。」

†

吉爾維斯一面回想起當時的心酸及一抹不得志的心情，一面繼續說下去。

可以感覺到無線電另一頭的可蕾娜對他投以畏怯的視線。比起辛那雙色彩與自己相同的眼眸，這種眼神反而更令他感到熟悉。

「諾贊上尉應該是相信妳能再次站起來，才會把最終王牌交給妳。是相信妳絕對有這份力

量，才會託付給妳。」

那是遭到太多次打擊而再也無力反抗，甚至連抵抗的意志都沒了的小孩會有的眼神。是內心深處被迫深信自己是無能為力的年幼小孩，才會有的眼神。

只有認定自己無能為力所以不值得信任，甚至再也無法相信自己的小孩，才會有這種眼神。他有印象。這種眼神他看多了。在他們受到幽禁的布蘭羅特大宅裡……或是會映照出不願看見的事物，因而令他厭惡的鏡子之中。

「既然這樣，妳就該回應這份期許。只要有人願意相信妳，而妳也信得過他，就該做出回應。因為那個人——比妳所想的更可貴，更難得一遇。」

回應他的期許吧，拜託。既然幸運遇見了這種難得的對象，就該懂得珍惜。

吉爾維斯沒有這樣的人。他跟同伴都沒有願意這樣相信、力挺、等他們振作起來的人。他們只得到過一次機會，還沒出生就錯失了這個機會，所以別人對他們不屑一顧。就連唯一能期盼、心焦如火地想實現的願望，也在伸手掌握之前就被斷了希望。

可是，妳不一樣。有人願意相信妳。有人希望妳能去爭取，去抱持期望。所以，請妳不要忽視那個人的一片心意。妳只是現在看不到，但那隻手一定會永遠向妳伸出。

請妳不要輕言拒絕。

「所以——站起來吧，庫克米拉少尉。」

雖然我沒能辦到。

即使我直到現在，都還是辦不到。

「既然有人相信妳，有人在等妳站起來，妳就該再一次，不管幾次……為了回應那個人的期許，成為他的力量……重新振作起來。」

以免變得……像我一樣。

聽見那個名字，還有那番話……

可蕾娜發現自己下意識地挺直了背脊——儘管得知辛並沒有對她失望，甚至就算她再次失敗也無意拋下她不管，對她來說意義重大，但不只是這樣。

對，她不希望自己無能為力。為了與他並肩奮戰，為了待在他的身邊。

但是，不只是這樣。

一開始，她第一次產生那個想法的時候，不只是這樣。

†

「那個……我想說……」

可蕾娜努力試著開口問他。在第八十六區的前線，被地雷區環繞的基地。她抬頭看著擁有死神外號的少年戰隊長，看著才剛被分發到同一個部隊因而還不熟悉的他。

害怕表達不了自己的想法，但又覺得只要能傳達到一點點就好。

「會不會……痛？」

「…………？」

問題少了最重要的「哪裡」。當然，辛愣了一下。

儘管那只是因為人在眼前才能勉強看出來，極為細微的表情變化；但卻是可蕾娜初次看到這位冷靜透徹的戰隊長露出這個年齡的孩子該有的神情。

光是這樣就讓她發現，這個人——是只比她大一歲，甚至不到十五歲的少年。

「昨天，諾贊隊長開槍打了朱特，有沒有很痛？」

縱然他被滿是鮮血與內臟的手摸了臉頰，連眉毛都沒挑一下。

縱使他就像超然物外的無心死神，沉靜地扣下了扳機。

「是不是只是假裝沒事，其實……覺得很痛……？」

辛沉默了片刻……彷彿在考慮能不能跟眼前微不足道的小女孩分享內心的事物。

然後他說了：

「……有一點。」

「……這樣啊。我想也是……」

不可能不痛。得到了這個答案，可蕾娜不知怎地鬆了口氣。

既然如此……

「下次，我可以代替你。」

血紅眼眸又眨了一次。

可蕾娜已經不怕這個顏色了。她直勾勾地抬頭看他，著急地說：

「我槍法很好。距離那麼近的話，絕對不會打偏。所以……可以讓我來不要緊。」

讓我代替你。

雖然恐怕只有比誰都堅強的你能記住他們、扛著他們走到生命的盡頭；但如果只是分享傷痛

——稍微幫你背負一點重擔的話……

她合握快要發抖的手，把它隱藏起來。她很害怕。就算因為求死不得，因為救不活，因為總比被「軍團」吸收來得好，所以就對同袍開槍是幫當事人解脫，那也還是殺人。她很怕。其實她一點都不想這麼做。

可是，正因為如此，我更不能讓你一個人承擔。

辛沉默地注視著這樣的可蕾娜，這次搖了搖頭。

「是我跟那些傢伙說好的……我認為應該由我來。」

「……嗯……」

可蕾娜不禁垂頭喪氣。稍稍鬆了一口氣的自己，令她可恥。

回望著這樣的可蕾娜——擁有死神外號的少年，這時初次在她面前展露微笑。

「不過……謝謝妳。」

†

她那時候之所以那樣說……之所以進一步磨練槍法……

不是為了幫上他的忙，讓他把自己留在身邊。

是為了即使有一天自己會先死，在那一刻到來之前，仍要與他共同奮戰。

為了當他自願背負的死神職責某天令他痛苦到無法承受時，可以在那一刻暫代他。

為了盡量幫助他。

幫助沒有血緣關係，但親如家人，就像親哥哥般，自己最珍視的——同胞。

——諾贊上尉一定也是，無論發生什麼事，永遠都會是妳的哥哥。

這是在船團國群，以斯帖上校——跟他們同樣心懷榮耀而活，但就連這份榮耀都失去了的征海氏族女軍官對她說過的話。

對，從來都不曾改變。的確，辛從來沒對可蕾娜棄之不顧。作戰前他不是也說過嗎？說過不會拋下她不管。說過如果覺得痛苦，變成一種重擔，與其讓它變成詛咒不如就放手；露出由衷關心可蕾娜的神情，用一片真心貼近她的傷痛。

只要特別去留意，即使是現在這一刻，都能感覺到他的心意隔著知覺同步傳來。

知覺同步除了言語，也能傳達面對面交談程度的情感。辛……還有萊登、安琪及蕾娜，此時此刻也都在關心可蕾娜。

她險些——因為懷疑，而自己毀掉這一切。

「鈞特少校，那個……謝謝你。」

看來佯攻的五個戰隊已開始將計就計，把攻性工廠型以自走地雷的觸雷爆炸聲作為目標的意圖加以利用。

辛發現五門磁軌砲刻下的鏈彈破壞痕跡明顯偏離了戰隊真正所在的位置。他們活用在第八十六區與聯邦等廢墟戰鬥的經驗應付掉自走地雷，藉由從遠處開砲射它的方式故意引它自爆，以引開磁軌砲的瞄準位置。柴夏居高臨下俯瞰戰場的準確指示也發揮效果，五門磁軌砲的砲擊逐漸變得只能替戰隊的前進路線提供瓦礫。

從前方大樓叢林與破敗街道的山丘另一頭，終於能一窺攻性工廠型的鐵青色背影——以五個戰隊為佯攻，先鋒戰隊採取大幅繞圈的方式疾馳於廢墟都市中，奪得能夠攻擊攻性工廠型背後的位置。隊員散開隊形，潛伏於被攻性工廠型大口咬掉一半而倒塌的大樓背光處。

「——大隊各員注意。先鋒戰隊已就定位。」

『收到——方鏃與弓兵戰隊也已經部署完畢。隨時可以提供掩護射擊。』

『大鐮戰隊等五個佯攻戰隊正在接近目標，距離差不多都還剩兩千吧——進入戰車砲的範圍了。』

『呵呵。』大鐮戰隊的戰隊長帶著傲氣嫣然一笑。

『那麼，差不多……該讓它瞧瞧我們的厲害了吧？』

「是啊。」

儘管攻性工廠型大搖大擺、彷彿以王位所有者自居般傲慢地坐在那裡，但是……

「這是屬於機動打擊群的——『女武神』的戰場。」

†

用餐後，喝完主廚本人這次帶著愉快笑容端來的、加了夠多砂糖和牛奶的咖啡，眾人才終於重新召開攻性工廠型因應對策會議。不知是因為血糖值上升還是稍微得到休息的關係，他們發現會議中斷前的討論其實早已陷入死胡同。

畢竟連大前提都漏掉了。

「——回到前提。」

聽到辛這麼說，在場所有人的視線都聚集過來。

「一旦演變成砲戰，我們是敵不過它的。所以必須在它做完射擊準備，而且察覺到我方存在之前徹底逼近它。只要使用『狂怒戎兵』，要達成這點並不難……只是假如又演變成海戰，這次就只能祈禱暴風雨不來了。」

「……就算真是如此，要是變成海戰，就更得騎到那臭傢伙身上才打得起來，所以這點還是得設法解決吧。『女武神』再怎麼神通廣大，也不能在海面上奔跑啊。」

儘管萊登露出不懂辛這番發言意涵的神情，仍回答道。辛點點頭後繼續說：

「下次作戰是在陸地上，所以我覺得其實不會比電磁加速砲型那場仗來得難打。當時在進擊路線上我們必須分散戰力去擾亂敵方守軍，因此最後幾乎是一對一。但如果能用空降的方式越過敵方戰線——不用分散戰力就能到達磁軌砲面前，無法敏捷行動的磁軌砲就只是個靶子。著手進攻起來不會太費事。」

最初與那架機體，在克羅伊茨貝克市對峙時——成功對辛等極光戰隊發動伏擊的電磁加速砲型於砲擊後撤退。明明伏擊行動成功，它卻選擇逃走。

當時，辛他們十五架機體一架不缺。

那個戰場是都市廢墟，電磁加速砲型的周圍林立著無數大樓。

「所以」它逃走了。

因為它知道在市區戰鬥時，一次應付多架機甲於己不利——所以那架巨砲才會從克羅伊茨貝克市逃走。

「……喔。」

「剛才提到穿箭，讓我想到……前提是我們要入侵磁軌砲無法射擊的半徑三十公尺內範圍，也就是揪住攻性工廠型的狀態對吧？並不是要從遠方瞄準它開火。」

所有人不約而同地叫了一聲。

不是有嗎？有個裝備可以精確地打擊同一個部位，而且全體處理終端都能用它來對敵機造成損傷。

只能在緊貼敵機的狀態下使用，但是在緊貼敵機的前提下確實能發揮效用，「女武神」的固定武裝。

「——破甲釘槍！」

†

一面引開磁軌砲一面接近敵機的五個戰隊挺進至距離攻性工廠型數百公尺的極近位置。他們穿越瓦礫及大樓的陰影，迅如箭矢地一躍而出。

為了攔截疾馳於地面的他們，八〇〇毫米砲發出擠壓摩擦的巨響轉過來。不只如此，從攻性工廠型的全身上下冒出了刺蝟倒豎長刺般的無數對空機砲。

『——就知道你會來這招，混帳東西！』

一瞬間，彷彿在嘲笑採取俯角的機砲，純白機影自大樓的屋頂平臺與高樓層——機砲完全瞄準不到的高處現身了。

一群「女武神」從攻性工廠型的死角位置往大樓屋頂平臺附近射出鉤爪，一邊捲動鋼索，一邊斜著描繪弧線衝上牆面。是擔任戰鬥支援的砲兵規格，配備榴彈砲的方鏃與弓兵兩個戰隊。

「女武神」是以聯邦戰場、森林與市區戰場為主戰場打造的機甲。

此種機體在多數機動裝甲兵器不擅長的巷戰，或是厚重裝甲與大口徑火砲使得重量過重的戰車所痴心妄想的，連建造物都當成立足處的立體戰場最能夠發揮本領。

為此獲得敏捷運動性能與高輸出動力的成群白骨，在它們獨占鰲頭的都市高處現身。從那樣的高處能攻擊機動裝甲兵器的弱點之一——較為薄弱的頂部裝甲。

那是他們之前刻意匍匐至地，不曾選為進擊路線的高處。

『我們是故意滿地爬，讓你的眼睛習慣往下看——你還真的中計了咧！』

砲擊伴隨著大笑而來。

攻性工廠型理應為了攔截近距離敵軍而配備的對空機砲朝著與原本用途正好相反的地面，就這麼空虛地被炸飛。隨後緊抓這個注意力與準星往上方分散的破綻，接近目標的五個戰隊各自讓狙擊小隊切換彈種，展開砲擊。殺向敵機的榴彈到達一對磁軌的八〇〇毫米縫隙，引爆定時引信爆炸開來——在對付電磁砲艦型時，賽歐也曾像這樣於磁軌砲射擊的前一刻成功阻止砲擊。

當時成形裝藥彈（HEAT）是「湊巧」碰到磁軌而爆炸。但只要使用設定了定時引信且破壞半徑較廣的榴彈，儘管只限定於能瞄準磁軌窄縫的極近距離內，要引發同一種現象不是問題。組成彈體發射用電磁場的流體金屬於最後一刻被秒速八千公尺的衝擊波與砲彈碎片撕裂，飛散在灰色的天空中。

趁著巨砲驚懼顫抖般後仰時，五個戰隊的其餘小隊繼續接近目標——距離剩下三十。隊員闖入了三十公尺長的磁軌砲砲身無論如何都無法開火的巨砲懷裡。

隊員射出鋼索鉤爪。純白機影利用大樓牆面甚至是攻性工廠型本身的側面作為立足處，一路踢踹著攀向五座砲塔。龐然巨軀掙扎扭動著想甩落它們，隊員則是將四具破甲釘槍中的三具打進它的機身，撐過這場強震。

從砲塔伸展出的兩對銀翅，這次同樣讓構成翅膀的近戰用鋼索分散鬆開，或是宛如間歇泉噴發般從翅膀根部噴出，試圖攔截「女武神」。方鏃與弓兵戰隊從後方搶先射出的榴彈接連於空中炸開，以強烈的衝擊波彈回鋼索開路。

衝過爆炸壓力形成的隱形盾牌下方，「女武神」終於各自到達了五門磁軌砲的砲塔頂部。他們將八八毫米砲對準敵機，展開零距離砲擊。

高速穿甲彈(APFSDS)維持著秒速一千六百公尺的超高速初速狠狠撞上目標——迸散出火花被彈開了。

好硬。不同於戰車型或重戰車型，這種兵種不要求具備機動力。看來是放寬了重量的增加標準，強化過砲塔的裝甲才上陣。

這都在預料之中。

武器變更為左前腳的固定武裝——五七毫米破甲釘槍。四腳分別裝備的四具破甲釘槍中，在攀登時保留了最後一具。

即使在這短期間內不可能從頭開發全新武裝，組合既有武裝勉強趕製出新武裝倒還有辦法。所幸整個機動打擊群只有一個處理終端採用「這個裝備」，剩餘零件多得是。

扣下扳機。左前腳的破甲釘槍啟動。電磁貫釘一插進砲塔後，刀尖朝下固定在釘槍保護罩外側的「高周波刀」炸飛固定的爆炸螺栓，沿著同樣安裝在保護罩上的導軌滑落。

刀尖朝下——往砲塔的裝甲刺去。

燒到白熱的刀尖將厚實裝甲當作水一般穿透。「女武神」沒特地確認刀尖，繼續深深切入機身，直接把刀刃連同釘槍一起分離。飛身跳開之後，突破爆炸壓力護盾的鋼索重重劈向砲塔，但衝擊力仍不足以弄掉深深卡入機身的刀刃。

至於貫釘則像是被彈飛般脫落，失去固定的破甲釘槍本體受到重力牽引，往下歪斜。如同古代帝國用來使敵兵掉落盾牌的重標槍(pilum)，與高周波刀連接的部位彎折了。被釘槍重量向下施力的刀刃維持著深深插在砲塔上的狀態，這次變成向下割開裝甲……只不過，就連處理終端們也沒料到會造成這種效果。

「——如果改良一下，不知道能不能重現同樣的效果？」

『如果可以就太棒嘍……因為洞越大越好打嘛！』

歪倒到幾乎與地面平行的高周波刀終於一一脫落，往下墜落。之後留下彷彿慘遭獸爪撕裂、

直達砲塔內部的長條傷痕。

八八毫米砲的砲口再次轉過來。

抽身跳躍躲開鋼索，用剩下的釘槍及鋼索鈎爪抓住攻性工廠型機體側面的「女武神」，以及留在地上提供掩護的人員……

全機一齊扣下了扳機。

確定攻性工廠型已失去機砲，五門磁軌砲的砲擊全數遭到妨礙後，先鋒戰隊也從潛伏地點一躍而出。「送葬者」把全部四具釘槍打在砲塔插著刀刃、機身激烈翻騰的攻性工廠型背上，抓著它不放。

裝卸口——出入口經常設有陷阱，最好避免從這裡入侵。辛對著鐵青色外殼揮動一雙格鬥手臂的高周波刀，斬裂巨獸的厚實甲殼。緊接著奧利維亞的「安娜瑪利亞」向上衝刺，舉起高周波騎槍精準地打向劃下兩條裂痕的部位。之後又拔出前腳的貫釘抵住該處，再次扣下扳機多補一記攻擊。

被切成一塊歪扭三角形的構材往內側猛烈彈飛。

兩架機體往左右跳開讓出位子，換成萊登的「狼人」與克勞德的「潘達斯奈基」展開機砲掃射。觀測彈道用的曳光彈拖著光尾，瞬時照亮了攻性工廠型體內的陰暗空間。五門磁軌砲的正下方屹立著巨大高塔般的——與「海洋之星」四〇公分砲構造酷似的——彈匣。聳立的再生爐能夠啃咬瓦礫，吞下可供回收利用的材料。流體奈米機械的培養槽和儲存池裡裝滿了銀色流體。對兵工廠內情不甚清楚的辛猜不到那無數的巨大機械與成堆管線的用途。而那正可說是銀色巨獸的五臟六腑。

其中沒什麼看起來像是控制中樞的東西。距離這麼近，辛不用看也能用他的異能聽出來。層層重疊的「牧羊人」叫喚聲分別……說不定就連單一個體都被分割成多個，遍布於攻性工廠型的內部各處。奈米機械的大量神經網路像紗簾重疊鋪設般遍及機械內臟相連的縫隙。

不同於潛藏於戰鬥區域深處，未曾想定戰鬥用途的自動工廠型，攻性工廠型是戰鬥兵種。而這般巨大的身軀，控制系統分散配置較能增加冗餘。能夠自行生產奈米機械的攻性工廠型，即使控制系統多少受損恐怕也能當場修復。況且靠「女武神」火力不強的戰車砲或榴彈砲，要破壞這堆神經網路並非不可能，但絕非易事。

——看來還是得用上「黑天鵝」的砲擊。

為此，必須……

「阻止敵機前進——安琪，拜託妳了！」

對磁軌砲展開砲擊的「女武神」已預先將彈種切換為成形裝藥彈。從刀刃貫釘刻下的傷痕狠

狠噴入的超高溫金屬噴流，引燃了構成巨砲控制中樞的流體奈米機械。

西汀看見其中一門——「約翰娜」的砲塔噴出了銀色蝶群。在與電磁砲艦型交戰時已見過，那是控制中樞逃離破壞與烈焰時採取的形態。是流體奈米機械變化而成的無數銀色蝶群。

是「約翰娜」的控制中樞——「夏娜」變成的……

「——別想逃！」

她大喝一聲，沿著起火燃燒的「約翰娜」砲塔往上衝。只有今天，背部砲架懸臂將武裝從霰彈砲換成了八八毫米戰車砲。她給成形裝藥彈設好定時引信，瞄準在灰色天空中盤旋的蝶群——

『——不行，小姑娘！快跳下來！』

班諾德的警告及慢了一拍後鳴響的接近警報令她猛一回神。來自側面，沿著將「獨眼巨人」攔腰切片的軌道，鋼索構成的五爪高舉揮來……她只顧著追殺「夏娜」，竟疏於戒備周遭的情況。而這一下攻擊——已無從躲避。

——可惡，我中計了……這是同類相誘。

丟出同袍的屍體引誘敵兵，是自古就有的戰術。雖然不曉得那些臭鐵罐是否蓄意為之，總之她就是上鉤了。

還是說，是「夏娜」想拉著我共赴黃泉……

奇妙而旖旎的妄想在下個瞬間被飛到鋼索正下方的成形裝藥彈爆炸巨響炸個七零八落。鋼索被爆炸壓力彈回，衝上來的「女武神」把一時愣住的西汀連同「獨眼巨人」一腳踢落——戰隊章(Squadron marking)

是戰神拉著的獵犬，識別號碼為〇一。「庫力奇一號」，是班諾德的機體。

『真是個需要人照顧的小姑娘耶！晚點你可得聽我抱怨喔，隊長！』

她在墜落的「獨眼巨人」當中舉目四望，看到剛才那發成形裝藥彈的射手。那是空降大隊中唯一一架呈現焦茶色，形如野獸的四腳機體「貓頭龍」——奧利維亞駕駛的「安娜瑪利亞」——看來是他運用預知的異能，搶先掌握到了西汀的危機。

一股激情赫然湧上心頭，她就在激情的驅使下大吼出聲。

剛才，自己說不定可以跟夏娜……跟先走一步的她——一起逝去。

「少來妨礙我，班諾德！上尉也一樣！」

『——這話應該由我來說吧，少尉。』

當場被人快如揮鞭地打斷，西汀一時傻住了。

這個隨性卻又嚴厲的口氣——是奧利維亞嗎？

『妳的任務是壓制磁軌砲。既然志願擔負起作戰責任，就必須完成使命。假如妳只想跟磁軌砲殉情的話——那才是在妨礙作戰，立刻給我離開戰場。』

由於辛正在對安琪下指示，一時來不及出手。辛一面讓出位置給「雪女」，一面將視線轉向於危急時刻解救了西汀的「安娜瑪利亞」。

「不好意思，上尉──謝謝您的幫助。」

『幸好我為了以防萬一而保持「開眼」狀態，而且距離又近──不過還真是千鈞一髮。』

奧利維亞能夠預知三秒後未來的異能，最大範圍只到十幾公尺左右，不算很廣。

說完，奧利維亞似乎忽地苦笑了一下。

『畢竟才剛發生過利迦少尉的事，我明白你想減少人命傷亡的心情──但你不用什麼都替大家扛。何況監視壞小孩本來就是年長者的責任，你還是乖乖讓我們來吧。』

「……抱歉。」

「雪女」於擦身而過之際，把「女武神」主武裝當中尤具重量的飛彈莢艙從待機位置提升高度。她跟「潘達斯奈基」交換位置，設定準星。

接著在設定完畢的同時發射全彈。

二十發飛彈被一併轟進攻性工廠型的腹腔之中。

這種以裝甲較薄的斥候型或近距獵兵型為假想敵的反輕裝甲飛彈彈雨，無論是對戰車型、重戰車型還是電磁加速砲型都不太有效。就算射進攻性工廠型的內部，畢竟這座兵工廠能運用八〇〇毫米砲彈這種巨大得超乎想像的砲彈，想也知道並不足以造成致命性損傷。只不過……

各自描繪不同軌道到達兵工廠各處的飛彈於命中後自爆。無數的自鍛破片驟雨──以及製造出這些自鍛破片的炸藥，散播出無數的爆炸火海。

對金屬製的自鍛破片賦予秒速三千公尺超高速的炸藥引燃的火焰可不容小覷。整個內部兵工廠霎時遭到火舌舔舐，高溫無法從攻性工廠型擁有的厚實外牆的內部空間發散出去。

看這波攻勢還不夠力，第二架大範圍壓制式樣機與「雪女」調換位置，全彈齊射。接著第三架也來開火砲轟，多補一頓攻擊。

這場超高溫終於超出了攻性工廠型的巨大散熱板，以及補其不足的五門磁軌砲砲塔分別擁有，總共十對二十隻的散熱索翅膀的冷卻能力。

攻性工廠型的所有零件、散發高溫的動力系統、磁軌砲及它的裝彈系統、內部的兵工廠及分散配置的控制系統全數發生過熱現象。同樣在每次驅動時產生高溫，讓攻性工廠型龐然巨軀得到支撐甚至是行走能力的腳部高性能人造肌肉也不例外。

然後……

西汀聽見的「軍團」聲音是透過知覺同步向辛借來的，而辛如今就在攻性工廠型的眼前，於耳朵深處響起的臨死慘叫也變得更強烈。呻吟、尖叫、悲憤、叫喚……

持續盤旋逃離烈火的「夏娜」的悲嘆也是。

極光戰隊與待在附近的弓兵戰隊聯手出擊，在「夏娜」的周圍用榴彈散播爆炸火焰，逐漸把怕火的蝶群趕進狹窄範圍內。他們是試著把「夏娜」趕到呆站原地的「獨眼巨人」正前方，使西汀再怎麼不情願也看得出他們想幫自己什麼忙。

悲嘆如雨落。如今它分裂成了蝴蝶的形體，聲音比呢喃更幽微。

——好冷。

她只留下這樣的聲音，一開砲就真的要從人世間消失了。她將會丟下西汀，從這世上消失。

西汀早已一無所有。

沒有家人、故鄉。沒有能繼承的文化、民族的歷史、曾經夢想過的將來，也沒有現在能想望的未來。就跟其他許多八六一樣。

即使如此，她原本以為船到橋頭自然直。

以為就像至今在第八十六區或聯邦存活下來那樣，她會跟夏娜，還有布里希嘉曼戰隊的隊友們，悠悠忽忽地就這麼過完一輩子。

結果夏娜死了。

許多戰友也都死在同一場戰鬥中，或是再也沒有回來。

這下子，她不知該如何是好了。

她原本以為能和夏娜還有戰友們一起活下去，現在夏娜與戰友們都不在了，那麼她該怎麼迎接明天？

既然這樣，就算沒有明天也沒差。

——妳那不是同歸於盡也無所謂，是想跟她同歸於盡。

辛的聲音重回腦海。

在聖教國，那座呈現陌生珍珠色的軍事基地……明明是軍事基地卻好像排斥戰爭的煙硝味那般，瀰漫著不食人間煙火的香料芬芳。

西汀自己都不願去正視的陰暗心願，卻被那個死神明確地看穿了。他過去也曾有過同樣的心願，如願以償卻讓他變得不知該如何呼吸。所以面對同樣期望自滅的西汀……即使討厭，仍不願讓她死。

——我不能帶著有這種心態的傢伙去作戰。

對啦，你說得對。所以，我不是已經捨棄這種念頭了嗎？

可是捨棄了之後，我又該怎麼辦？

我已經捨棄了同歸於盡的念頭，可是那傢伙還有大家都不在了，那你要我今後怎麼活下去？

她絕不會對辛講出這種話來。

太難看了。這才真的叫做丟臉，死都不能讓辛知道。

所以她問了個問題。對一個人在現場而並非八六，絕不會取笑她也不會覺得困惑，想必能給她答案的長輩問道：

「……我說……」

『我說……奧利維亞上尉。能不能問你一個問題？』

在作戰中像這樣與單一對象連上知覺同步，著實不該。對於這個來得突然的問題，奧利維亞並未出言斥責，只是蹙起眉頭。

那種像是在求助的語氣，讓他想到這個剽悍的少女終究也只是個十幾歲的孩子。

『假如換成是你，會怎麼做？你如果在戰場上，碰到你在尋找的人，而且必須賭上性命才能打倒她的話……如果同歸於盡能跟她一起走的話……』

奧利維亞沉默了片刻。

尋覓的對象。以他的情況來說，就是在「軍團」戰爭中戰死，頭顱遭到「軍團」們奪去，至今仍作為「牧羊人」徬徨於戰地某處的未婚妻。

「我當然會戰鬥了。就如妳所言，我會賭上性命……只是即使如此，我還是不會陪她一起死。」

若能同歸於盡，那將是多美好的一件事啊。

若能就此結束，那將是多美妙、甜美……誘人墮落的安樂啊。

『……為什麼不陪她一起死？』

「因為我得向她那在衣冠塚前等著寶貝女兒回家的父母親報告，說我終於讓安娜安息了。」

奧利維亞沒能保護好她，被責怪是應該的。但他們從未責怪他。每年他們都很高興看到奧利維亞在忌日和冥誕時去掃墓，卻也勸他忘了女兒的事。

他必須給那兩位溫柔慈祥的人一個交代。

「況且我得守護她愛過的祖國直到『軍團』全數消滅為止。我得收復她愛過的那片景色……最重要的是——」

最重要的是……

「我必須報仇雪恨，才終於能夠在她的墳前——哭泣。」

在未婚妻——安娜瑪利亞的葬禮上，奧利維亞沒有哭。

他很想哭，但沒有哭。連一滴眼淚都沒掉。

因為她不在那裡——因為她被那些可恨的臭鐵罐占為己有，還沒能讓她真正安息。所以他不能以流淚結束這一切。

「這樣每到她的生日和忌日，我都可以哭、獻花。在我斷氣之前，每年都能這麼做……我連這個目標都還沒達成，怎麼能說死就死？」

而在那幾十年之間，自己是否能像她的雙親所說，找到新的對象？

自己是否能跟另一位女性結為連理？

奧利維亞目前還交不出答案。或許可以，也或許不行。

只是，他每年都會去獻花。一輩子都不會忘記安娜瑪利亞。

目前——有這個目的就夠了。

西汀似乎稍微笑了一下。

『這樣啊——你說得對。』

西汀點了點頭，把八八毫米滑膛砲的準星轉向那成群的「夏娜」。

就是啊，夏娜。

我還沒讓妳真正安息，也還沒替妳掃過墓。我也還沒跟存活下來的幾個傢伙每年在那場作戰的日子碰個面，喝酒喧鬧，用這種方式緬懷妳。

做這點小事就夠了。

假如連這點小事都不准做，自己和一年前見到的那個辛恐怕就只能一直茫然佇立在戰場上了。恐怕只會希望在那吞沒了摯愛的戰場上，自己也能消失得無影無蹤。

那個死神逃離了那樣的地方。

既然這樣，那自己也該逃出去——那個笨蛋都做得到了，自己還做不到像話嗎？

「——再見啦，夏娜。」

再見了，先走一步的戰友們、死在收容所的雙親、西汀沒能保護好，眼睜睜看著她死去的妹妹，以及在第八十六區茫然佇立的自己。

再見了。我不會忘了你們，但也不會再被你們拖住。

她扣下了扳機。

控制中樞遭到燒燬的五門磁軌砲彷彿野獸垂首般接連趴伏於地。

體內的業火與自己製造出的高溫超出了耐熱極限，使攻性工廠型的驅動系統緊急停止運轉。

這是擊毀攻性工廠型的第一階段，是空降大隊必須完成的任務——在人類軍的雷霆之怒「黑天鵝」進入戰區之前，折斷敵人的腳，打落磁軌砲的獠牙。

這個任務已經達成了。

火砲遭焚燒，失去人造肌肉支撐的鐵青色巨獸發出震天動地的地鳴，頹然倒下。

# 間章　話說如何才能得知殺死齊格菲的方法

「嗨。」

聯邦首都聖耶德爾的軍醫院離軍械庫基地有段距離。

可是不知為何，阿涅塔突然跑來住院大樓的大病房門口露臉，讓賽歐及同房的八六少年們全都愣了一下。帶點涼意但不至於刺骨的室外空氣從開了一條細縫的窗戶鑽進來，秋高氣爽的天空彷彿多層薄玻璃重疊而成。

同房的同袍們在身體復原的同時也恢復了體力，有的由於閒得發慌而故意看一些比較深奧的書，也有人一不小心就把累積的作業全寫完了。睡賽歐隔壁床的少年則是跟一個來給別人探病順便過來看看的陌生小孩聊天。

賽歐不想跟人聊天，所以沒去搭理那個小孩。

總覺得腦袋裡好像卡著一塊無法填補的空白。一回神總會發現自己在發呆。他明明也很閒，卻不曉得為什麼不會想找點事情來做。

自從回國後，賽歐就一直是這樣。辛來探病還有以實瑪利來送行時，他明明還有多餘心思去考慮今後的打算，或者是想過怎樣的生活，沒想到一回來就好像整個人失了魂。

或者也可以說，就像之前不想在他們面前丟臉，拚命約束自己的那股氣力到此時此刻終於耗盡了。

賽歐不想跟那個見都沒見過，因此當然也不知道有什麼隱情的小孩聊天，於是看向阿涅塔問道：

「……妳來幹嘛？」

「沒啊，只是覺得你們差不多要開始嫌無聊了，反正要來附近，就順便帶了這些……電影還有動畫什麼的過來。你們就一起看吧。」

她在公用大電視機前打開托特包。看到裡面塞滿了資料媒體，一擁而上的少年們發出歡呼。

「阿涅塔，妳該不會是天使吧？」

「哎呀——來得正是時候，我們都快被悶壞了。」

「啊，不過這個看起來好像很無聊耶。」

「是喔～那我再全部帶回去好了。」

「啊！等一下、等一下我開玩笑的妳別走嘛！要走可以但是電影留下！」

「小弟弟要不要留下來一起看？有想看哪一部嗎？」

「不用了，爸爸來了，我要回去了。大哥哥還有大姊姊再見！」

「好啦好啦，再見喔……你們跟那個小朋友認識嗎？」

「沒有啦，他好像是八六，但年紀太小沒有從軍。說是看到新聞很擔心我們，就拜託養父帶他來探病。」

……賽歐心想：失敗了。

早知道他是年紀比自己小的八六，就不用像剛才那麼冷淡，跟他聊一下也不會怎樣。人家是擔心他們才特地跑來的，早知道就認真回應人家的好意了。

小孩跟像是養父且身穿軍服的男性手牽手，那位男性跟大家點頭打個招呼，小孩揮揮手後便離開了。賽歐連揮手回應都來不及，只得隱藏起內疚的心情向阿涅塔問道：

「妳說妳剛好要來附近？」

阿涅塔瞥了他一眼，沒有回答。

而是說了：

「你給我一種感覺，好像很閒但並不想找事做。」

「也沒怎樣，就只是沒那個心情。」

也不覺得想找事情殺時間。

應該說，他什麼興致都沒有。

「正好妳來了，我可以問妳一下嗎？呃……」

這時賽歐才想到，他不記得自己以前都怎麼稱呼這位白系種少女。

賽歐知道她跟蕾娜是朋友，也跟辛以前認識，但賽歐自己好像沒跟她講過幾次話。在聯合王國作戰時有講過話，然後大概就只碰過幾次面。

話雖如此，現在還叫她潘洛斯少校又覺得太見外，或者說太冷淡。

「叫我阿涅塔就好。」

「謝啦……阿涅塔，妳有想過以後要怎麼辦嗎？比方說戰爭結束後，或者大規模攻勢後聯邦軍趕到的時候是怎麼想的。」

「噢……」

看到阿涅塔含糊地應了一聲就沒再說話，賽歐發現自己太沒神經，連忙住口。

「抱歉。」

「不會，這是無所謂啦……我媽媽的確是在大規模攻勢中去世了，但我們有道別。」

阿涅塔苦笑著說：「她沒有逃走。」在那亡國的建國祭之夜，阿涅塔叫她快逃，她卻笑著甩開阿涅塔的手。

「她說她不想成為我的包袱或牽掛，也想去見比她先死的隔壁鄰居，又說已經讓爸爸等太久了。」

其他同袍已經迫不及待地用病房配備的電視看起了電影。用無線耳機聽聲音是基本禮儀，所以沒戴耳機的賽歐只看得到無聲的影像。

同袍們都戴上耳機專心看電影，沒人在看他們。

「總之，這個嘛……我沒想過那麼多耶。當時我一心只想著怎麼活下去，聯邦來了以後則是想著怎麼跟辛道歉，滿腦子都是這個念頭。現在嘛，我想先活下去再說。因為我有好多想做的事情。」

「想做的事情？」

「例如化妝打扮、吃美食，或是看新上映的電影。還有，一次就好，我很想拿派去扔蕾娜和辛。有很多鮮奶油的那種。而且禁止回扔。」

賽歐有些意外地又問了個問題。就這些沒水準又平凡、無關緊要的小事？

「……這樣妳就滿意了？」

「這樣就很好了吧？你也是啊，例如……這樣說吧，聽到人家說樓下廣場攤販賣的炸麵包很好吃，就會想吃吃看對吧？我不會去幫你買就是了……如果想做的只是這點小事，就算實現了，到死之前一定還能找到下一個啦。」

這番話讓賽歐露出苦笑。

不是因為想做什麼所以不想死。是因為還沒死，所以想做點什麼。

說不定人生……也就是一再地重複這種小事。

既然渾渾噩噩或隨心所欲都是過完一生，那麼……

「……那在獲准離院之前，我就先拿這個當目的好了。」

「很好。還有對蕾娜和辛的扔派活動，我們可以一起玩。你跟我應該都有這個權利才對，還有萊登他們也是。至於達斯汀嘛，我是覺得他也應該被扔。」

「應該說達斯汀差不多該被我、辛、萊登、可蕾娜還有蕾娜……把瑞圖也算進去好了，他也

認識戴亞……我們幾個應該都有資格扔他派吧。」

從聯合王國的那場山難到現在都過了四個月，就連盟約同盟的舞會到現在也過了一個月以上了，他到底還在拖拖拉拉什麼？

「還有雖然沒什麼理由，但我也想拿派去扔王子殿下。」

「啊——的確。」

兩人互相對視，輕輕地笑了。

「既然這樣，我得先想好左手該怎麼辦……啊，我想到了，還有素描簿。」

賽歐無意間想起來，提起這個被他遺忘已久的東西。

「就在我基地的房間裡。妳下次過來時幫我帶來好嗎？」

「呵呵。」阿涅塔微微一笑。

「收到。我就幫你跑一趟吧。」

# 第四章　鏡子啊鏡子，普通的鏡子照出了誰？

在冒出黑煙的自動工廠型面前，「軍團」支配區域不該有的人類聲音響徹四下。

「——好，搞定啦啊啊啊啊！我們贏啦啊啊啊啊啊啊啊啊啊啊啊啊！」

梅霖在他的座機「波丹德斯」裡吼叫。透過無線電、知覺同步再加上個外部揚聲器，咆哮聲在戰地山區之間隆隆作響。

地點在聯邦西部戰線的最北端，與聯合王國形成天然國境的龍骸山脈中，過去曾為帝國疆域的南側山麓一隅。負責這個作戰區域的是機動打擊群第二機甲群。

正在附近壓制其他據點的義勇聯隊指揮官中校苦笑著說了。由於作戰區域鄰近，梅霖和中校為了避免誤射友軍而保持在同步狀態。

『真是嘹亮的嗓門啊，中尉。讓我想起了以前聽過的歌劇歌手。很悅耳的男中音。』

「哎呀，謝謝稱讚。還有……失禮了，我忘了知覺同步還連著。」

梅霖對於自己的糊塗害臊地搔了搔臉頰，切斷知覺同步。

不過這也難怪，這場任務實在太辛苦、麻煩又累人，讓人忍不住想大叫。

在敵方做好戰鬥準備之前，搶先以「狂怒戎兵」展開「女武神」的空降急襲，加以壓制。聯

邦軍的這項作戰並未出錯，除了像是自動工廠型直衛的少許「軍團」部隊之外，他們避免了大多數的交戰。作為因應電磁砲艦型或類似的超大型「軍團」對策，梅霖等人採用的轟炸散熱板戰術也成功打擊了敵方要害。

不過，畢竟自動工廠型的散熱板相當巨大，也因此厚重又堅固，甚至始料未及的是還有幾塊散熱板似乎在體內存有備用品，才剛打壞竟然就讓他們復活了。

又來了一人與他連上知覺同步，在舊共和國西北國境附近進行作戰的迦南說了：

『辛苦了——順帶一提，第三機甲群已於三十分鐘前完成壓制任務。』

聽到他那種假裝公事公辦，卻明顯流露得意、裝腔作勢的聲調，梅霖嘖了一聲。

「也沒差多少好嗎？討厭鬼。」

『最快完成任務的是北部戰線的某個義勇聯隊，所以好吧，你說得對。再說因應方案的問題也抓出來了——一旦猜錯控制中樞的位置就只能把每一個統統打壞，最糟糕的是裝卸口與裝卸通道都滿是裝甲隔牆和地雷，我們費了好大一番工夫才把它撬開。』

「噢……」

一般來說都會避免從出入口攻堅，看來這項常識也適用於自動工廠型。

『這次的同時襲擊收集到很多資料，今後應該能更精確地推測內部構造。不過可能還是別從裝卸通道硬闖比較好。』

「我這邊的戰術要說有效也算有效，只是要打壞所有散熱板還滿費工夫的。一方面是它意外地堅固，最麻煩的是對方大得要命，不擅長打仰角的戰車砲很難瞄準。像這次的陸戰還好，假如像電磁砲艦型那樣在海上的話，冷卻的問題可能也有待考量喔。」

他一邊說，一邊考慮也許可以去學學發動機的相關知識。反正也有點感興趣。

「第一群的那幾個傢伙說是要用刀子捅進去把裝甲撬開，再往肚子裡射飛彈，本來還想說諾贊與他快樂的夥伴又採用了很有他們風格的強硬招數，但搞不好那才是最正確的做法呢。」

『畢竟最糟的情況下只要能開個洞，就算不能讓冷卻系統停止運轉，也有辦法弄壞控制系統或是動力爐之類——不過諾贊他們似乎還在作戰當中就是了。』

「嗯？」梅霖揚起一邊眉毛。

「第一群明明是跟義勇聯隊蟻獅什麼的協同進行作戰、可以運用試製磁軌砲，還有能抓出敵機中樞的諾贊在，怎麼會搞這麼久？」

『第一機甲的對手不是那個稱為攻性工廠型，配備了磁軌砲的自動工廠型嗎？既然必須一面擊潰敵方的磁軌砲，一面讓那隻怪鳥向前推進，會比較費事是當然的吧？』

『……不，其實直到拖住攻性工廠型的腳步為止，本來都還算順利……』

在聯邦進行訓練的翠雨插話了。

聲音中帶有緊張感。

「——怎麼了？」

『出狀況了對吧？』

『嗯。葛蕾蒂上校已經採取行動了，也有讓副長以下人員及第四群的參謀們做紀錄——但我覺得人數越多越好。如果你們有空也聽一下吧。』

†

攻性工廠型頹然倒下。

足以讓重量超過十噸的「女武神」微微跳起的強震揚起厚厚堆積的灰塵飛衝而過。辛鬆了口氣但繼續保持警戒，開口說話。

只是把內部短暫燒燬，終究無法完全毀掉這架機體。控制中樞除了磁軌砲以外全都維持正常功能，所以還能聽見不絕於耳的悲嘆之聲。

「呼叫華納女神。大隊已暫時癱瘓攻性工廠型的功能。在『黑天鵝』——旅團本隊到達射擊位置之前，大隊將繼續壓制作戰區域。」

「收到。空降大隊各位人員，辛苦了——獨眼巨人，妳太亂來了喔。」

蕾娜一邊回應，一邊隔著知覺同步聽見空降大隊處理終端們的歡呼。不同於船團國群那場幾乎等同是敗逃的作戰，這次他們自主提案、擬定對策，成功打擊敵方的要害且收到了這種戰果，一定更有成就感。

被她訓斥的西汀本人只隨便應了一聲就去煩辛了。

『是是是……話說回來，死神弟弟？死神弟弟——喂——我說死神弟弟啊。』

辛明顯不悅地回答：

『妳煩不煩啊。幹嘛？』

『還問我幹嘛？對我這個被你拿去釣磁軌砲的誘餌，死神弟弟是不是該表示點什麼啊？』

『是妳自己說想去的。我沒義務聽妳抱怨。』

『我哪有跟你抱怨了？我只是說你是不是該跟我講些什麼？』

辛沒回話，只是煩躁地嘖了一聲。

班諾德等極光戰隊隊員都受不了他們兩個，安琪在憋笑，萊登、克勞德和托爾他們則是毫不客氣地爆笑出聲。

許久沒聽到辛與西汀的鬥嘴，蕾娜也被逗笑了，但仍沒忘記下令：

「送葬者、獨眼巨人，鬥嘴就鬥到這裡吧——空降大隊繼續留意作戰區域的狀況，旅團本隊與『黑天鵝』請盡快趕往射擊位置……」

這時，赫璐娜說了一句話。

不是用共和國或聯邦的官方語言，而是聖教國語。是蕾娜與八六們都聽不懂的語言。

而在前方，指揮所的巨大全像螢幕當中……

星斑青灰駿馬的部隊章——由她直接指揮的聖教國軍第三機甲軍團西迦・圖拉停止了進擊。

包括蕾娜、參謀們及馬塞爾等管制官在內，所有人一時之間都愣住了。預定計畫中當然沒有要在這個時機讓伴攻部隊停止前進。

「……赫璐娜，妳這是——……」

赫璐娜轉過頭來，這次用共和國與聯邦的官方語言說了。

帶著潔白無瑕的微笑，用上萬顆石英砂粒流洩般的纖細嗓音說道：

「鮮血女王，以及八六們——你們願意接受我國的政治庇護嗎？」

「……！」

看到雷達螢幕上突如其來地顯示出無數光點，瑞圖倒抽了一口氣。

在已經清除「軍團」前線部隊的前方，無人的前進方向上出現敵我識別器(IFF)尚未得到回應，敵我不明機的熱源。這些無數的熱源排列成扇狀——是伏擊的配置方式！

「！散開！」

當他對友機下令時，他的手已經半自動地讓「米蘭」抽身跳開。瑞圖也是在第八十六區歷經戰火磨練，戰鬥能力達到最高水準的八六之一。都已經看到明顯採取埋伏態勢的不明機群了，他可不會天真地呆站原地觀察情況。

前方轟然響起大口徑火砲的激烈砲聲。他一面承受閃避機動的強烈加速度，一面用琥珀色雙眸瞪著光學螢幕。流線型的砲彈彈跳著擦過「米蘭」機身側面。只見前方火線的源頭揚起滿天飛灰。

彈速很慢。再加上「那種武器」特有的誇張砲尾風（Back blast）。

是無後座力砲。

「——也就是說會來第二發！繼續閃避！」

轟！強烈的火砲吼聲再次來襲。

飛來的成形裝藥彈又一次劃破空氣。被猛烈的爆炸熱風捲起的灰塵與方才的飛灰混在一起，跳起令人眼花撩亂的狂舞……無後座力砲是運用後方排出部分爆炸熱風的方式抵銷射出大口徑砲彈的後座力，屬於一種反裝甲武器。

這種巧思使輕量機甲也能夠運用大口徑火砲，不過也有很大的缺點。由於裝藥的大半能量都耗在減輕後座力而非發射砲彈，造成彈速較慢；且猛烈的砲尾風會掀起大量沙塵，容易暴露自己的位置。

因此據說每架機體都不只配備一門，而是足足六門無後座力砲。

如此才能在第一砲暴露出自身位置，卻沒能擊毀敵機時——即刻射出第二、第三發以確保擊斃敵人。

瑞圖是這麼聽說的。

在這場作戰開始前，是別人這樣告訴他的。所以他才能想起「女武神」、「破壞神」甚至是他們長年對抗的「軍團」都不曾使用過的無後座力砲的特徵，並且即時做出反應。

一陣風吹過。

灰塵的簾幕隨風飄動變薄，在它的後方，出現了一群珍珠色的矮小身影。

珍珠色。

聽說那種機體比起機動性，更講究的是不被這積滿灰塵的土地表層絆倒。接地面積較廣的四腳有如鰭足類的四肢或鳥翼。即使撇開匍匐於地的腳部形狀不論，機體高度依舊很低，連芙蕾德利嘉的個頭都不到的小小胴體，左右各配備三門如羽翼般張開、總計六門巨大的一〇六毫米無後座力砲。

整體感覺一看就像是戰時的趕製品，粗糙不堪，一如拖著斷翅在地上爬行的小鳥般悽慘。

機甲七式「勒能・楚」。

聖教國軍制式機動裝甲兵器——機甲五式「法・馬拉斯」在這十年的戰禍中失去大量兵力，而改用無數的此種無人機擔任隨伴護衛。

「……為什麼……」

接著，「法・馬拉斯」也出現在「勒能・楚」的背後。

# FRIENDLY UNIT

[友軍機體介紹]

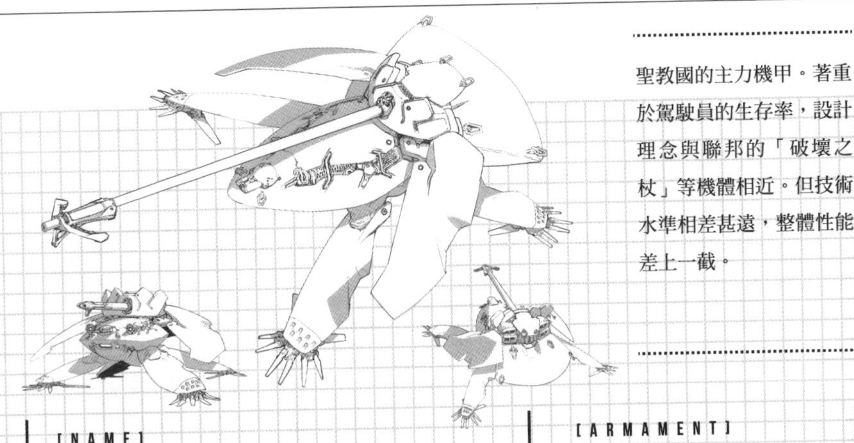

聖教國的主力機甲。著重於駕駛員的生存率，設計理念與聯邦的「破壞之杖」等機體相近。但技術水準相差甚遠，整體性能差上一截。

[NAME]

機甲五式「法・馬拉斯」

[SPEC]

[製造廠] 聖教宮 鍛冶殿 兵杖塔

[全長]7.0m／總高度2.9m

[ARMAMENT]

120mm線膛砲×1

12.7mm機槍（主砲同軸）×1

12.7mm機槍（迴旋式）×1

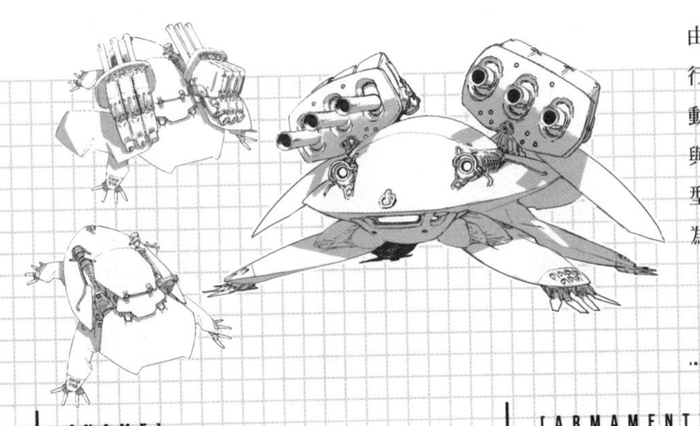

由母機「法・馬拉斯」進行管制的隨行無人機。機動性能與運動性能極差，與其說是戰車不如說是小型自走砲，主要運用方式為埋伏射擊。

[NAME]

機甲七式「勒能・楚」

[SPEC]

[製造廠] 聖教宮 鍛冶殿 兵杖塔

[全長]3.2m／總高度1.6m

[ARMAMENT]

106毫米無後座力砲×6

12.7mm彈著觀測槍※×2

※用以觀測瞄準位置的單發槍。
本機未配備雷射瞄準器。

就像嬰兒爬行前進，又像四肢折斷的野獸匍匐逼近，那種聖教國機甲特有的動作。它具有同樣宛如翅膀的八腳，卻滿是追加裝甲的厚重正面裝甲，顯示此種機體屬於有人機，也暗示了非得以保護駕駛員為最優先的緊迫戰況。就連一二〇毫米「線膛」砲的機構部位與彈匣，都採取了放在駕駛艙前面作為護盾的獨特構造。

已經無可置疑了。

聖教國軍——直到前一刻都還在並肩作戰的友軍，如今倒戈相向，將砲口對準了八六——聯邦軍第八六獨立機動打擊群。

面對定睛注視自己的蕾娜，赫璐娜只是面露微笑。

她背對著主螢幕轉過身來，在她的背後，各自面對著控制臺的聖教國管制官及參謀們對這異常的狀況都毫無反應。沒有對軍團的停止與軍團長突如其來的發言提出質疑或出言制止，就好像作戰正在按照計畫進行似的毫無反應。他們只是將微微斜著藏在兜帽下的面孔轉向同袍，用小鳥啁啾般的音量互相細語。

蕾娜忍住想咂舌的衝動。那就不只是前線部隊參與了這場行動，幕僚也是。至少第三機甲軍團「西迦・圖拉」的全體人員都是敵人。

除此之外，她還察覺到一件怪事。

聖教國幕僚們的說話聲調，以及隱約瞥見的嘴角或下顎的線條……都比她想像的更年輕。頂多只跟蕾娜或辛同年齡，或者比他們大一兩歲。

如果只是十幾歲的尉官，聯邦也有特軍軍官的制度，更何況蕾娜早就看八六看習慣了。可是這裡是軍團指揮所。在缺乏兵力的聖教國幾乎等同於最高階級的軍人們竟然才二十歲上下。太奇怪了。這樣簡直像聖教國只有年輕人從軍一樣。

……這令她想起，自從受派來到聖教國後，她從沒看到任何一位年長軍人。無論是參謀官、口譯人員還是來找他們玩的少年兵，「全都是年輕人」。

赫璐娜掃視一遍帶著戒心定睛注視自己、一言不發的蕾娜，以及表情從狐疑逐漸變成戒備與緊張、身穿鐵灰色軍服的幕僚們，重複她的發言：

「願意接受我國的政治庇護嗎？八六、鮮血女王及妳的幕僚們。用你們的戰果、戰功——以及你們自己作為贈禮。」

從指揮體系而論，第三軍團與聯邦派遣旅團不屬於上下關係，所以辛本來連跟赫璐娜用無線電交談的可能性都沒有。然而赫璐娜的聲音卻傳進了他的耳裡，清脆而嘹亮。

這迫使他明白，他們是故意用分配到的頻率加大功率播給他聽，也是故意這樣轉播的。

『願意接受我國的政治庇護嗎？八六、鮮血女王及妳的幕僚們。用你們的戰果、戰功——以及你們自己作為贈禮。』

「……妳是什麼意思？」

作戰還在進行當中。更何況他們從沒要求過政治庇護。

既然如此，這就不是什麼詢問或勸誘——……

『各位英雄不是一向熱心助人嗎？我國的情況比聯邦更危急，請各位救救我們。比起聯邦或其他任何國家，請優先拯救我們可憐的聖教國。』

而是威脅。

為的是奪取機動打擊群獲得的情報。

或是跟共和國的餘黨，那些洗衣精一樣——想把八六弄到手。

此時，阻電擾亂型的展開數量似乎比較少。在無線電些許雜音的另一頭，少女的嗓音輕快地笑著。

『各位如果不肯答應，就只能魂斷沙場了喔。』

儘管如此，八六們仍沒弄懂發生了什麼事。他們知道本來是友軍的聖教國軍現在把砲口對著他們，也知道聖教國軍倒戈相向了。可是，為什麼？到底發生了什麼事？

因此，只有蟻獅聯隊即刻對「那個」做出了反應。

部署於聖教國軍第三機甲軍團的五個師團中，只有第八師團負責的不是佯攻而是後援，跟在旅團本隊的背後前進。當這個第八師團偷偷加速並從背後展開突襲時，統一採用硃砂色的機甲聯隊立即掉頭，從正面加以迎擊。

「女武神」慢了一拍才反應過來。即使沒難看到遭受迎頭痛擊，看到他們那種顯然沒在提防背後師團突襲的動作，吉爾維斯忍住想咂嘴的衝動。

他們大概是想都沒想到聖教國軍會倒戈吧。不只是聖教國軍，至今受派至外國執行作戰時也是──就連在對他們來說並非祖國的聯邦戰線也是。

「你們這些八六也太天真了吧！──不管是人類還是國家，背叛都是司空見慣的事！」

這次的作戰也是，明明被聖教國和聯邦逼著接下挺進部隊與空降大隊這種最危險的任務！

明明是這樣，看來他們卻連想都沒想過。在共和國的第八十六區，遭到祖國規定終將一死的絕命戰場上，這些從未輸給絕望，戰鬥到底、奮鬥到生命最後一刻，擁有高尚情操的少年兵，卻不知道他們在打的仗，其實不過是人與人之間悲慘低俗的紛爭手段。

「吉爾維斯(假海龜)呼叫各位大隊長──從現在開始，蟻獅聯隊依據自行判斷，結束對聖教國軍的支援任務。」

他發出的命令並未收到質疑或困惑的反應。

吉爾維斯等人早在當初受派時就對聖教國軍……「甚至對機動打擊群也一樣」，總是將一絲疑心像刀片般銜在嘴唇之間，隨時準備面對他人的背叛，因此實際遇到背叛的狀況自然不會心生動搖。

「將零點鐘方向的聖教國軍機甲部隊設定為不明敵方部隊（Bogey one）。為保護聯邦派遣旅團——……」

義勇機甲聯隊蟻獅，本來就是作為這種紛爭的工具而成立的部隊。

目的是在「軍團」戰爭結束後，讓貴族從資產階級手中奪回軍方的主導權。

從名聲日益壯大的漆黑混血手中，讓英雄之名正當回歸到深紅貴種的手裡。

而且既不讓繼承了一半焰紅種血統、敗壞家門的傢伙得到正規軍人、軍官的名譽，卻又要得到他們的汗馬功勞。

「與聖教國軍第三機甲軍團第八師團，以及不明敵方部隊開始交戰。讓他們見識一下吧。」

讓那些熟悉戰場的慘烈、「軍團」的蹂躪與對他們做出的蠻橫惡意——卻還不知道人世間的陰險狡詐，就某種意味來說依然純真的孩子們看看。

「……都已經遭到祖國背叛了，明明是一群失去一切的小孩，竟然還沒失去相信某些存在的善性。」

真令人羨慕。

輕聲低喃的話語被「破壞之杖」動力系統的尖聲吼叫蓋過，連坐在後面的思文雅都沒聽見。

『各位如果不肯答應，就只能魂斷沙場了喔。』

可蕾娜驚愕地聽見了這句話。

同一個纖弱、細瘦，看似心地善良的少女，在她們初次相遇及作戰即將開始時，明明還為他們祈求過武運昌隆。

她向機動打擊群求救過，而大家也的確做出了回應，為什麼……

忽然間，某種情緒像一塊石頭撞上心頭，她用力咬緊了牙關。

那種少女特有的可愛舉止、笑容，還有對他們表示的善意……

全都是假的。

「……妳竟敢……」

可是蕾娜怎麼會去相信那種人？

什麼救救我們，那分明就是要別人代替自己去戰鬥的說詞。

用英雄這種悅耳動聽的美名奉承他們，其實根本只是想把他們當成好用的武器。

那跟共和國白豬的說詞與行為根本沒兩樣。

而且不只是共和國，白豬其實無所不在。

聖教國也是，其他國家也統統都一樣。用甜言蜜語和假裝溫柔的笑容，拿夢想或未來這種不存在的希望欺騙他們。就像這樣，每一個人都想利用她與她的同伴。

哪裡都一樣，每次都一樣。

除了她的同伴們以外，所有人事物都在找機會利用她的同伴與家人，然後冷血無情地，隨手就想搶走她的東西。在第八十六區，那些人認為這樣對待八六是理所當然。在戰場上，剝奪變成了死亡。在和平的日子裡，擺出哀憐或善良的嘴臉。然後就像聖教國現在這樣，擅自把英雄兩個字強加在他們身上。

還擺出一副理所當然、天經地義的嘴臉。

睜開的雙眼彷彿蒙上了一層陰暗的紗簾。

對，說穿了，人類與世界不過如此。冷酷、無情、殘忍又卑鄙。抱持越多希望，就會被剝奪得越多。

如同她的父母，如同「曾經」比她年長的姊姊，如同並肩戰鬥到現在，卻被迫失去驕傲的賽歐。

她什麼都信不過了——只有同伴能讓她信任。

同伴以外的人都是敵人，不然就是不具意義、只差還沒變成敵人的某種東西。

人類是，世界是，未來也是——戰爭的結束，這種說詞也一樣。

†

『驅動系統冷卻完畢。斐迪南計畫，重新啟動。』

『警告。電磁加速砲一號至五號的控制系統嚴重損毀。以一號的控制系統作為複製來源開始修復。』

『蛇女二號，開始建立。完成。蛇女三號，開始建立。完成。蛇女四號，開始建立──』

『蛇女六號，建立完成。』

『電磁加速砲一號至五號──重新啟動。』

†

像瀕死昆蟲的痙攣般顫動著巨大身軀、縮成一團的攻性工廠型，振動方式產生了變化。那是支撐攻性工廠型的超大重量並提供運動能力，功能強大無比的驅動機發出的振動。由於過熱而暫時停止運轉的驅動系統此時再次啟動。碩大的鋼鐵巨獸用幾乎能震響地面的沉重動作撐起它的龐大身軀。

『──好冷。』

當攻性工廠型站起來的同時，本來已經斷絕的少女哀嘆又從那龐大身軀中灑落。

淪為控制磁軌砲的「牧羊人」……機械亡靈的夏娜死前的片段思維，變成極近距離內的霹雷巨響──而且是五門火砲各自同時發出。

『好冷』『好冷『好冷好冷』好『好冷好冷好』冷好『好冷好冷』冷冷冷冷冷冷冷冷冷冷冷冷

──────！』

『唔……！』

『呀……！』

這場作戰是奧利維亞和柴夏第一次在實戰中與辛同步。還沒完全適應這種異能的兩人急忙切斷知覺同步，從通訊網路中消失。

只因承受不了那種嗟怨，那種——機械式的瘋狂。

恢復功能的磁軌砲破風揮動，傲視天際。電弧的激烈強光瞬時撕裂灰色天空，朝向正上方一齊射擊。空降大隊躲避著灑落下來的總計數十噸重的霰彈豪雨，各機遠離攻性工廠型的周圍，散開逃離插滿鐵片的砲擊範圍。

五門磁軌砲只吹一口氣就把脆弱的小飛蟲吹散，再次取得自己主砲最低限度的間距，轉向俯仰角零度——水平的位置。「夏娜」的悲傷嘆息嘈雜地吹襲。

「……！」

『可惡，竟然又來了……！』

『這個……靠近一聽還是很難熬……！』

那股重壓無論是對與辛多年並肩作戰，應該早就十分適應的萊登等前先鋒戰隊員，或是共同作戰過多次的克勞德等空降大隊的處理終端而言，都一樣沉重巨大。

『辛！你可以嗎！』

「可以……雖然距離靠近時有點難受，但這個距離的話還好。」

實在沒料到這五門磁軌砲不像電磁砲艦型需要補充流體蝴蝶就能復活，不過……畢竟它原本是自動工廠型，似乎能夠在體內生產毀壞損失的流體奈米機械，不用放出機外就能做補充。

奧利維亞重新連上一時中斷的同步，片刻之後柴夏也恢復同步。柴夏講話依然有些打顫，但仍堅毅地告訴他：

『離、離重新啟動還有兩百秒——諾贊上尉，它的回復速度比想像中更快！再加上「黑天鵝」的進軍遭到妨礙，我推測如果每次啟動都必須打到它過熱，剩餘彈藥將會不夠。』

接著安琪說道：

『辛，包括其他戰隊在內，飛彈發射器剩下七發。砲兵戰隊的榴彈最好保留下來以備敵方對「黑天鵝」開火，所以就如同她說的，沒辦法一再阻止敵機的動作。』

『戰車砲彈與機砲砲彈也沒剩多少了。畢竟這趟愉快的空中之旅，沒辦法把菲多那傢伙也帶上嘛。』

「嗯。所以就算真的無法剝奪敵機戰力，只要不讓它攻擊『黑天鵝』就夠了。我們已經知道刀刃貫釘有用，再來只要能除掉攻性工廠型，目的就達成了。」

為了排除遲早會對聯邦造成威脅的敵機，也為了盡可能從敵機殘骸中取得情報，更重要的是為了盡量讓所有人生還。

為了這些目的……

「家兔，我要分享攻性工廠型內部的光學影像。妳能調查冷卻系統的管線嗎？」

『收到。是為了因應飛彈射完時的狀況吧？我這就處理。』

「西汀——能拜託妳再對付一次『夏娜』嗎？」

他對自從那陣淒厲慘叫再次爆發以來就一直沉默不語的西汀問道。

他知道這麼問很殘酷。西汀決定親手埋葬它，也的確擊斃了它，可是它卻違背西汀的決心復活了。要西汀再度打倒它——實在太過殘酷。

然而回應的語氣卻意外地平靜。

『好，交給我吧——別用那種聲音講話啦，死神弟弟。』

不可置信的是，甚至還帶著苦笑。

『要我打倒它幾次都行。只有老娘我可以幫那傢伙入土為安。』

聖教國的司令室禁止攜帶槍械。

蕾娜等人在進入司令室前也被要求交出手槍，也照辦了。更不可能把突擊步槍這種長管槍械藏在身上。蕾娜等人別說強行突圍，連自衛的武力都沒有，看似除了俯首聽命之外別無生路……

「——不，我拒絕。」

蕾娜冷冷地拋下這句話的同時……

坐在她身旁的少女管制官撞飛椅子站了起來。少女身穿鐵灰色軍服，聖教國軍人之前一定只把她當成了一名管制官。

事實上光看一眼，的確分辨不出「她們」與人類少女的差異。兩者只差在色彩過於鮮豔、具有透明玻璃般質感的頭髮，以及額頭上的擬似神經結晶。

「西琳」。

「想定狀況，紅色八號——開始應戰。」

在霍然舉起的兩隻手掌前方，守門衛兵接連鮮血四濺、難以站立——看來這些改造機型的少女是在手臂機件的空隙暗藏了連發式槍械。

聖教國的司令室禁止攜帶槍械。蕾娜等人也被要求交出手槍，也照辦了——正因為如此，赫璐娜與衛兵們才料想不到，有一種叫做「西琳」的存在能將槍械藏在機械構成的「體內」。

「——快跑！」

同時，個頭高大的後勤參謀摟住蕾娜的肩膀衝向出口。帶頭往前跑的男性管制官和情報參謀踢飛肩膀中槍縮在地上的衛兵，一拳捶在房門的開關按鈕上。

後勤參謀一面護著蕾娜一面跑向門外。管制官、參謀們與另一名潛藏於幕僚之中的「西琳」隨後跟上。所幸長走廊上沒有聖教國士兵的身影。眾人一直線衝過這條沒有遮蔽物的危險路線。

看到馬塞爾微微皺起臉孔，管制官放慢速度跑到他旁邊問道：

「你還好嗎，馬塞爾少尉？」

「跑短距離的話，至少還比隨便一個小混混快。」

馬塞爾原本是「破壞之杖」的駕駛員，由於腿受傷而轉任管制官。雖然只是反應速度變得低於駕駛員必須達到的標準，還不至於不能跑步……

「……但如果跑長距離可能就有問題了。所以情況危急的話就請把我拋下。」

「那怎麼行啊。」

「沒錯，殿後是我們『西琳』的職責才對。」

機械少女插話了。

一行人在彎過轉角，能以牆壁當遮蔽物時停下腳步。少女說了聲「失禮了」，把手伸進包裹細腿的軍服膝蓋部位，把它捲起來。看來是故意藏了一條縫。

底下的人造皮膚也是。

差點下意識地別開目光的馬塞爾及參謀們都倒抽一口氣。仿造少女外形的她，本來應該模仿人形的腿部……

只剩下銀色的金屬骨架。

那是用來支撐身體，同時發揮驅動功能的氣缸式線性驅動器。該有肌肉的部位連人造肌肉都沒有，塞滿了好幾把衝鋒槍代替它填滿空隙。

「這是殿下的一片心意，在有個萬一時可供應急。配備的是特別訂製的高速尖頭彈，且為經過翻滾計算的反人員規格，可為突破目前的狀況提供助力。」

也就是初速快到能貫穿簡易防彈鋼板，而且入侵體內後還能讓彈體翻滾，把所有動能用來破

壞身體組織的規格。看來對維克來說，提防聖教國——人類的背叛是本來就應該的。

這種駭人的畫面嚇到了蕾娜和馬塞爾。至於參謀及其他管制官則毫不遲疑地伸手去抓槍把。

作戰參謀說話了。與其說是講給兩人聽，比較像是對自己的重新確認。

「——畢竟對付臭鐵罐也就算了，這可不是能拿來對著活人的玩具啊。」

「西琳」少女點頭回應這句話。

「再來就拜託各位人類人士了……我跑不了多久，就留在這裡拖住敵人腳步吧。」

她廢除了本來該有的人造肌肉，換成最低限度的線性驅動器。走路是還好，但跑步的話恐怕撐不了太久。

她笑著這麼說的時候，從她的背後——眾人逃離的司令室——一陣炸彈爆炸的巨響震盪著馨香的空氣與珍珠色的牆壁響遍四方。

即使負責佯攻的聖教國軍第三軍團停止進軍，都跟正在交戰的「軍團」毫無關係。除了部分「軍團」部隊調轉方向，可能是為了馳援攻性工廠型而脫離戰線之外，其他機體照樣緊咬交戰中的各師團不放，要殲滅眼前的敵性存在。本來困住敵人的聖教國師團反倒被「軍團」們困住了。

說到底，一個師團——由數萬名人員組成的大集團，本來就沒那麼容易調轉方向。如果調轉方向與移動都受到眼前的敵人妨礙，就更不容易了。更何況與他們相鄰的第二軍團正在與「軍團」大軍交戰，加上本身體型龐大，簡直是動彈不得。

所以即使聖教國軍全軍倒戈，聯邦派遣旅團本隊展開交戰的只有埋伏於前方的伏兵聯隊（Bogey one），以及從後方偷襲他們的第八師團。

儘管比起兩個聯隊仍然算是很大的戰力，機動打擊群的「女武神」與義勇機甲聯隊蟻獅的「破壞之杖」，都是大陸最強軍事大國齊亞德在戰場上精心研發的最新型機甲。在戰力的差距之下，聯邦派遣旅團本隊仍成功擋下了珍珠色敵軍的偷襲。

但是……

無論是瑞圖還是他周圍的同袍，都實在無法採取拿有人駕駛的「法．馬拉斯」當踏腳石跳躍移動的戰法。明知對方不是像「破壞神」那樣的步行棺材，機體跟戰車型或「破壞之杖」一樣堅固，他們還是不敢。

因為裡面有人。

「為什麼……！」

那個莫名地迷上糖漬檸檬皮，年紀與他相仿的少年；玩起比腕力特別厲害的少女；第一個把具有刺鼻辣味的辛香料往茶裡加的年長少年……他們明明沒有一個人在說謊，瑞圖很清楚這一點，但事情怎麼會變成這樣？

警報響起。

即使「女武神」的裝甲較薄，也不至於會被一二．七毫米的子彈打穿，只有偵測到槍擊的系統發出遭到瞄準的警告——聽說那叫做彈著觀測槍。在這個雷射瞄準會被灰塵阻擋的空白地帶戰場，必須使用這種專用線膛槍來輔助主砲的瞄準。

彈著觀測槍射擊後，就換主砲的砲擊了。

瑞圖一面做出閃避動作，一面反射性地把八八毫米砲的砲口朝向對方。砲線對準的是——「法．馬拉斯」。

那裡面，說不定坐著跟他分享過零嘴、一起比賽、玩過遊戲的某個人。

瑞圖一時猶豫而沒能開火。對方的「法．馬拉斯」——卻毫不猶豫地開砲了。

外部揚聲器傳來了聲音。

是少女的嗓音。或者也有可能是還沒進入變聲期的少年。他聽不懂那種語言，卻知道對方在說什麼。

——對不起。

既然都這樣說了，那為什麼還要……

「……！」

所幸瑞圖早已採取了閃避動作。戰車砲彈有驚無險地擦過「米蘭」，飛到後方然後自爆。砲彈破片在極近距離內撞破光學螢幕，銳利的碎片當頭灑下。

『——瑞圖！』

「我沒事，只是受了點傷。不過——抱歉。我會照常進行指揮，但很難再繼續戰鬥了。」

只是被光學螢幕的碎片割傷而已。但是傷口的位置正好在右眼上方的額頭，血流進了慣用眼裡。感覺也不像是能立刻止血的傷口。

他知道這麼做沒用，卻還是把血擦掉，忿忿而無奈地說：

「到底為什麼……！」

「帝國人還是一樣，好戰到了瘋狂的地步呢。」

孤軍奮戰到最後，竟然選擇自爆的「聯邦軍人」少女，不只身上藏了高性能炸彈，裡面還加裝了滾珠軸承。

環顧潔淨的珍珠色如今黏滿血汙，焚燒的沉香木香氣也被血腥味蓋過的指揮所，赫璐娜嘆了一口氣。

若光是炸彈的話只有衝擊波會致人於死地，但再加入鋼珠就會變成霰彈彈幕，最終造成更大的殺傷力與射程。就跟破片地雷是同樣的原理。要不是看到少女不知如何夾帶進來的手槍子彈射完仍不投降，兩名起疑的管制官情急之下抱住她——拿自己的身體當盾，司令室裡的所有人將會無一倖免。

抱住她的兩人被厚實的霰彈風暴撕成碎塊，自爆的當事人則是被衝擊波輾成了絞肉。司令室裡灑滿了「三人」的血肉與無數金屬片，陷入一片血海；將赫璐娜壓倒在地保護她的參謀官也不例外。他身上沾滿了別人的血，以及他自己少許的鮮血。

赫璐娜受到他與那兩名犧牲者的保護，毫髮無傷。只有一滴濺在她白皙面頰上的鮮血，算是她衷心的寶劍們沒能擋下的唯一損害。

「您沒事吧，聖女殿下？」

「我沒事，謝謝你。慷慨捐軀的兩位也是。」

人體對於槍彈或霰彈具有很好的抵禦效果。自古以來就有不勝枚舉的故事，講述士兵犧牲自己蓋住手榴彈，拯救部隊的美談。

我們明明就是這樣付出人命代價，長年捍衛這個國家的。

她擦掉了沾到眼角的血滴。

純潔無垢的新雪般肌膚塗上了名符其實的血妝。

「能夠服從自己的命運，順應天命而戰死。這是多麼幸福的一件事啊——真令人羨慕。」

一架硃砂色的「破壞之杖」站到來不及閃避的「女武神」面前保護它，用自己的正面裝甲硬生生地擋下無後座力砲的成形裝藥彈。牢固的裝甲不讓金屬噴流入侵內部，反而是還擊的一二〇毫米高速穿甲彈輕易粉碎了脆弱的「勒能・楚」。

『——你沒事吧，小弟弟。』

『謝……謝謝你。』

『不用在意。能夠挺身保護婦孺，我求之不得。』

芙蕾德利嘉隔著無線電聽見「破壞之杖」駕駛員彷彿露出一口閃亮白牙這麼說，覺得肉麻的同時也準備開口，想為了親眼目睹的景象再次道謝。她人在「女武神」隊伍的中央，如今仍受到保護的「黑天鵝」的一個腳部操縱室之中。

蕾娜還沒逃離指揮所，能夠代理職權的大隊長們則正在戰鬥。儘管一個吉祥物沒有任何權限，道個謝總不為過吧。雖說「破壞之杖」的正面裝甲連一二〇毫米戰車砲的直擊都能彈開，芙蕾德利嘉很想叫那人不要對它太有信心，但那就實在太多嘴了。

然而思文雅似乎也看到了同一個光景，搶先岔進了無線電裡。態度很不客氣。

『你們八六都看見了吧！——蟻獅聯隊的「破壞之杖」願意成為護盾，「女武神」就躲在盾牌後面吧！我們這群深紅悍馬，絕不會讓鼠賊的槍彈與箭矢越雷池一步——……』

芙蕾德利嘉立刻開口斥罵。一個吉祥物竟敢對其他部隊出言不遜。

「那也只限正面裝甲吧。動作遲鈍的『破壞之杖』擠在一起豈不成了活靶！真要說起來，連指揮自己部隊的權限都沒有還敢來指示其他部隊，此乃越權行為。給余退下，汝這個『花瓶（吉祥物）』！」

『噫！』

儘管吼得毫不客氣，但終究只是個十歲出頭小女孩的聲音。思文雅卻嚇得縮成一團，隔著無線電都聽得出來。

就在芙蕾德利嘉疑惑地揚起一側眉毛時，通訊對象切換成了吉爾維斯。

『妳說得對，抱歉我們不該打亂指揮體系。不過——可以請妳盡量別大聲罵公主殿下嗎？公主殿下很怕挨罵的。』

「……也罷，反正處理終端們似乎根本就沒在聽。」

八六跟共和國那些指揮管制官相處久了，早就習慣隔著無線電與知覺同步聽一堆廢話。一個陌生吉祥物說的話別說充耳不聞，可能根本就沒在聽。

說完，芙蕾德利嘉皺起了鼻頭。所以無線電並不會引發混亂，可是……

「即使如此，但汝要余別大聲斥罵她，難道不知道問題的癥結點出在汝沒有教好她在戰場上應有的舉止行為？余會多加顧慮，可是她犯錯，汝怎能要別人別來斥責？汝這樣還算得上兄長嗎？」

『……抱歉。』

「不愧是諾贊上尉的『妹妹』，真是懂事。公主殿下……」

吉爾維斯邊苦笑邊關掉無線電，費勁地轉身看向背後的砲手座。

「破壞之杖」的前後雙座式駕駛艙，即使座位對成年人來說太窄，對思文雅的嬌小身子卻還是太大；見她將嬌小的身子縮得更小且簌簌發抖，他刻意用特別穩重的聲調說：

「罵人的不是大公閣下，不是大公閣下在罵妳。放心，別害怕。」

「知……道了……」

她慢慢抬起頭來。然而淚水與恐慌的情緒仍未離開那雙金色眼眸。

既然一直跟在辛身邊，那個吉祥物想必也是和諾贊家有關係的孩子了。還是說是跟辛現在的養父——恩斯特臨時大總統有關？大總統在革命前是軍人，帝國的軍人不是貴族，就是隸屬於貴族私人聯隊的領內人民。換言之就是某個領主的下屬。她也有可能是那個前領主交給他照顧的私生女。

總之就是個與夜黑種家門脫不了關係的焰紅種混血少女。

同為混血兒的她，卻連想像都想像不到有這樣極度害怕挨罵的小孩。

而且還能鎮定地反駁吉爾維斯這個成年人，沒有一點害怕的神態。

「……真是糟糕。該怎麼說呢？總覺得很不公平。」

能夠在不用害怕鞭打的環境下成長並不是那個吉祥物的過錯。那些夜黑種沒有進行「品種改良」的必要性，所以大概也不曾面對白費工夫做出的一堆雜種狗失敗品，罵他們是一群不中用的米蟲吧。

「哥——哥哥……您說得對，那麼就向『父親大人』報告吧。只要把聖教國這種三流國家的背叛行為火速向『父親大人』報告，立刻就能讓他們受到嚴懲——……」

「前提是能夠報告才行，公主殿下……我們目前受到阻電擾亂型的電磁干擾，無法直接聯絡本國。」

「……啊……」

在聯邦與聖教國之間，隔著共和國、極西諸國、人類與「軍團」的交戰區域及「軍團」的支配區域，而無線電通訊無法穿越阻電擾亂型於支配區域展開的電磁干擾。換言之，無論派遣旅團此時在聖教國的戰線上發生什麼事，都無法通知聯邦國內。

沒有任何辦法可以請求救援或是施加壓力以突破現況。

機動打擊群運用原為共和國開發的知覺同步，也就是以機器重現邁卡侯爵家的部分異能——只是聽說邁卡異能的真正本領實在無法重現——消除電磁干擾與距離的問題，但終究只是機械化的重現。首先聯邦國內必須擁有能與第一機甲群同步的裝置，而且此時此刻正好有人戴上才行。

再說就算通知了，國內也絕不會直接伸出援手。

以目前的戰況來說，縱然聯邦是榮耀的齊亞德帝國後裔也沒膽量與聖教國開戰。

實質上不過就是損失兩個聯隊，一個國家不能只為了這點利益就挑起戰端。更何況八六並不是土生土長的聯邦國民，沒有家人會真心哀求政府救回他們。國民只會將他們當成悲劇英雄吵個一陣子，等政府發表了對聖教國的某些制裁，例如只要停止提供支援，民眾就會把這事給忘了。

而蟻獅聯隊終究是死再多都無所謂的平民部隊，就只是廢物利用的棄棋罷了，無論對聯邦還是主子來說，失去了當然不痛不癢。

「……沒有歸屬的部隊，就是這麼可悲。」

「可是——這麼做有什麼意義？」

辛困惑地自言自語。儘管在這種狀況下不該想這種事，他還是覺得不解。

這麼做雖然不至於與聯邦之間爆發戰爭，卻無可避免地一定會發生對立，只會讓聖教國的立場更加惡化。與聯邦、聯合王國及盟約同盟的關係變糟，會失去今後預定能獲得的支援，而且即使不到共和國那種程度，也得背負強迫少年兵戰鬥的惡評……而這麼做只能得到兩個機甲聯隊，實在不划算。

不——真要追究起來，更大的問題是……

「……為什麼要選在這時候？」

蕾娜想不通這一點。

攻性工廠型目前只是過熱而停止動作而已。對聖教國而言，那個可恨的巨砲才是最該優先打倒的敵人。如今這個敵人還沒除掉，弄了半天還得對付「軍團」的前線部隊，縱使只是小規模，為何要選在這一刻背叛聯邦派遣旅團，害自己陷入兩面作戰的狀況？

選在現在背叛，能得到的好處實在太少。赫璐娜說想要他們的戰功與情報，但聯邦派遣旅團別說擄獲「軍團」控制中樞，連攻性工廠型這個最優先目標都還沒排除。

要背叛等目標達成了也不遲，不如說要背叛就該選在作戰結束後再下手。到時候已經除掉了攻性工廠型這個眼前的大威脅，說不定還拿到了「軍團」的機密情報或是磁軌砲的殘骸。假如選在今天深夜發動襲擊，那時部隊剛結束作戰，累壞了又有點鬆懈，當然也沒駕駛「女武神」，那樣就算是八六也會在缺乏抵抗能力的狀態下受縛。

沒錯，如果只是要八六的人，不如選在作戰結束後而不是現在動手，聖教國還能獲得更多的獵物。

既然這樣，他們為什麼要特地——選在這個雙方都會犧牲慘重的時機？

無論是剛才跑過還是眼前延伸的通道都沒幾個警衛兵。一行人帶著以隱密性優先而裝彈數受限，子彈卻還有剩餘的衝鋒槍趕往基地機庫。

眼睛轉向鐵捲門外一看，空氣中同樣布滿灰塵。沒穿裝備就出去撐不了多久。

「派『華納女神』過來！」

知覺同步收到通訊。通話人是負責留守以防萬一的本部直衛戰隊的戰隊長。似乎是過來救他們了。

『不等妳叫就來了！坐上去之後請告訴我一聲！我要打破捲門！』

「好，謝謝！」

正副駕駛員整個人滑進「華納女神」的駕駛座。引擎啟動。他們無暇確認所有人是否都抓穩了，就一腳踩下油門。

「──那那少尉！」

『是，女士！』

令人聯想到電鋸的運轉聲，一對重機槍發出了尖銳叫喚，金屬捲門一瞬間就被咬成了碎片。趁著掃射停止不到一秒的空隙，「華納女神」當場急駛而出。

只聽見一陣震耳欲聾的巨響，被撕碎的金屬片噴飛得到處都是。在外頭等著的幾架「女武神」轉瞬間排成了保護他們女王御用座車的隊形。

到了這時候，「華納女神」的顯示器才稍微瞄到身穿珍珠色軍服的人員手持突擊步槍衝進機庫的模樣。

可蕾娜透過光學感應器看見米卡的「藍鈴」在「黑天鵝」的眼前被炸飛。

「米卡！」

並未直接擊中駕駛艙，機體也沒有嚴重損毀，但駕駛員肯定是受傷了。「藍鈴」左側前後腳部連同機師座艙一併被挖掉而無法動彈，友機與「清道夫」前去救援。將他們當成目標，又有珍珠色的機影步步進逼。

而且剛剛才從無線電接收到瑞圖受傷後退的消息。可蕾娜待在被固定住無法動彈的「黑天鵝」裡，雙手用力握拳。

「……憑什麼……」

憑什麼為了這些暗算別人，還能心安理得的傢伙……

為了這些想利用他們的傢伙……

為了這些讓別人去承擔痛苦，企圖假裝事不關己的傢伙……

為什麼，他們非得……

突然間，她發現像一塊石頭卡在胸口中央的情緒，其實是憤怒。既沒有在腦中燃燒一團怒火，也沒有感到義憤填膺。就像一種冰冷僵硬，如異物般卡在心裡不會消失，除不去的毒素凝塊。

那是她在第八十六區……從待在第八十六區的時候起，就在心裡持續悶燒的憤懣。

「憑什麼，我們——就一定得戰鬥？」

受到「女武神」的一個戰隊保護，「華納女神」衝出軍團指揮所，疾馳於滿是灰塵的荒野。

「華納女神」並非沒有自衛火力，但光靠三〇毫米鏈砲與重機槍實在火力不足，運動性能更是不能與「女武神」相提並論，戰鬥能避免就該避免。只不過是留下來擔任最低限度戒備任務的直衛戰隊也一樣。他們避開聖教國軍，藏身在少許的地形起伏中一路急行。

得設法讓旅團本隊衝破包圍，與他們會合才行。蕾娜等人現在是勉強脫身了，但若是再次被抓住，也許會被當成威脅八六的人質——對，還得救回前線後方十五公里處的「狂怒戎兵」操作員與整備班才行。希望他們平安無事。

「歐利亞少尉、滿陽少尉！回報狀況！」

『我們被四面包圍了，上校！』瑞圖說。

『從我們這邊來看三點方向，第八師團與伏兵聯隊的連結部分比較弱一點！我們正在設法從那邊突圍！』

接著芙蕾德利嘉報告：

『聖教國軍的另一翼，第二軍團似乎也終於開始往這邊動身了。不過他們同時也繼續與「軍團」交戰，所以大概還要些時間才會加入包圍……沒枉費余裝出天真小孩的臉孔，在聖教國軍將士們之間走來走去。』

這番話讓蕾娜眨了眨眼睛。雖然現在不是問這個的時候……

「芙蕾德利嘉……妳會說聖教國語？」

雖然早已聽說她那能看見熟人現況的異能的最低限度必須知道對方的名字，而且講過話才

行。

『談話還不成問題。不過，余可不會讓他們知道這點。余說過了，是裝出天真小孩的臉孔。一個純真的外邦女孩笑瞇瞇地一再重複自己的名字，對方就會聽懂而回答自己的名字了。光是這樣，就滿足了發動異能的條件……畢竟這裡是遠離聯邦與共和國的異國，做點防範總是好。』

也就是說芙蕾德利嘉並沒有預料到對方的背叛，只是考慮到說不定會發生消息傳達不靈或誤解等意外狀況，想盡一點心力。

『是否有稍微幫上點忙啊，芙拉蒂蕾娜？』

「當然了，芙蕾德利嘉……謝謝妳，幫了我一個大忙。」

可以感覺到芙蕾德利嘉欣喜地點頭。至於蕾娜則是嚴肅地反芻她提供的情報。

第二軍團也開始行動了——是吧。

若是以一個國家為對手，區區兩個連隊的戰力實在沒勝算。就算要「爭取時間」，考慮到空降大隊的資源消耗也不能拖太久——……

『——不是我要說，上校。』

一名大隊長忽然岔了進來。是兩個「女武神」砲兵機大隊之一的大隊長密茲達。

不是針對蕾娜，但語調透露出藏都不想藏的不滿情緒，淡然而平靜地接著說：

『乾脆讓辛他們從攻性工廠型那邊撤回來，然後我們就回去算了。這樣不行嗎？』

蕾娜微微倒抽一口氣，當場僵住。

其間密茲達繼續說道：

『特別是攻性工廠型現在只是暫時停止行動，但還好端端的對吧？只要放著它不管，聖教國那幫人光是應付它就來不及了吧？他們本來就是因為應付不來才會向聯邦求救，我們不能就趁這段時間走人嗎？』

不用跟聖教國軍打沒意義的仗——也不用讓並肩作戰的同袍付出不必要的犧牲。

「這……」

要問可能不可能的話——答案是可能。雖然只是不算太勉強，總之要幫助辛等空降大隊撤退，然後趁著前線的混亂逃出聖教國的話應該還有辦法。雖說「黑天鵝」及「狂怒戎兵」可能得現場做炸毀處理，但比起絕望地對抗一個國家，這麼做肯定能救到更多人。

密茲達說了。語氣平淡。

底下流露出無法隱藏的厭惡與嗟怨。

『別以為我們以戰鬥到底為驕傲，覺得聯邦利用我們貫徹始終的意志也沒關係，只要讓我們有始有終就好……就可以認為我們活該被利用，期待我們扮演情願犧牲自我的英雄角色。』

聽到這番話的瞬間，滿陽就像想法被人看穿那般打了個哆嗦。瑞圖很想否定這番話，卻也忍不住想了一下。可蕾娜打從心底深有同感，點頭心想：「就是啊。」

每一個八六都被喚醒了自己內心悶燒著的同一種疑問、不滿與憤怒。

因為……竟然要他們為這樣的一群人戰鬥……連這樣的一群人都非幫不可嗎？

就算說戰鬥到底是八六的意志，是驕傲，難道他們就連遭人陷害、被人用砲口對著強迫應戰，也得默默接受、不得有違？

真要說起來，他們並不是為了保護誰、拯救什麼而戰。

在第八十六區時也是這樣。在第八十六區時就是這樣。

從來就不是為了共和國國民、為了那群白豬而戰。只是為了自己與同袍的驕傲。他們不逃避也不放棄，用盡力量，燃燒生命，戰鬥到死前的最後一刻——為的是成就八六的驕傲。

氣人的是這麼做連帶著也保護了白豬們，但他們覺得無可奈何。

他們知道自己被聯邦當成了貫穿「軍團」重要據點的槍尖、外交籌碼與宣傳題材。也知道只從報導中知道八六的聯邦國民，自以為了解他們，把他們當成了悲劇主角和英雄。但聯邦也給了他們很多，所以他們覺得無可奈何，並不是自願成為籌碼、宣傳題材或英雄才這麼做的。

他們戰鬥是為了自己。

只是為了貫徹他們的驕傲，以及期許自己成為的樣貌。

不是為了任何人。

既然這樣……

如今他們已經走出第八十六區，無論是現在，還是今後……

就算不再為這些傢伙戰鬥……

就算對他們見死不救，又有何不可——……？

就像要砍斷一瞬間確實支配了八六們的這個疑問……

像一把果斷的利劍斬斷雜念……

『送葬者呼叫華納女神。』

靜謐而銳利的嗓音剛正地響起。

『空降大隊會繼續執行任務——按照當初的預定。我們這邊在「黑天鵝」前進至定點之前，會繼續壓制作戰區域。』

他說，他們不會放棄作戰。

宛如大夢初醒的蕾娜、可蕾娜與一些少年兵口中低喃他的名字。

流露的情感各有不同。但同樣都呼喚著昔日君臨第八十六區的無頭死神——率領他們前進的戰神之名。

「辛……」

攻性工廠型還沒除掉——作戰仍在進行中。

霰彈驟雨使距離暫時被拉開，辛一面指揮戰鬥再次縮短距離，一面繼續說下去——知覺同步對象為第一機甲群的全體人員，雖然人數太多造成不小負擔，但短時間的話還撐得住。

辛不是不能體會同袍們的心情，他也一樣覺得不愉快。他一點也不想為了跟共和國人差不到哪去的豬玀們戰鬥，更別提送死了。

直到現在他才終於知道，他們可以不接受這種狀況，不想死可以說出來。

只是……

「我明白大家不滿的心情。但是把攻性工廠型放著不管，不能保證它不會出現在聯邦的戰線上。拿不到指揮官機的控制中樞——『軍團』的機密情報或直接擄獲磁軌砲，聯邦也一樣沒有明天。這場作戰容不得我們不高興就放棄。」

他同時也覺得，現在的自己和其他人沒有活得那麼厭世——能只因為一個不愉快的心情，就連存活的可能性都不要了。

攻性工廠型的控制中樞不是帝國軍人。無論是電磁砲艦型帶來的部分、攻性工廠型本身的部分，還是控制磁軌砲的「夏娜」，都不會有聯邦真正想要的情報。即使如此……

密茲達說話了。與其說是不滿或回嘴，聲音聽起來更像不知該如何繼續固執己見的小孩。

『辛——可是、可是你不覺得……』

「密茲達，我說過了。我明白你不滿的心情，有這種心情也沒錯。所以我們不需要賭命。等情況真正危急了，再來考慮撤退也不遲。」

『——收到。』

儘管仍不情願，但還是點頭答應後才切斷知覺同步。辛確認了這點以後，也切斷了與本隊的同步。

在感覺聽起來頓時變得清晰多了的同步另一頭，萊登苦笑道：

『哎，反正我們要脫離作戰區域也沒密茲達說得那麼簡單，沒辦法啦。』

空降大隊原本預定將「軍團」前線交給地面部隊排除。只是和攻性工廠型一架機體戰鬥倒還好，要在背後受到攻性工廠型威脅的狀態下打撤退戰，可不是件簡單的事。無法期待聖教國軍的後援就更不用提了。

「是啊——各機都聽見了吧。維持現況繼續作戰。」

看來空降大隊的所有人都跟萊登有著相同認知。他們這邊沒人表示不滿，只是透出不敢輕敵的緊繃氛圍。

繼續作戰——只是，不知道他們苦苦等候的「黑天鵝」要延遲多久才會抵達定點。

「視冷卻系統的分析結果而定，也有可能不用等『黑天鵝』上陣就能擊毀敵機，如果是那樣就立刻動手——在那之前，不要浪費彈藥。」

可蕾娜無法置信地聽著她在第八十六區的絕命戰場與聯邦的戰地當成信仰對象般仰慕的死神的發言。

「——為什麼……」

為什麼——都這種狀況了，還能認為這場戰爭會結束？

為什麼還能相信這種世界？

相信這種笑著槍斃爸爸媽媽的世界。

明明這個世界已經從身為八六，只擁有戰鬥到底的驕傲的賽歐手中，奪走了能讓他戰鬥到底的手臂。

你不也跟我一樣，被白豬帶走了家人嗎？

你不也看見賽歐失去了一隻手嗎？

為什麼即使這樣，你還能……

她終於意識到自己與辛之間——或者是可蕾娜他們與辛他們之間，早就隔開了一條決定性的裂痕。

他們已經走出了第八十六區，拋下走不出去的可蕾娜及其他人。

「——你要拋下我們了？告訴我——」

你以前不是我們的死神嗎？

現在卻要拋下我們——我們明明是你的同胞。

『空降大隊會繼續執行任務——按照當初的預定。我們這邊在「黑天鵝」前進至定點之前，會繼續壓制作戰區域。』

誰想得到呢？

聽到八六們的領導者毅然決然說出的這番話，赫璐娜不禁睜大雙眼。真沒想到，真沒想到八六會自己說出這種話來。

不……應該說果然。

她壓抑不住湧起的笑意。

「看，你們的戰神、你們的死神都這麼說了喔，各位八六。」

無論是蕾娜還是八六們都看不見她那嚴重扭曲的笑臉。

同時——也有點近於自嘲。

「因為這就是你們的天命。是地之姬神的意旨，由這個世界賦予你們的命運。你們是戰場的子民，只能活在戰場上。生於戰場、死於戰場——就是你們唯一的命運。」

就像我們一樣。

辛之所以在知覺同步的另一頭大嘆了一口氣，意思似乎是「我可沒有這樣說」。

但他已經回到與攻性工廠型的交戰中，沒有多餘精神反駁；於是蕾娜代替他說：

「各位人員——你們不用拯救聖教國沒關係。你們並不是英雄。你們只需要為你們自己的理由戰鬥就好。」

更何況，做這些判斷與決斷都是指揮官的職責和責任。不能因為辛主動開口了，就把責任推給他。

「而且即使戰鬥到底是你們的驕傲，戰鬥也不是你們的命運。你們不是無人機也不是武器，所以也不用被那種胡言亂語迷惑！但是作戰必須完成——攻性工廠型仍必須摧毀！」

若有任何不滿與不服氣別找辛，衝著她來就好。招人怨恨也是將領的職責。她是八六擁戴的女王。不用在戰場上流血，相對地必須比任何一個部下都冷靜透徹，這是她的責任。

「為此，首先必須突破包圍！請各位人員與蟻獅聯隊互相配合，撬開敵方部隊的空隙！」

說完，她忽然覺得不太對勁。

突破包圍——四面包圍。

為什麼？

軍隊在被擊潰時最為脆弱。因為敗軍死傷最嚴重的就是在撤退、敗逃之後。

所以原則上，沒有人會布下完全不讓敵軍逃跑的陣形。

無論是人還是野獸，被逼入絕境時都會瘋狂亂竄。被斷了生路，死期將近的兵士會不顧性命地激烈抵抗。如同受傷的野獸最可怕，拋開理性枷鎖的士兵總能發揮異常勇猛的力量。但這樣同時也會擴大自軍的損害。

所以即使名義上是包圍，實際上並不會完全圍住敵人。除非是想把敵人趕盡殺絕，否則一定要留一條退路。

假如聖教國想將八六收為本國戰力，現在這種把可蕾娜、滿陽及瑞圖等旅團本隊團團包圍的陣形就不合理。

再加上難以理解的突襲時機，以及逃出來時從頭到尾幾乎沒遇到幾個警衛兵。對，他們甚至沒抓蕾娜與管制員當人質——而且不惜與大國聯邦甚至是聯合王國為敵，卻詭異地只想得到兩個聯隊。

難道說……赫璐娜的目的並不是逼八六投降……

這個充滿矛盾的狀況並不是聖教國或他們的國軍一手策劃……

難道說……

「……妳當然有在竊聽吧，赫璐娜。」

蕾娜把無線電的頻率轉到聖教國司令官使用的迴路，低聲說了。

用一種實在忍無可忍，不說她一句就無法消氣的語調說道：

「就如妳所聽到的，妳錯了，赫璐娜。八六們上戰場是因為那是他們的驕傲，不是命運。他們之所以戰鬥，絕不是因為那是命中註定——而是為了結束這場戰爭！」

「——才不是好不好。」

可蕾娜變得不太高興，且不悅地說道。這話是蕾娜說的所以還不會生氣，要是別人一副什麼都懂的嘴臉講出這種話來，她可不會只是發個火就算了。

不是為了結束戰爭。並不是所有八六都像辛那樣，為了結束戰爭而戰。蕾娜之所以那麼說，也是因為她跟辛在一起。是因為她看著辛想結束戰爭的模樣看得最久。

當然，可蕾娜也希望這場戰爭能結束最好。由於辛如此期望，所以她也希望能結束。可是戰爭結束後自己就會連驕傲都不剩，辛的身邊也不再有她的安身之處，可蕾娜再也無法幫助他了。

可是……

原地打轉的思考讓可蕾娜自己都糊塗了。那麼，自己到底想怎麼做？本來是想怎麼做？——這還用說嗎？當然是維持現況。她能在戰場上幫助辛與其他同伴，有個安身之處。辛又好像比起在第八十六區時輕鬆很多，每天都跟同伴們過得還算開心。為了維持這個狀況……

她想起了賽歐說過的話。

在即將前往船團國群的時候，在他還沒離開戰場的時候。

——妳的語氣聽起來，好像是不希望戰爭結束耶。

我才沒有。當時可蕾娜是那麼說的，但其實不是。「他沒說錯」。

「戰爭——最好不要結束……？」

我……

一不小心想到這句話的同時，一聲咆哮簡直有如雷光照亮四下般尖銳地響起。

彷彿撕裂黑夜的雷光，彷彿響徹雲霄的雷鳴。

『——不！』

是赫璐娜的聲音。

「豈有此理！共和國人——壓榨他人的一方竟有臉講這種話！」

對著信口開河的白銀女王，赫璐娜勃然怒吼。妳只是不知情而已，妳才是什麼都不懂。

不懂那些一切遭到剝奪的人，對於僅剩的心靈支柱的執著。

「八六不就是被設計成注定戰鬥的命運嗎？不就是共和國——他們出生長大的祖國把他們逼到只能在戰場上生存嗎？戰爭以外的所有事物都被剝奪，被剝奪殆盡到只剩下活在戰場的命運，只剩下受人剝奪留下的傷痛，你們怎麼可能拋得開這個命運，『這個傷痛』！」

不知不覺間，她握緊了指揮杖。過去的惡夢彷彿此時此刻在眼前復甦。

如今已經過了十年仍無法遺忘發生在她家人身上的慘劇。

「我也是。我也是！誰會那麼好心選擇遺忘——遺忘把我拱為悲劇聖女的那些聖人。遺忘我們聖教國面對名為戰亂的災禍，為了讓國民團結而以悲劇妝點我，將我塑造成戰火聖女的行徑！」

『妳在說——……』

「我的家人——雷羯家族，在開戰的同時全都被『軍團』殺害了。」

蕾娜驚愕地倒抽一口氣。

雷羯家族有著聖者的血統。在戰亂中擔任軍團長及麾下的師團長，率軍作戰向來是雷羯一族的職責。但是——一整個軍團的軍團長和師團長，居然會在開戰後沒多久就全員戰死。

「所有家人死於可恨的『軍團』之手，唯一倖存的年幼聖女；以柔弱少女之身挺身對抗可怕的淫威，胸懷悲憤、孤高奮戰的聖教國抗戰象徵。為了把我塑造成這種形象——聖教國與軍隊就這麼對我的家人見死不救。」

那時軍團指揮所受到了「軍團」的突襲。護衛的部隊「偏偏就在那時候」受到錯誤指示離開崗位，救援部隊受「偏偏就在那時候」沒被發現的「軍團」伏兵拖住腳步，沒能趕上。

偏偏就在那時候，正透過通訊電路跟身為軍團長的祖母、身為師團長或參謀的父母、祖父、哥哥姊姊、叔父叔母與堂兄堂姊說話的年幼的赫璐娜——縱然是隔著通訊電路，可是就這麼親眼看見了所有人的慘死。

而說這次特別破例，特地將本來年紀太小不能帶進聯合司令部的赫璐娜找來，開啟電路讓她跟媽媽說話的那群聖者就在一旁看著。

她絕不會忘記，那場惡夢、那幕光景。

同胞那些醜惡的嘴臉。

「在我父親、母親、祖父母、叔父、哥哥與姊姊遭到『軍團』撕碎之前，做出那種指示的聖者們——對於自己不得不痛下決定，付出慘痛代價，結果成功克服考驗的崇高節操，感動得流下了陶醉的淚水。」

『祖國奪走了我的家人，所以我再也不愛我的祖國了。正因為我除了戰火聖女的命運之外已經一無所有，所以只有這個傷痛誰都別想奪走。我絕不可能放手！』

如今赫璐娜的話聽在可蕾娜耳裡，就像鏡子裡的另一個自己在吶喊。

本來以為就像共和國的白豬一樣，就像體現殘酷人性與世界惡意的白豬一樣，然而少女其實是和他們八六是一樣的存在，簡直就像自己的鏡中倒影。

都是家人與故鄉遭到剝奪的孩子、被推上戰場戰鬥的孩子、只剩下在戰場上生存的命運——除了驕傲什麼都不剩的孩子。

就如同自己吞回肚子裡沒說出口的話，赫璐娜替她說了。金色眼眸狠戾地吶喊著。

對，赫璐娜說的沒錯。

她們被剝削得一無所有，背負在身上唯一能定義自己的事物就算是傷痛，可蕾娜也不願放手。就算是傷痛也不願被人奪走。

更不要說——……

「我不想聽你說你不懂——只有你，絕不能把它搶走。」

只有理應背負著同一份傷痛的辛不能這樣對她。

因為他應該也知道可蕾娜不願放手、不願被人奪走，所以不希望是他來搶走。他知道可蕾娜對未來根本不抱期望，所以……

請你不要結束這場戰爭。

不要奪走屬於我的東西。

奪走除了戰場之外，哪裡都不存在的——我的安身之處。

赫璐娜像發出慘叫般吶喊著。

像是無依無靠的小孩好不容易找到同樣迷路的小孩就哭著抓住不放那般。

「你們……你們應該也是知道的吧，你們這些活著卻被當成徬徨於戰場的亡靈，不得不活在戰火中的少年兵！還有對在無神戰地得不到救贖的人們，代替神成為救贖的無頭死神！應該知道我們在這樣的世界只會受到剝削，別人什麼都不會給我們。正義也好、善意也好——講得再好聽都沒有任何意義！」

聽到這番話，辛目光低垂。

過去，他也有過同樣的想法。

正義也好、善意也好，根本都沒有意義。

在第八十六區，那間注定半年後必定毫無意義地戰死的，先鋒戰隊的隊舍。

當時他從不曾懷疑。

以為那就是世界的真理。

兩者所說的內容沒有差別。

一個跟他們八六一樣，被扔進人類惡意交織而成的戰場的孩子，在高喊著「第八十六區」的真理。裹足不前，受困其中。

仍舊受到唯一僅有的傷痛所支配。

蕾娜則是睜大了眼睛。

聽見這番話，她確信了。

「華納女神」的全像視窗之一，設定為廣域的地圖上跳出了新的光點。受到圍困仍繼續奮戰的「女武神」部隊的雷達捕捉到的新一批機影，勉強穿越在電磁干擾下頻頻中斷的資訊鏈分享給了「華納女神」。敵我識別(IFF)——有回應。是聖教國軍第二機甲軍團羿・塔法卡的偵察小隊(Scout)。

蕾娜一看到回應便大叫出聲。與他們做接觸的是——「小精靈」。彎刀戰隊所屬機！

「小精靈！」

意想不到的聖教國倒戈，以及灰塵的干擾。再加上空降大隊依舊被困在敵軍之中的狀況，困惑與焦躁慢慢灼燒著腹腔深處。

所以駕駛艙突然響起接近警報時，「小精靈」的處理終端竟一時疏忽，倒抽了一口氣。

它踢飛匍匐逼近的「勒能・楚」，將視線轉去一看，只見灰塵紗簾的後方曾幾何時出現了「法・馬拉斯」的厚重剪影，而且似乎有個人影從開啟的座艙罩後方下了座機。

部隊章是六翼猛禽——是聖教國第二機甲軍團。

——這麼快就來了！

焦躁感終於讓思維沸騰到了頂點。情急之下機槍一轉瞄準對方，只見身穿珍珠色防塵裝甲服的士兵不知為何顯得很驚慌地揮動了雙手。

蕾娜隔著知覺同步大叫：

『小精靈——『不要開槍』！』

「！」

他反射性地挪開槍口，為了避開第一擊而抽身跳開，拉大距離。

這時他才終於想到，眼前的士兵是自己下了座機——主動放棄了攻擊手段。對方戳了戳戴著護目鏡與面罩的無臉頭部，於是他將無線電轉到了聖教國軍的頻率。

距離貼得這麼近，第三軍團四處遍布的電磁干擾也就發揮不了作用。越過刺耳的嘎嘎噪音，與他年紀大概沒差多少的年輕嗓音說了。

用的是不太流利的聯邦語。

『我們不是敵人，這位八六請聽我說！』

透過知覺同步，蕾娜聽到了那句話。啊，果然。

果然——是這麼回事。

「赫璐娜。這場陰謀——『是妳一個人策劃的對吧』？」

並非聖教國或整個國軍對聯邦的背叛。

與聖教國軍第八師團──伏兵聯隊的攻防戰仍在進行中。

然而滿陽的內心始終無法擺脫困惑與動搖。自從遭遇突襲後，這些心情並未隨著時間經過而淡化，反而變得更濃厚。

想必是從蕾娜與赫璐娜的對話意外聽見了赫璐娜過去遭遇的關係。

那個故事簡直就像在說她自己。就跟他們八六碰到的不合理狀況一樣。

十一年前「軍團」戰爭開戰時，滿陽以及同伴們全是年幼的孩子。他們突然被送進強制收容所，失去雙親、祖父母、哥哥姊姊，被迫充當無人機死戰不退直到戰死，都只為了共和國與白系種的方便。

只有他們遭到不合理的對待。悽慘地失去故鄉與家人──兒時天真無邪地夢想的未來與幸福遭人剝奪。

那種情況，說不定也發生在這遙遠的西方國度。說不定無處不有。

自己一直以來到底都在對抗什麼？這個疑問令滿陽的手變得僵硬。她知道自己操作操縱桿和扣下扳機的動作都比平時慢，卻毫無辦法。

一種簡直像在對付自己的錯覺讓滿陽及照理來說身經百戰的八六們遲疑著不敢下手。

──不可以去想這種事。這不重要，得快點衝出包圍才行。

她搖搖頭，用這個動作勉強把不知為何讓她想哭的奇妙、稚幼的迷惘之情推到一邊。

敵方部隊由指揮官機「法・馬拉斯」與它的子機群「勒能・楚」組成。只要擊毀負責管制的「法・馬拉斯」，接受操縱的成群「勒能・楚」自然也會停下，所以最簡便的解決方法就是針對「法・馬拉斯」下手。然而滿陽及周圍的同袍們都故意避開「法・馬拉斯」，挑「勒能・楚」攻擊。不打由駕駛員駕馭的有人機「法・馬拉斯」，而是他們操縱的無人終端。

因為他們不願意開槍射人。

他們不願意殺人。戰鬥到底是她與同袍們的驕傲，但這並不等於殺人。

八六至今活在與「軍團」的死鬥裡，這是他們初次與人類交戰。坦白說，他們不想打。

不想殺人。

又有一架「勒能・楚」想把無後座力砲的準星對準她。

照平常的感覺跳開會被灰塵絆住腳。她以意志力阻止差點拉動操縱桿的手，站穩腳步把機砲砲口對準對方——儘管「女武神」的砲塔角度受限，不過畢竟是迴旋砲塔。比起必須調轉整個機體才能把砲口轉回來的聖教國機，她這邊比較快。

扣下扳機（Trigger）。

集中於左右前腳的關節部位，機砲砲彈連續命中。等機體支撐不住頹然倒下，再來一頓掃射送它上西天。長久對抗比「破壞神」敏捷的「軍團」讓滿陽養成了先打斷腳的戰鬥模式。

四〇毫米機砲雖然威力強大，但沒有八八毫米戰車砲那麼大的破壞力。即使遭到激烈撕扯仍保持住原形的「勒能・楚」殘骸的正面裝甲就好似座艙罩上掀那樣彈起。

就像人偶的手臂脫落般，一隻小手從裡面滾落而出。

「咦？」滿陽睜大雙眼。

是小孩子的小手。

是……自走地雷嗎？可是「軍團」怎麼會跑進「勒能．楚」裡面？

滿陽腦子亂成一團。思維迷失方向，拿不定主意。

其實想都不用想就知道那是什麼了，可是她不願去理解，本能拒絕去理解，無法辨識映入視野的物體。

彈起的「勒能．楚」正面裝甲——不，「座艙罩」的底下。躺在被機砲砲彈打得千瘡百孔的「駕駛艙」裡的東西是……

還不到十歲的小女孩屍體。

# 第五章　魔笛手帶著鼠群與孩子離去

「不會的——……這不是真的……！」

誰都無法阻止滿陽的「法里恩」往後退，或是責怪她。

在那個瞬間，所有「破壞神」都明確地暫停了戰鬥。

「女武神」具有資訊鏈功能。即使處於電磁干擾下，維持近距離集結一處的同個大隊的所屬機，以及與他們相鄰而戰的瑞圖大隊的「女武神」，都能分享到「法里恩」捕捉到的那段影像。

遭「法里恩」擊毀的「勒能．楚」當中，有個小女孩的屍體。他們將「勒能．楚」當成是掩護聖教國主力機甲的子機群，加上機體極小使所有人都將它認定成了無人機，但那應該是駕駛員沒錯。

一半斷裂脫落的頭上勉強能看到淡金色的兩條髮辮，讓他們知道那是個女孩。否則從這具遺體遭到嚴重破壞的影像，連是不是人類都看不出來。

他們對這種悽慘畫面並不陌生。

八六駕駛無異於棺材的「破壞神」與「軍團」長期對峙，因此早就看過同袍被戰車砲、重機槍或反戰車飛彈撕裂、撞爛且燒焦的遺體。看到都煩了。

所以他們當場僵住並不是因為遺體死相悽慘。

而是因為那悽慘的遺體，而且是——彷彿過去的他們自己，以駕駛員而言太過年幼的孩童屍體……

是由他們親手製造出來的。這才是八六們顫慄僵硬的原因。

那段影像透過隔著電磁干擾仍然勉強維持通訊狀態的資訊鏈，也傳給了「華納女神」。

「天啊——……」

過分的行徑令蕾娜無言以對。她實在無法置信。

正因為共和國對八六做過同樣的事，才讓她更無法相信。

看似是無人機的機甲兵器，其實坐了人——坐了小孩。

她不是都沒有起疑過。

就蕾娜所知，除了如今已然滅亡的齊亞德帝國外，沒有一個國家成功開發出完全自律無人戰鬥機。就連開發了「軍團」的基礎人工智慧「瑪麗安娜模型」的聯合王國，主力都是人類駕駛的「神駒」。技術水準劣於兩國的聖教國，想也知道不可能在這十一年間開發出能進行自律戰鬥的無人機。

然而總高度只有一百二十公分左右——連芙蕾德利嘉的嬌小個頭都不到的「勒能・楚」實在

太小。她以為裡面不可能會有駕駛員。

然而——如果是十歲出頭的芙蕾德利嘉，或是大約十歲左右的思文雅這個年紀……甚至是比她們更小的孩子——……

「……！」

就是為此才會趕製出那種機甲。才會開發出——小型的「勒能．楚」。

「你們是從一開始就想用小孩子當駕駛員，才故意把機體做小的吧……！因為這樣才能減少迎風面積和裝甲材料！怎麼能做出這種事！把人……而且還是孩子！當成無人機的零件……！」

面對這番譴責，赫璐娜恬淡地聳了聳肩。

「真要說的話，我們從來就沒有一個人說過『勒能．楚』是無人機。辯稱八六是無人機零件的共和國軍人沒資格批評我們。」

『就算是這樣，就算是這樣也不該——把小孩子放進機甲——！』

「這也是無可奈何……聖教國早就沒剩下幾名成年軍人了。」

除了跟隨她的軍團幕僚們……指揮師團、聯隊或大隊的指揮官們……以及僅剩寥寥幾名的正規機甲——機甲五式「法．馬拉斯」的駕駛員們……

其他人都……

「因為我國的兵士——神戟（忒沙特），在這十一年的戰事中已經死傷殆盡了。」

芙蕾德利嘉像是自己才是最不愉快的人那般，皺起小巧可愛的鼻頭說了。她在「黑天鵝」腳部幾個窄小操縱室的其中之一裡面。

「——因為汝等沒問，余也就沒提了，芙拉蒂蕾娜以及八六們，還有班諾德等戰鬥屬地兵也是。因為汝等聽了這事，心情絕對不會愉快。」

柴夏讓骨螺紫的雙眸蒙上厭惡的陰影，輕輕地搖頭。她駕駛著「阿爾科諾斯特」潛藏於廢棄都市被棄置的宗教設施尖塔，待在受到輕薄裝甲保護的駕駛艙裡。

「是的，維克特殿下也吩咐過我除非有必要，否則別把這件事告訴各位……說到底，正是因為雙方如此『迥然不同』，我國才會無法派遣殿下前來這個國家。」

「諾伊勒聖教以流血為禁忌。他們將對人刀劍相向、使人流血視為永遠無法祛除的汙穢。不僅是聖教徒（變克哈）、金系種與聖教國人，異教徒、異民族與外國人等所有人都是。面對攻擊聖教國的所有刀劍，聖教徒都不能拿起刀劍對抗。」

「但是一個國家總是需要軍隊來保護國民。起初他們似乎是從極西諸國僱用士兵，但外國士兵就是外國士兵，總會優先重視母國的意願而非聖教國，不值得信賴。」

「他們必須以奉聖教國為祖國的百姓來組成軍隊。然而，諾伊勒聖教是國教。既然是全民都該信奉的宗教，以聖教國為祖國的百姓無一能被赦免流血之罪。而他們解決此種矛盾的手段就是——『捍衛聖教的士兵，不是百姓』。將他們解釋成聖教信奉的地之姬神派給聖教徒、有生命的活動劍戟。」

因此，才有神戟之名。

他們是神之武具，不是人類。所以即使在聖教國出生也不用信奉聖教。

由於非聖教徒，縱使對侵略者刀劍相向也不會玷汙聖教。

「因為他們用這種做法宣稱自己是不用戰爭與流血玷汙百姓雙手、潔淨的神之國度——所以我們聯合王國及過去的帝國才會稱聖教國為狂國。」

「對以尚武為傲、以戰士身分為榮的齊亞德帝國與羅亞．葛雷基亞聯合王國等諸王國而言，將戰事視為至高罪惡的聖教教義想必一定格外難以接受吧。即使是揭櫫民主制度，以國防為國民義務與愛國證明的聖瑪格諾利亞共和國，想必也覺得我國這種不把軍兵視為榮耀國民之一的做法很不正常吧。」

狂國諾伊勒納爾莎。赫璐娜只從別人口中聽過自己的國家被人這麼稱呼。

自赫璐娜懂事以來，極西諸國以外的外國就受到「軍團」大軍與阻電擾亂型的電磁干擾隔絕在外，因此外國的價值觀對她來說才叫異常。

「但是出生在聖教國的人……都不覺得這種法律有什麼奇怪。聖教國的民眾，營生、婚姻與一輩子都取決於出生的家庭。與生俱來的命運決定一個人的一切。那麼出生於神戟工房的孩子成為姬神的劍戟也合情合理。」

聖教國之所以採用血統與職務密不可分的制度，正是因為這樣容易生出符合職業資質的孩子。為了維持軍隊的精悍強大而召集具備軍人資質之人，且為了供應一定數量以補充人員損耗，讓眾多女性神戟擔任「劍匠」在「工房」服務；但除此之外，教徒的家庭與神戟工房並無不同之處。甚至可以說……

「我們可不像共和國對八六下的定義，將神戟當成人型家畜。雖然神戟非人，卻是神使。每天生活中會受到禮遇，加上成為軍官可能必須參與國際間的外交工作，接受高等教育的機會也比教徒多。若是神戟心有不滿，沒有武力的聖教國民眾早就在軍事政變中滅亡了……沒有人表示不滿。這數百年來，一向如此。」

聖教國本來就沒有職業選擇的自由，連這種概念都很薄弱。

國民與神戟之間無實質上的差異，因此無論看在外國眼裡有多奇異，神戟們從未有過不滿。

儘管那終究只是他們接受教育灌輸的結果——教育終究只是洗腦的另一種說法，只是程度大小不同罷了。

從未有過不滿。

就連以現況來說，長達十年的「軍團」戰爭讓成年神戟幾乎全數死亡，就連預備的老神戟都全數捐軀，終於迫使他們只能讓還在接受教育訓練的年少神戟上戰場，仍然沒有任何不滿。

「直到這個教義——被推翻為止。」

赫璐娜的發言如今已經變得氣燄高漲，對第三軍團的神戟而言正可說是控訴。特別是對於比她年長的管制官、參謀們及駕馭「法．馬拉斯」的駕駛員們來說。

相當於基層士兵的大多數「勒能．楚」駕駛員年紀都未滿十歲，但負責指揮他們的上述人員，也都是頂多不過十幾二十歲的年輕人。

二十歲以上的人，如今在軍中已經寥寥可數。其他人都死了。人員就在與「軍團」拖延了十一年仍無法結束的激戰中，慢慢磨損消耗殆盡。

受到的教育告訴他們這是命運。

受到的教育要他們守護純潔的神之子民，要他們服從身為將領的聖者，而他們向來也都是這樣過活。別人告訴他們「那是你們與生俱來的命運」，他們也就不敢有違，恭謹地從命。因為是命運，所以願意跟隨孤身率領他們的年幼聖女。

然而，這些教義……

『去年的大規模攻勢造成神戟真的只剩下幼兒倖存——聖教國滅亡在即，聖者召開會議研討對策，竟然決定捨棄教義。決定從至今按照教規無法戰鬥的——聖教徒當中進行徵兵。』

竟然被聖教國自己親手——推翻了。

赫璐娜以怒火中燒的眼神，用酷烈瘋狂、恆星般的黃金雙眸說道。不知不覺間往空中橫著一掃的右臂，令手中指揮杖的玻璃鈴鐺與絲綢衣袖暴躁地作響。

「分明拿神戟的命運當藉口逼著他們戰鬥到近乎全軍覆沒，等輪到自己人頭落地時卻不願為命運殉死，說推翻就推翻。分明拿姬神安排的天命當藉口，奪走我們在戰場上生存以外的一切，現在竟連這個命運都敢輕易推翻踐踏！」

命運，讓赫璐娜的一切遭到剝奪。

命運讓神戟們數百年來，只有他們被血玷汙，斃命於敵人的刀劍之下。

只剩下在戰場上生存的唯一命運。照理來說，命運應該要沉重到即使所有的一切遭受剝奪，都會被說成理所當然才對。

聖教國卻推翻了這個命運。將它貶低為毫無價值，可以配合需要推翻的輕賤事物。

那些人貪生怕死，竟然再一次「剝削」了赫璐娜他們。

「不可原諒，怎能縱容這種事發生？為了戰爭，為了在戰爭中效力而長年遭人剝削的我們，就只剩下戰鬥到底的命運了。這個命運是我們僅有的一切，要是再被貶低、剝奪，我們就真的一無所有了。」

所以……

所以，與其被人奪走……

「什麼聖教國，索性滅亡算了。索性全部都失去算了。既然你們這麼貪生怕死，我就要你們沒命。戰爭最好永遠不要結束。」

最好失去活下去的希望，失去他人的援手，失去信仰心。最好全部都失去。

所有人都是，對……

「這次換我們——從所有人手中，奪走一切。」

這是為了守住即將被人剝奪，唯一僅剩的戰士職責（自我認同）……

變得只能為了打仗而活的他們，為了跟把他們塑造成那種存在卻又背叛他們的祖國同歸於盡——而進行的大型集體自殺。

鏡子破了。可蕾娜渾身戰慄。

「……我沒有……」

戰鬥到底的驕傲。其他事物全數遭到剝奪的八六，僅剩的驕傲。

完全一樣。他們都遭到剝奪而只剩下戰場，都只有活在戰場上的驕傲成了定義自己的自我認同；也同樣地除了驕傲以外，終究什麼都無法期望。

——也心生過戰爭最好永遠不要結束，這種陰暗的願望。

即使如此——她並沒有……

「我沒有希望什麼都……大家都死掉最好什麼的……」

她並不希望那樣——那麼可怕的事，她想都沒想過！

可是，也許她期望過。也許她也曾有過那種期望。

一心固執於活在戰場上的驕傲，把其他所有的一切統統捨棄的結果——就是那個年幼聖女的妄執。

除了戰場之外，真的什麼期望都不曾有過的自己就跟赫璐娜一樣。

這種可能性讓可蕾娜感到驚駭。她已有所自覺，知道自己的罪業可能會希望未來永遠不要來臨，甚至不惜吞噬掉珍愛之人的未來，所以她已經無法矢口否認了。

「……不對……」

她拚命搖頭。不對。她並不希望變成那樣。就算曾經不慎有過那種期望，至少現在的自己並不期望毀滅。

不想有那種期望。

「我們……才不會做出那種事……！」

「——我不是不同情妳，但這跟妳現在的行為有什麼關係？」

吉爾維斯帶著嘆息，岔進赫璐娜與蕾娜的對話。任性妄為到他都聽不下去了。要不是赫璐娜年紀還小，連同情她都辦不到。

的確，她是個心靈受創的可憐孩子。可是大聲喊出這份傷痛，當成免死金牌一樣濫用，都做了些什麼好事？

「老實說，這些都不關我們聯邦軍的事。要吵你們聖教國人自己去吵就好。就像妳剛才自己說的一樣，大可以率領神戟發動軍事政變。」

聖教國的戰力已經匱乏到連孩子都得上戰場，被一個軍團造反，聖教國恐怕就抵禦不了「軍團」了。或者不用特地造反，對「軍團」直接放行也就夠了。

連這些都不做……

「為什麼要把我們聯邦軍——而且竟然是跟你們境遇相似的八六捲進來？妳口口聲聲說要八六接受政治庇護，講得好像是聖教國背叛我們又是怎麼回事？」

赫璐娜微微偏頭。記得這位應該是……鈞特少校？義勇聯隊蟻獅的指揮官……都當上指揮官

了，腦筋怎麼這麼遲鈍？

「我不是說過，是『所有人』、『所有的一切』嗎？」

是所有的一切──她並不是只要了他們的命就滿意了。

「為了不希望失去戰爭這種荒唐的任性想法，就想拖著祖國和民眾一起死，誰都不會為了這麼愚蠢的我們哭泣，但是──如果死的是大家向來同情、可憐的八六，所有人都會獻上珍珠般的眼淚，不是嗎？」

如同她聽說共和國第八十六區的悲劇傳到國外時眾人的反應。

如同強迫八六落入悲劇的共和國，弄得滿身不知何時能洗刷乾淨的汙名。

「人人同情的一群厄運少年，出於善意去援救聖教國卻慘遭背叛，抵抗到最後悽慘地全軍覆沒。豈不是一齣令觀眾看完心情惡劣透頂，也因為如此才能盡情流淚、義憤填膺，毫無顧忌地指責邪惡聖教國，樂趣無窮的理想悲劇？」

『原來是為了貶低聖教國的名聲啊……』

「是的。然後……」

聖教國最好遭到蔑視──最好失去名譽與顏面。

最好因為背叛行為遭受譴責──最好失去信用與信賴。

最好失去獲救的機會──然後被「軍團」吞噬殆盡算了。

然後，最好能引起對背叛的恐懼──讓「聯邦」對他人失去信心。

「若聯邦的民眾針對少年兵的可憐犧牲譴責軍方或政府，若使聯邦政府害怕遭到更多背叛而不敢隨意行使正義——無法自己保護自己的其他國家，就會跟著一一滅亡。」

用一種但願如此的語氣，赫璐娜說道。彷彿作一個美夢般。像個少女期盼著美麗的明天，訴說自己的夢想。

「這樣一來，說不定到了最後——全人類就會滅亡。」

經過一段令人無言的沉默後，吉爾維斯嘆一口氣。

『——真是蒙昧無知，也可以說幼稚。』

「好吧，反正已經被蕾娜看穿了，晚點只要有人檢查通訊紀錄什麼的，而且願意採信的話，聖教國的汙名或許能得到洗雪吧。」

她是故意講得讓聯邦的「女武神」或「破壞之杖」能夠記錄下來，不料似乎適得其反。

為了讓聯邦在確認紀錄之際，仍覺得是聖教國想得到戰力而背叛，她講了些煞有其事的話，也沒動手殺害如果只是想擴大犧牲大可以立刻殺掉的蕾娜或管制員們，沒想到……

「反正只要能造成犧牲就都差不多了……等到八六死了許多人，聖教國在受到聯邦譴責時就算拿出這份通訊紀錄，也只能祈禱聯邦願意採信這份內容了。只是我猜……」

「呵呵。」赫璐娜笑了笑。

「聽起來應該只會像是死不認錯的藉口吧。」

赫璐娜的願望只能用幼稚來形容，因此蕾娜嗤之以鼻。就像一個冷酷無情、手持利劍的斷罪女神。

「赫璐娜。但妳說的這些——前提是在派遣旅團覆沒後，聯邦才聽到妳的說法，對吧？」

赫璐娜的聲音因疑慮而搖擺不定。

『……這個戰場的無線電應該被電磁干擾封鎖了……』

「對，但是在四面受到這種包圍的共和國……」

似乎看見了「整個狀況」的芙蕾德利嘉說話了。她的異能能一窺曾經與她談過話之人的過去與現在。而她也運用這種異能，一直看著第二軍團進軍的狀況。

『似乎是傳達到了喔，芙拉蒂蕾娜——盼望已久的騎兵隊來了。』

聲音傳遍了戰場。

不是透過依然受到干擾的無線電，而是揚聲器發出的聲音。可能是灰塵刮傷了內部機件，嚴重破音且充滿雜音——但帶有水琴窟歌唱般的細微波動。

『這是第二機甲軍團羿・塔法卡，軍團長托圖卡聖一將。』

是理應仍在遙遠他方的聖教國軍，第二軍團本隊傳來的……透過偵察部隊攜帶的心理戰用大輸出揚聲器進行的廣播。

『「聯邦的聲明」，我方已確實領受。謹向您的機智與善意表達深厚的謝意，機動打擊群的睿智女王。』

赫璐娜愕然地倒抽了一口氣。

『怎麼會！……聯邦為何能這麼快就做出反應！』

因為赫璐娜讓人妨礙的「只是無線電通訊」罷了。

聯邦未曾將「這項技術」告知過聖教國。由於上級要求他們不可告訴對方，因此蕾娜也認為聖教國有它必須高度提防的問題，於是就連對之前相處得那麼融洽的赫璐娜，她也沒提及這項技術。辛的異能與「西琳」的事情也同樣被要求保密，身為王子的維克沒被派遣，由柴夏代理他的職責，而瑟琳可以帶進船團國群卻不能帶進聖教國，都足以讓她對該國的將領提高戒心。

蕾娜知道赫璐娜與神戟們全都本性善良，也都是帶著敬意及好意與她相處——但她是機動打擊群的指揮官，是機動打擊群的鮮血女王。

蕾娜必須保護既是她的戰友，也是部下的八六們。

「在阻電擾亂型的電磁干擾下，有種能保持通訊暢通的技術——也就是沒跟你們提過的知覺同步……整個狀況幾乎從一開始就全都傳達給聯邦國內了。」

這次聯絡，本來是想趁著機動打擊群與聖教國軍的戰鬥還沒拖延太久——還沒有人員犧牲之前請聯邦國內對聖教國政府施加壓力，沒想到以意外的形式發揮了功效。

此外，聯邦對聖教國的通訊必須繞過「軍團」支配區域，因此中間會經過聯合王國。所以聯合王國應該也接收了這項情報。

從外交角度而論，即使現在中斷戰鬥，放任一名將領做出不道德行為的聖教國必定會陷入不利的立場，但既然聯邦已知悉內情，就不至於對聖教國做出制裁。

「赫璐娜，妳的陰謀已經敗露了。是妳輸了——聖教國不會滅亡，聯邦不會變成妳幼稚野心的尖兵。」

『…………』

「請命令將士投降。繼續戰鬥下去——沒有任何意義。」

第二軍團的軍團長接著說話了。聲音聽起來同樣極其年少。

『投降吧，雷羯。妳現在投降還能從寬處置……聖教以流血為禁忌。我們並不想對同胞做出殘忍行徑。』

赫璐娜忽然笑了一下。

帶著明顯的侮蔑。

『事到如今，還好意思這麼說……想阻止我的話，現在就拋開聖教的教義吧。反正到了明天就要作廢了。』

沉默降臨於眾人之間。接著第二軍團的軍團長嘆了一口氣。

『好吧……現在起認定赫玫璐娜德．雷羯二將與第三機甲軍團西迦．圖拉為背叛諾伊勒聖教與諾伊勒納爾莎聖教國的反賊。即刻開始進行討伐。』

「……！」

蕾娜咬緊牙關，第二軍團的軍團長不知有沒有察覺到她的心情，冷淡地接著道：

『來自聯邦的各位派遣旅團人員——不用在意，請對抗敵兵。我國自然不會向各位與聯邦追究反賊的人命傷亡責任。』

吉爾維斯回答的聲音冷靜而透徹。言外之意就像在說：我們本來就不用負責。

『——收到。那我們就在各位到達之前，先鎮壓叛軍給你們看吧。』

至於蕾娜，即使聽到了聖一將的宣言，仍無法命令八六消滅敵兵。

難道只能走到這一步？可是就算是敵人，他們也是人類，是小孩……

也許不用做到這種程度，例如以赫璐娜為人質，或許能減少犧牲——……

『沒用的。神戟只會服從聖者之聲。』

赫璐娜看穿了她的心思，嗤笑道。那既像是自暴自棄，又像是個疲憊的老嫗。

縱使是這種笑聲，她的聲音仍帶有獨特的水琴窟般回音，方才聖一將的聲音也是如此——所謂能令神戟服從的聖者之聲，就是指這種細微的音色？

蕾娜使力握緊拳頭。

那麼，只要能跟第二軍團……跟聖一將會合的話……

聖一將在方才的宣言中並未命令士兵停止戰鬥，但總不至於只有軍團長能下令吧。那樣萬一軍團長戰死，就無法交接指揮權了。聖教國也不可能讓赫璐娜的家族成員除了她以外全員戰死。

很可能就只是「音質不好」。用破音的揚聲器無法滿足條件。但若是聖教國軍平時通訊常用的無線電通訊……

她要向第二軍團確認這一點──為此，必須先跟他們會合。

「華納女神呼叫各位人員，準備突破包圍。為了與第二軍團互相合作──……」

這時，忽然有道聲音傳了回來。

某人的聲音透過知覺同步傳來。是某個八六──或者，是「每個人」的聲音。

『──不要……』

那種年幼無助的驚懼聲調。

『不要，「不要開槍」。』

不是「不要讓我開槍」。

蕾娜霎時倒抽一口氣。

然後痛心地咬牙切齒。

當然了。對，是「不要開槍」。

八六們就是在「勒能・楚」駕駛員的這個年紀，或是比他們更小的時候，被送進強制收容所。

那麼小就暴露在怒罵聲與暴力之下，被當成罪犯或家畜對待。又被祖國的深藍軍服士兵用槍口與砲口對著。對，神父也說過。這些頂多七八歲的孩子承受到無法反抗的壓倒性暴力，沒有任何方法保護自己。他說那一定是極其、極其可怕的經驗。他們當中或許也有人就是那樣，家人或朋友遭到殺害。也或許有人親眼看見爸媽被槍斃。

一個是心中烙印著這種恐懼，至今仍無法消除的幼小自己，一個是眼前的幼小士兵；八六們不可能不把兩者聯想在一起。更不可能開槍打他們。

因為他們不可能沒聽見「幼小的自己發出的慘叫」——不要開槍。

「不——就算沒有這些問題……」

比方說，就算對方是與他們年紀相仿的少年兵，或是成年的正規軍人，辛猜想大家或許還是扣不了扳機。他自己是因為沒跟敵兵對峙所以還能保持鎮定，不過現在想想，他的確是連想像都沒想像過。

想像在戰場上，與人類為敵——在戰場上，把人類當成敵人殺死。

他開槍打過人，殺過很多人。一次次、一個個殺死了身受重傷，救不活卻又死不了的同袍。在第八十六區——或是在聯邦的戰場上，都是出於必要。

但是，他沒把人類當成敵人殺死過。

而如果有人問他敢不敢開槍——恐怕是不敢。

光是想像就讓腹腔深處一陣發冷。在第八十六區，他第一次開槍打死八六同胞時，心裡非常害怕。光是拿殺人工具對著別人的動作就令他反胃噁心。

更別提現在連幫助死不成的同袍解脫，或是不讓他們被「軍團」帶走等理由都沒有。

戰鬥到底——事到如今他才明白，他們八六至今之所以能毫無顧慮良心苛責地這麼說，是因為對抗的是「軍團」，一群不具生命的機械亡靈。

「我們恐怕……無法對人類開槍——無法對付人類吧。」

相較於「女武神」不禁呆站原地，蟻獅聯隊與第三軍團第八師團、伏兵聯隊的戰鬥更增激烈，仍在持續進行中。

——不，戰況漸漸偏向對蟻獅有利。

「——埋伏加上包圍，而且是專為這個灰塵戰場設計的機甲，竟然還是這副德行。」

戰況孰強孰弱，明顯到連吉爾維斯都忍不住唉聲歎氣。都可以說是蹂躪、屠殺了。

儘管不如性能強大到不合理的戰車型與重戰車型，「破壞之杖」這種機甲終究在軍事國家的後裔兼超級大國的聯邦，穩坐機甲兵力主力的寶座。它具備強力無比的一二〇毫米砲與堅不可摧、相當於六〇〇毫米壓延鋼板的裝甲，以及能夠以時速將近一百公里的速度，讓戰鬥重量五十噸的超大重量疾速奔馳的大輸出，以人類軍的機甲兵器而論很可能是最尖端機種。

排斥戰鬥的聖教國，充其量只用作自衛的「法．馬拉斯」不用說，臨陣趕製的兵器「勒能．楚」更是不能比。

看到「法．馬拉斯」就像被打上海岸的魚慢吞吞地想掉頭，「破壞之杖」有如矯健巨狼般逼近，用至近彈將其炸飛。一二〇毫米滑膛砲的咆哮、一二．七毫米迴旋機槍的吼叫，與重型突擊步槍的斷音，殺向面對六門火砲全沒射中目標的「勒能．楚」機群。

『——壓制完畢。打起來太沒勁了，真是掃興啊，假海龜。』

『不懂得活用地形與人數的優勢。友軍之間配合不佳，訓練度也不高。』

『簡直就跟發條老鼠玩具沒兩樣呢。只會到處轉圈亂竄，也不會動動腦筋。』

「把敵人看輕成老鼠小心被反咬一口，還是謹慎點吧。特別是『法．馬拉斯』的主砲，要是側面或後部被直接擊中，就算是『破壞之杖』也有危險。」

只是他所說的「法．馬拉斯」實際上數量太少，構不了太大的威脅就是了。

不同於大小只能讓孩童乘坐的「勒能．楚」，「法．馬拉斯」從開戰前就是正規機甲戰力，

聽說是由神戟當中較年長者——說是這麼說，從赫璐娜的說法聽起來，頂多也就十五到二十歲左右——乘坐。大概是年紀較大也就累積了較多的戰鬥經驗吧，他們除了機甲部隊的最大火力之外，同時似乎也擔負了指揮官機的角色，正因為如此，也就屢屢成為「破壞之杖」主砲集中砲火的目標。如同此時又有一架「法・馬拉斯」從側面被「假海龜」的砲擊貫穿機師座艙，冒出黑色火焰頹然倒下。

須臾，周圍「勒能・楚」砲兵群的隊伍難看地亂了陣腳。

既沒有即刻對「假海龜」加以反擊，也沒有因為害怕補槍而退到掩體後方。就只是陣腳大亂地呆站原地，或是失去隊形。最離譜的是，到處都能看到一些分明敵機都已逼近眼前，竟然還粗心大意地轉頭去看被擊毀的指揮官機的「勒能・楚」。就好像迷路的幼童忽然發現本來待在身邊的哥哥姊姊不知什麼時候不見了。

——啊啊，原來是這樣。

帶著一絲苦澀，吉爾維斯弄懂了。八六和吉爾維斯當初錯把「勒能・楚」當成無人機的原因是……

除了機體小到不像能坐人，最重要的是「勒能・楚」的一舉一動緩慢又笨拙。好像無論是前進還是砲擊都需要別人一一指示——腦筋死板到完全不像是由受過訓練的軍人駕駛。

「缺乏自主思考能力」的發條老鼠玩具。

那是因為那種難看的反戰車砲當中，坐的是空有軍人頭銜的——年幼孩童。

「全體人員注意。敵方部隊只有『法・馬拉斯』是發令調度的頭子。『勒能・楚』不過是聽從笛聲的老鼠罷了，沒有指示就成不了事。以『法・馬拉斯』為首要目標，『勒能・楚』順便排除就好。」

『收到。』

很快地在珍珠色的鳥群當中，就只有大隻機影被硃砂色狼群一擁而上，圍著啃咬。如同吉爾維斯的目的，失去指揮官的「勒能・楚」們頓時明顯變得驚慌，困窘迷惑、不知所措地在戰場中央直打轉。

慘叫透過外部揚聲器此起彼落。即使聽不懂語言也還是明白他們在說什麼，混亂、迷惑、恐慌，變回了普通孩子的稚幼慘叫。

救我。哥哥。姊姊。不要拋下我。

不要丟下我一個人。

一瞬間吉爾維斯倒抽一口氣。不用看也知道，背後的思文雅在發抖。

他壓抑住心情，重新說了一遍：

「——掃蕩他們。」

這場掃蕩行動最後變成了蟻獅聯隊各中隊、大隊之間較量進擊與壓制速度，爭奪軍功與獵物

的獵場，灰色戰場上滿是歡呼聲與哄然大笑。

一二〇毫米高速穿甲彈的初速為每秒一千六百五十公尺，能夠從兩公里外咬破相當於六〇〇毫米壓延鋼板的裝甲板，等於是一團龐大的動能。雖說穿透裝甲後會減少大量動能，脆弱的人體碰上它仍然如同紙屑。

不會留下全屍。

遭到殺害的少年兵不會留下遺體讓殺人者看見。

所以蟻獅聯隊的駕駛士兵們與裝甲步兵們都能一心沉浸在鬥爭的亢奮中，能陶醉於打勝仗的昂揚心情。

原本並肩作戰的八六如今只能丟人現眼地呆立不動，顯露難看的怯懦逃避戰鬥，更是煽動了他們的自尊心——看吧，八六終究算不上戰士。就只是一群連決心都沒有的膽小鬼。

我們才是真正的戰士。我們也是繼承了正統帝國貴族的血統與驕傲，一如血統所示的勇猛英雄。

他們大聲嘲笑，互相比較誰殺得多，誅殺看在他們眼中等同於將領的「法・馬拉斯」時甚至從外部揚聲器自報名號。如同打獵消遣的貴族，或是參戰的古代騎士——嗜血的瘋狂逐漸充斥於灰色戰場。

面對那種景象，八六呆站原地。不是被騎士們展現的殺戮場面嚇到，是眼前的蹂躪景象令他們害怕。

連戰鬥都稱不上。那是蹂躪，是單方面的屠殺。

簡直就像他們以前被迫背負的傷痛重新上演。

在被押往第八十六區的強制收容所時，昔日年幼的他們也同樣被人用槍指著。他們還沒有那種明確的認知，但祖國……本來理應保護他們的軍方竟這麼對待他們。伴隨著突如其來的暴力與怒罵、蔑視與惡意。為了達到威脅效果而殺雞儆猴，或是當成一種遊戲或胡鬧，也有人看過一些人實際遭到槍殺。也有人親眼看著父母、兄弟、鄰居或朋友遭到槍殺。面對那種不合理的待遇，他們依然無能為力、無計可施，只能任人蹂躪。

「……不要。我不要這樣。」

他們不願意戰鬥。不願意對付人類、對付小孩子。

要他們親手殺死過去的自己，他們做不到。

而且，更重要的是……

「……必須阻止才行。」

阻止眼前的這場蹂躪。

不願看著過去的自己慘遭蹂躪，袖手旁觀。

想阻止這種狀況。

這次，一定要阻止。

硃砂色的殺戮仍在進行中。歡呼聲宛如一群春日踏青的年輕人，快活地沉醉在昂揚亢奮的情緒中。

因為不這麼做，就實在撐不下去。

他們必須贏。

這是他們的職責。是他們這些混血兒、失敗品、廢物初次得到，也是最後一次挽回的機會。他們從懂事以來，就被人直接斷定沒有誕生於世的價值。

所有人全是失敗品。他們遭到辱罵，說耗費了龐大的勞力，而且是好幾個世代才做出來的混血兒全都白費了。只剩下在尊崇純血的帝國貴族之下，被鄙視為骯髒雜種、被斥責為毫無價值的米蟲、比小狗還不受到關注的命運。沒有尊嚴，沒有親情，也沒有未來。混血兒不可能受家族接納，品種改良的失敗品也不可能有人會袒護，他們就這樣全被關在一個地方以免出去丟人現眼，自然不可能獲准自由外出。

只剩下雖然只有一半，但確實繼承到了的焰紅種血統，以及希望能變得不負血統的夢想。

只剩下過去曾君臨大陸的尚武帝國的正統傳人，焰紅種的血統；期望毫無價值的自己成為勇猛、精悍、高尚的真正戰士——成為英雄的夢想。

有一天，那個人說：「我給你們實現夢想的機會。」

你們也和我們血脈相連，是心懷榮耀的焰紅種之一。我給你們最後的機會，讓你們證明自己是勇猛、高尚的真正戰士。

這就是義勇聯隊蟻獅──是毫無價值的他們初次得到的，第一次也是最後一次證明自我的機會。

他們必須證明。證明自己確實是戰士，是正統的真正英雄，最重要的是──必須證明自己的存在。

一無所有的自己，唯一剩下、僅有的就是定義自己的夢想──理想。他們有著戰士的血統，絕不能夠因為成不了英雄，而失去這唯一的驕傲。

所以他們必須贏。必須贏得萬夫莫敵，讓全世界有目共睹。

騎士們都在笑。笑得像慘叫。一邊笑，一邊繼續追求更多獵物，在戰場上奔馳。

待在戰場中央但並未駕駛機甲兵器也不用扣下扳機，因此也無法沉醉在血腥亢奮中的思文雅，那悽慘場面在她眼中只顯得慘不忍睹。

思文雅渾身發抖，面無血色地渾身發抖，但沒有別開目光。作為布蘭羅特大公的「女兒」，她不能從戰場上別開目光。

『公主殿下！公主殿下您看見了嗎！我們奮戰的模樣！』

「當——當然了。你們在剛才那條戰壕立了頭功呢，蒂妲，還有齊格弗里德。」

她眼睛噙淚，點頭回答大呼快哉的小隊副長和駕駛員——戰鬥重量逾五十噸的「破壞之杖」毫不留情地踩扁「勒能．楚」的模樣，以及當場壓爛的駕駛艙噴出的混濁朱殷，思文雅不幸地全都看見了。

「安布羅斯、奧斯卡，你們接連擊斃敵兵，做得很好。路德維希、萊昂哈特，這是敵人的第八個首級了呢，真了不起——……」

「——公主殿下，夠了。」

她壓抑著噁心與淚水努力慰勞騎士們的模樣讓吉爾維斯看不下去，苦澀地開口。

「不用說話慰勞他們，大家都感受得到妳的心意……不用再硬撐下去沒關係。」

「可……可是，哥哥。這是『父親大人』賦予我的使命……」

他忍不住粗魯地嘖了一聲。

「管他什麼使命……那不過是奴隸的項圈罷了。我們以為是自己想成為英雄，其實根本是被逼的。」

想成為武勳詩裡歌頌的心懷榮耀、合於理想——而「現實中根本不存在」的高尚正義騎士。

他們是被灌輸得只能抱持這種期望……也不幸地真的這麼期望罷了。

一種彷彿玻璃即將碎裂的可怕沉默降臨他們之間。

吉爾維斯猛一回神轉頭一看，只見思文雅睜大雙眼凝視著他。

用失去表情的嬌柔面容，只用嘴唇發出老嫗般的嗓音：

「……您為什麼要這樣說？」

一雙彷彿只能反射光線，宛如月鏡般的黃金雙眸，像是空洞無神的灼灼滿月。

「這可是『父親大人』交代我的。這可是我們唯一的一個使命。要是連這一個使命都做不到，我們就真的一無所有了。這是很重要、很重要、很重要的使命。」

「……思文雅……」

「我說得對吧，哥哥？哥哥也是這樣對吧？我們所有人統統都得完成這個使命。因為我們就只有這個了。我是，大家也是，哥哥也是，其他就什麼都沒有了。這麼重要的使命，哥哥您怎麼能叫我住手！」

「我……」

「請不要把它從我手裡搶走。更不要說哥哥您想一個人捨棄使命，拋下我們不管。因為我們就只剩下這個使命與彼此了。所以我們要永遠在一起，對吧？我們永遠都一樣，對吧？哥哥您說是不是？我們難道不是——一無所有，只擁有同樣的傷痛，住在同一間狗窩裡的廢物同伴嗎！」

「！……」

她哭叫的哀號令吉爾維斯咬牙切齒——還是不行。思文雅她……思文雅也是，如今已經沒有反抗的力氣了。他們從小就被過度打罵，早已失去了那份力氣。

而她說得對，他們只剩下完成使命這條路。

蟻獅聯隊是布蘭羅特大公進行權力鬥爭的棋子。派不上用場，就只會再次落入有志難伸的悲慘際遇。為了不讓思文雅與同伴們回到只能苟且偷生的畜棚，他只能成為利劍，按照大公的要求立下戰功光耀門楣。

……該死的狐狸精。

「所以我們——明知是詛咒，卻還是只能……選擇受它束縛的道路了。」

「鈞特少校，那個——……」

可蕾娜悄聲開口。

此時仍在讓趕製巨砲前進的操縱人員，想必沒那閒工夫去聽沒叫到自己的通訊，但可蕾娜是射擊人員，目前沒有任務。

「我聽見了。還有那個……她叫思文雅嗎？吉祥物的女生……因為無線電的發信開關是開著的。」

思文雅跟芙蕾德利嘉——「黑天鵝」操縱班的電路有過幾次通訊，大概是維持在那種設定下，一個不小心按到發信開關了。

她感覺到吉爾維斯一時語塞的氣息。吉爾維斯急忙關掉電路，然後重新連上後說：

『庫克米拉少尉，抱歉，可以請妳當作沒聽見嗎？讓部下知道我都老大不小了還跟公主殿下吵架又吐苦水，太難為情了。』

「嗯，我不會跟別人說的。不過……」

可蕾娜知道他是故意開玩笑假裝沒事，但仍點點頭。

『不過？』

「該怎麼說呢……對不起。」

吉爾維斯似乎感到有點意外。

『……為什麼道歉？』

「因為我覺得假如我是少校的部下，知道少校說了這些話，應該會道歉。然後——我發現我也必須向一個人，為了同一件事道歉。」

『…………』

「我不希望他離開。可是——我並不是想困住他。並不是想詛咒他。可是……我之前一定也就跟剛才的思文雅一樣。」

思文雅簡直就像是抓住吉爾維斯不放，對他下詛咒似的。

蟻獅的士兵們簡直就像是抓住思文雅不放，對她下詛咒似的。

就好像口口聲聲說我們是同伴，是同胞，懷抱著同一份傷痛，這份傷痛正是我們的羈絆，而用名為驕傲、名為傷痛的詛咒互相束縛。

簡直就像……

自己說不用改變也沒關係——嘴上這樣說，其實卻是希望辛不要改變。

戰鬥到底，是八六的驕傲。

然而曾幾何時，他們開始認定自己只剩下戰鬥到底的驕傲。只要有這份驕傲就夠了。就好像在說除了它以外，什麼都不能妄想得到。

就好像把驕傲變成了詛咒。

她第一次覺得自己就好像受到了名為驕傲的詛咒束縛。豈止如此，總有一天還會用它來束縛別人。束縛試著獲得幸福，卻絕對無法拋下自己的同伴們或辛。

「所以，對不起……對不起我束縛了你，讓你無法前進。還有，思文雅。」

沒有反應。可蕾娜判斷她應該有在聽，直接說了：

「我知道很難，但還是請妳盡量不要用妳的傷痛束縛妳哥哥……拜託。」

不用那樣拚命抓住不放，那樣綁住他……他也不會拋下妳，看起來像是要拋下妳了，其實不會真正一走了之。

可蕾娜自覺有點卑鄙，但還是不等他們回應就關掉了無線電……在他們對話的時候辛仍在戰鬥，在他們對話的時候仍有小孩死去，她覺得不能再花更多時間跟吉爾維斯談話了。

她呼了一口氣。

請你不要改變，不要拋下我。她的確有過這種期望，至今心中的某個角落依然有這個念頭。

有所自覺的陰暗心願賴在腦海一隅，恐怕永遠不會消失。

但是……

——我想帶她看海。

可蕾娜覺得辛能許下這個心願是件好事。

她也的確——希望這個心願能實現。

可蕾娜抬起頭來。一陣暈眩般的恐懼霎時襲來——她拚命吞了下去，把它咬碎。

她不敢前進。

至今仍然害怕前進。從小就一直很害怕。一旦踏出一步，等著她的也許是殺害了爸媽與姊姊的槍口。遭到他人惡意擊垮的瞬間，也許會再次來到眼前摩拳擦掌等著對付她。

她這次也是，以後也是，也許永遠只能束手無策地任人剝削。

即使如此……

『——前進吧。』

聲音透過相連的知覺同步，傳達給灰色戰場上的所有八六。

那聲音微微顫抖，卻帶著果決的態度與意志。

滿陽呆愣地呼喚那個人的名字。她有點難以置信。

想到上次作戰之後她頹喪、消沉、脆弱的模樣，不禁有點難以置信。

「——可蕾娜……」

「我們前進吧，得去幫助辛他們才行。也得去讓『夏娜』解脫。還有那些『勒能．楚』……我們得去救他們。」

她以為自己忍住了，聲音卻在發抖。她還是很怕，很怕向前踏出一步。也很怕做出這麼重大的決斷。因為這關乎大家的性命，說不定是錯誤的決定。說不定辛他們空降大隊，還有蕾娜、瑞圖、滿陽他們旅團本隊都會被自己的一句話害死。一想到這點就讓她害怕得不得了。

即使如此……

「如果那個什麼聖者的可以命令那些孩子停下來，那就讓現在正準備過來的第二軍團聖者來就好啦。我們要到達『黑天鵝』的射擊位置，打倒『夏娜』幫助辛他們，然後跟第二軍團會合，解除電磁干擾。這樣就不用再跟那些孩子交戰了……我們可以阻止這個狀況。」

阻止跟過去的他們一樣軟弱無力的孩童遭到屠殺。

由過去曾遭人蹂躪、軟弱無力的他們出面阻止。

「我們——不能再讓更多像我們這樣的人遭到殺害。我一定要去阻止。阻止這種毫無道理的戰鬥，以及束縛我們的這場戰爭！」

聽了她的吶喊，有人低聲說了。

與其說是回應，不如說是開導自己，向自己重新做確認般的低語。

『——對，我們走。』

接著又有人說了。

或者，是所有人都說了。

『我們走。』

為了同伴。為了遠在他方而全然陌生，沒能成為同胞的神戟們。

最重要的是——為了他們自己。

因為當時他們沒能救到；軟弱無力的自己救不了兒時的自己，那麼作為補償，至少希望能救到眼前的孩子們。

代替當時沒人願意出手相救的兒時的自己，只要眼前的孩子們能得到一點點幫助……

那樣——反而能成為他們自己的救贖。

『我們走。』

去救同伴。

去救當時沒能救到——沒有力量拯救的，過去那年幼的自己。

『——我們走！』

聽到八六們的這陣吶喊，蕾娜抿緊嘴唇。

——我們走。

既然如此，自己的職責就是為他們開路。

「鈞特少校。我要讓『黑天鵝』抵達射擊位置，請協助開圍。請擴大第三軍團第八師團與第三軍團伏兵聯隊的連結部分，三點鐘方向的空隙。」

想再次開始進軍，無可避免地將會與正在包圍他們的第三軍團部隊——構成第三軍團的神戟少年兵發生戰鬥。儘管必須容許孩童死亡，並且將對抗他們的職責全推給吉爾維斯等蟻獅聯隊讓她相當內疚，但若是八六辦不到，蕾娜只能保護他們。比起外國的少年兵及同屬聯邦軍的部隊，她更要保護自己的部下——自己的同伴。

吉爾維斯當然苦笑了一下。

『骯髒的工作就委婉地讓給我們做是吧，鮮血女王？』

蕾娜毫不退縮地斷言：

『「對」。這就是我的命令，少校——作為他們擁戴的女王。』

為了不讓八六背負罪責，我得讓你們背罪。為了保護八六的心靈，我得把那些傷痛推給你們。

把同伴與其他人放在天秤上比較的冷血與卑劣，也由我一人承擔。我不會讓任何一個八六做這個選擇，也不會讓任何人來責怪八六。

因為我是他們的女王——他們的戰友。

吉爾維斯加深了苦笑。

『那就傷腦筋了，米利傑上校。一開始是我說要做的，況且如果妳是八六的女王，那我也是率領蟻獅聯隊的兄長。要是讓妳來袒護我那些弟妹，那我的臉往哪裡擺？……不能因為是妳下的令，就讓妳來背負殺人的罪名。』

「…………」

『謹遵敕令，白銀的女王陛下。蟻獅將如您所願——全體人員注意。』

「麻煩你了，硃砂的騎士長——機動打擊群，本隊全體人員注意。」

軍令即刻下達。硃砂的騎士長命令蟻獅騎士團，白銀女王則命令冠有好戰女神之名的白骨軍隊。

『幫好戰女神開拓雲中征途！』

「重新開始進軍。以最快速度讓『黑天鵝』到達射擊位置！」

第三軍團的包圍已被解除，本隊似乎再次開始進軍了。

從本隊與聖教國的前線附近，離他們仍在對抗攻性工廠型的廢棄都市有一大段距離的「軍

團」們的動向，讓辛感應到了這一點。有個「軍團」前線部隊退出了與第三軍團各師團的戰鬥，正準備來到這座廢棄都市。

「蕾娜。『軍團』部隊正陸續於本隊的前進路線上集合。」

數量比預測的少。本來以為既然第三軍團已停止進軍，應該會有不少的戰力前來攔截機動打擊群本隊。不知是第二軍團派出的部隊代為困住了敵方部隊，還是第三軍團與「軍團」仍在繼續交戰中。

「推測其中有三個部隊無法迴避——請準備交戰。」

即使已經藉由辛的異能看穿「軍團」位置，又由蕾娜根據這項情報指出只會遭遇到最少敵軍的進軍路線，保護「黑天鵝」的「女武神」隊伍依然在眨眼間減少了它們的數量。畢竟是在「軍團」支配區域交火，縱使敵軍數量比預料中少，鐵青色的軍容確實不負「軍團」之名，機動打擊群以進軍速度為優先，讓各戰隊陸續脫落拖延敵軍腳步，本隊在灰色戰場上疾馳。

那種熱忱與奮不顧身，已然超越了當初還沒找到未來道路的許多八六，這便是對開始邁步向前的同袍產生隔閡的起因。而原本還裹足不前的他們，這次也主動踏出了第一步。

慣性導航系統發出通知，「黑天鵝」已到達射擊位置。霎時間就好像再也支撐不住一般，滿陽的「法里恩」兩隻前腳當場一彎，頹然倒下。

滿目瘡痍。只有「黑天鵝」毫髮無傷，周圍的機體如今只剩不滿一個大隊的數量，其餘人員都留在後方拖延敵軍腳步抑或是跟不上隊伍。知覺同步依然連著，所以死者似乎不算太多，不過畢竟是在支配區域內激烈交戰。撐不了太久。

「……所以無論如何都得在這裡做個結束，就是這樣。」

結束這場戰鬥。結束與攻性工廠型的戰鬥，以及此時仍在進行中的，與聖教國軍第三軍團的無益戰鬥。

……她不想殺人。

同樣地，也不想讓別人殺人。

她討厭看到小孩在眼前遭到殺害，那會讓她想起家人、朋友或戰友們遭到殺害時自己的無能為力。就好像自己到現在仍然無能為力一樣，令她厭煩。她也討厭賣弄自己的傷痛、嚷嚷著說大家理所當然都會受傷，那樣太難看了。

滿陽用力呼出一口氣調整仍舊粗重的呼吸，而後大吸一口氣喊道：

「可蕾娜，再來就拜託妳嘍！」

等戰爭結束後，等這場作戰結束後。

滿陽心想，可以找個機會去自己祖先出生的土地看看。

雖然就算去了，也沒有親屬或熟人在那裡。大概連懷念的心情都不會有吧。

即使如此，這是她自己選擇、自己決定，屬於自己的願望。

就跟在不曉得還有沒有明天的第八十六區對自己許下心願，至少自己活著與死亡的方式能由自己決定是一樣的。是她自己決定的屬於自己的願望。

看來，想戰鬥到底然後戰死是沒得指望了。

就連八六這個頭銜，在這場戰役的結尾大概也會失去意義吧。

即使如此。就算驕傲、犧牲與傷痛都失去意義。她終究不想變得那麼丟臉，連自己的形貌、生命樣態、願望和未來都無法自己做決定。

「讓我們——結束這場戰爭吧！」

攻性工廠型的五門磁軌砲突然拋下空降大隊的「女武神」，轉向毫不相關的方向。超大重量的砲塔旋轉且迸出叫喚般的擠壓聲與火花，一齊朝向南方。

它瞄準的是「黑天鵝」的前進方向——接近行動被偵測到了！

不能期待巨大身軀足以與電磁加速砲型匹敵的試製武器「黑天鵝」有什麼閃避能力。「女武神」一齊對敵機開砲，試圖轟散流體金屬以妨礙射擊。

畢竟是人類精心籌備之後投入戰線，未登錄於資料庫的新武器。敵機瞬間將其判定為威脅度高於「女武神」的軍火，磁軌砲試著搶先開火，卻遭到連續轟炸的榴彈接連破壞射擊用的電磁場並向後仰倒。遭爆轟能量吹散的銀色流體在爆焰中閃爍著飛濺血花——「女武神」的餘彈也不多了。一旦「黑天鵝」遭到破壞等於沒有退路，因此開砲擾敵的空降大隊也豁出去了。

五門磁軌砲終於紛紛陷入沉默。這時，所有人都以為總算是化險為夷，不禁呼出一口憋了許久的氣。

然而，彷彿看穿了他們內心的破綻，一門磁軌砲抬起頭來。

「約翰娜」——最早關住「夏娜」的那座砲塔。

被流彈轟散的「五門火砲的」流體金屬填滿了一對磁軌之間的空隙。與其分別回到原本的砲門再從體內補充缺少的分量，不如先讓一門恢復功能應急比較快。

攻性工廠型的這項判斷做得相當正確，抓準了擾敵用彈幕不慎中斷的一瞬間，「約翰娜」再次完成了射擊準備。電流大蛇發出轟然巨響，衝過長槍般的砲身。

「——想得美咧！」

轉瞬之間，「獨眼巨人」跳到了那砲口的正面。

如果可以，她希望「夏娜」最初存在的砲塔能由自己親手打倒而非「黑天鵝」，所以她剛才便再次往砲塔的裂縫攀爬上去，結果「這次」奏效了。別人將「約翰娜」交給她對付，而她也接下了任務，這點事情她想辦到。

如今，西汀岔進了「約翰娜」的準星前方。她操縱破甲釘槍，藉由卸除並發射貫釘的方式在空中變換姿勢，將「獨眼巨人」的主砲準星對準八〇〇毫米砲的砲口深處。

八〇〇毫米，超長距離砲——妳明明就沒那麼擅長射擊。

——妳才是明明就在用什麼霰彈砲，總不會自以為是射擊好手吧。

她彷彿聽見了那冷漠的語調。

打從一開始認識夏娜，西汀就超討厭她那特有的冷漠語調。她在初次遇見西汀時對她說過這句話。

她們總是口角不斷。

在第八十六區最早分派的戰區是如此，直到她們以外的人全都戰死了還在鬥嘴。

——下次我就幫妳收屍。到時候啊，就由我來幫妳挖墳。

反正那時候西汀就是看夏娜不爽，夏娜也討厭她討厭得要死。所以她們常常不是扭打成一團就是吵架，什麼事都要跟對方作對。

但我打從那時候就在想，如果妳死了，我會替妳挖墳。至少這點小事我可以幫妳做。

「——看吧，果然還是我說得對。」

結果我們又吵起來了，所以那時候，妳也有打算為我做這點小事對吧？

「只有我——可以讓妳安息。」

扣下扳機。

「獨眼巨人」的八八毫米砲比它快了一瞬間，轟出砲聲。幾乎在射擊的同一瞬間被撕裂的磁軌砲電磁場的龐大能量當場失控。

「約翰娜」的砲塔、三十公尺長的砲身，以及與砲口僅有咫尺之遙的「獨眼巨人」，被八〇〇毫米磁軌砲的壯烈爆炸直接炸飛。

收到「黑天鵝」抵達定位的報告，準備動身再次讓攻性工廠型過熱的辛也目睹了那個場面。

與西汀的知覺同步──中斷。資訊鏈也沒有顯示「獨眼巨人」的數據。

但辛沒空去確認她是否平安。一旦流體金屬得到補充，其餘四門磁軌砲就會恢復射擊功能。

「……那個笨蛋……」

那樣西汀就白白犧牲了。

辛用高周波刀割開攻性工廠型的構材，擴大開口部分。不能確定磁軌砲將在多久之後復活。除了大範圍火力壓制規格的三架機體外，「送葬者」、「安娜瑪利亞」及與兩人同一小隊的六架機體對著攻性工廠型的體內一齊同時開火。

反輕裝甲飛彈與成形裝藥彈爆炸，用業火填滿了巨獸的肚子。鋼鐵巨獸再次屈膝下跪。

「──可蕾娜！」

——結束這場戰爭吧！

「嗯，我知道，滿陽。還有大家。」

可蕾娜輕輕點了頭。接下來，就是自己的職責了。

「『黑天鵝』——進入射擊姿勢。」

伴隨著多重解鎖的沉重聲響，如鳥翼固定於砲塔左右兩邊的兩對後座力吸收用鏟形元件展開、伸長。它讓表層灰塵滿天飄飛，深深插入地面底下讓本體固定於大地之上。接著張開四隻大翅膀，擺出伸長脖子伏地的天鵝般的姿勢。

與「黑天鵝」射控系統聯動的精確瞄準用頭戴顯示裝置自動降下。她小幅移動相當於長頸的砲身調整射角。粗長的磁軌速度慢得讓習慣了「女武神」即時反應的可蕾娜焦急難耐，先是水平方向，接著轉向垂直方向——冷卻系統開始運轉。電容器連接。正副迴路皆正常。

『警告。北北西十五公里外，自資料庫未登錄熱源偵測到雷達照射。』

「——我知道啦。」

她小聲低喃。攻性工廠型是搭載磁軌砲的「軍團」，換言之就是電磁加速砲型的後繼機。不可能沒有配備自我防衛用的雷達——……

『警告解除。雷達波消失。』

『——可蕾娜！』

「咦？」這次的訊息引起了她的注意，眼睛一轉過去的瞬間，就有人在叫她。她不可能會聽錯。

是辛。

『攻性工廠型的磁軌砲已全數沉默，我們再度讓它過熱，功能停擺了！推測在一百七十秒後就會再次啟動……抱歉，再來就拜託妳了。』

「收到——交給我吧。」

她輕輕點頭，回應略顯慚愧的聲音。一百七十秒。對於重新填彈得花上兩百秒的「黑天鵝」來說形同沒有第二發的機會——但是夠了。她已不再擔心失敗的後果，或是這次絕不允許失敗等事情了。

空降大隊沒料到戰鬥時間會拖這麼長，卻仍竭盡全力、死命地為她爭取到這一百七十秒。第三軍團的倒戈，讓挺進射擊位置的過程中只能靠派遣旅團排除「軍團」。但同袍們仍為她開拓了道路，她才能成功抵達預定地點。

大家都在賣命，都在出一份力幫助可蕾娜——所以再來只要自己把敵人射穿就好。

就這樣。

——收到。交給我吧。

無意間她想起辛以前也做過一模一樣的回答，露出了微笑。

在第八十六區的戰場，他好幾次理所當然地如此回答大家。好幾次——對於大家的託付和依賴，總是有所回應。對「軍團」指揮官機、前進觀測機及被機械亡靈吸收的同胞遺骸開火——用

這樣的方式回應。

既然這樣，即使只限定於戰場，可蕾娜一定早就幫助過他了。

或者其實在她關心死神是否會不堪重負，得到辛的一句道謝時，就已經……

電子音效響起。射控系統報告已在預測彈道的前方準確捕捉到敵影——可是，還不夠。還偏了一點點。

戰爭剝奪了她的所有。

所以，她不想再失去更多了。

準星對準目標。

她祈禱般地呢喃：

「讓它結束吧——由我們親手，結束這場戰爭。」

扳機被壓扣到最底。

「黑天鵝」——人類軍初次帶上戰場的磁軌砲發出咆哮。

供應一座都市使用都綽綽有餘、超乎常規的巨大電力化為匍匐前進的奔雷，將彈體砸向遙遠彼方的機械神話巨獸身上。

恰如電光的電弧把灰色天地染得通白。「黑天鵝」伏地的鏟形元件翅膀與鐵灰色本體在光線反射下變得更加烏黑。瞬間的漆黑正符合了哀悼黑鳥（黑天鵝）之名。

宛如蒼穹破碎，成千上萬玻璃迸裂的巨大音量響徹四方。也許是在0．1秒內加速到秒速兩千三百公尺的彈體摩擦生熱造成表面熔解，隨後被射擊後座力粉碎的磁軌碎片發出的喁喁細語吧。用以減輕後座力的後噴物朝後方噴出，與同樣被後座力吹散的磁軌碎片一起撒滿整片灰色大地。

如同灰色的天空遭到撕裂。就像過去在戰場的夜晚，曾經看見過的夜櫻絢爛紛舞。

吹散的碎片在陽光照耀下，一時之間如彩虹般紛亂反射出七彩光芒。

第一片碎片都還沒飄落地面——雷鳴之箭已先貫穿了遠方巨獸的鐵青色身軀。

『——命中，不偏不倚。可蕾娜……汝果然厲害哪。』

「嗯。」

攻性工廠型開始崩裂了。

前後兩邊的貫穿痕跡往四方冒出裂痕，承受不住本身重量的構材各自分散墜落。崩壞過程就像鹽雕塑像乾燥後失去黏合力，全身剝落缺塊的模樣。神話巨獸般的威儀竟如遭受天打雷劈般不堪一擊。

可蕾娜透過光學螢幕顯示的瞄準畫面的光學影像注視這個情況，心中有所感觸。

其實早在很久以前就是這樣了，她卻現在才終於有所自覺。

兒時，被送往強制收容所的時候……

小時候她眼睜睜看著雙親和姊姊死去，只能任人剝奪、無法抵抗。她太幼小、太無力，甚至還沒有戰鬥的意志，所以面對任何不合理的對待都無法起而反抗。

現在不同了。

從那時到現在，已經過了好幾年。她已長大成人，不再是無力的小孩。得到了戰鬥的力量、技術，以及更重要的戰鬥到底的意志。

可以對抗「軍團」、絕望，以及不公不義的欺壓。

如同她想阻止屠殺，也辦到了。

如同她現在能夠守護摯愛與他的未來、自己和自己的未來，免受他人惡意冷不防地侵擾。

人類與世界，都是殘酷而殘忍。心眼惡毒、蠻不講理。

即使如此，現在的自己可以起而反抗。

甚至可以對抗一片茫然的——今後的未來。

——妳那時候，默默坐視妳的父母親被人槍斃對吧？

……嗯。

這一直讓她痛苦不已。一直都是，所以——她很害怕。

但現在我可以保護你們了。保護爸爸、媽媽還有姊姊……以及當時還小的我自己。

封鎖戰場的電磁干擾散去了。

只因搭載電磁干擾用裝備的「勒能・楚」已遭擊毀，或是無法正常運作。緊接著，這次反過來換成赫璐娜對第三軍團發出指令的頻率遭受干擾。不屬於她的聖者之聲，以未遭干擾的清晰音色透過無線電傳遍戰場。

『我以地之姬神的真正聖名「　　」下令！第三軍團的所有神之劍戟，即刻結束你們的聖務！」

作為預防叛變的安全閥對全體神戟預先灌輸的祕隱之言，令他們無關乎個人意志地停止了戰鬥行動。儘管這個安全閥至今從未使用過任何一次，但在最後關頭似乎還是發揮了正確功效。假如第三軍團拒絕接受聖一將的命令選擇抗戰到底，聯邦軍兩個部隊的指揮官接下來的這些話就沒有發出的機會了：

『華納女神呼叫機動打擊群。第三軍團已停止戰鬥。我軍於接回空降大隊後，即從聖教國軍支配區域撤退。』

『假海龜呼叫蟻獅聯隊全體人員。與第三軍團的戰鬥宣告結束，準備回援空降大隊撤退。本隊將與第二軍團共同排除「軍團」——』

聽到蕾娜放下心來的銀鈴嗓音，以及吉爾維斯稍微鬆了口氣的男高音……

心中的絕望讓赫璐娜很想直接癱坐在地。

大地啊。遭到斬首的有翼女神啊。

「祢為何棄我於不顧呢……」

這時蕾娜傳來了通訊：

『赫璐娜，妳輸了……現在還來得及，請妳投降吧。』

這種認真為赫璐娜擔心的聲調令她不禁笑了出來。身為鮮血女王，怎會如此的……

「妳在同情我嗎，女王？同情一個對妳與妳的騎士兵刃相向的人？」

『不。』

蕾娜的聲音平靜柔和且嚴厲。

「我只是不希望妳讓八六來為妳的願望負責，背負妳的死亡陰影——他們並不是什麼英雄。而是忙著自衛、自救，在戰爭中受傷的孩子……就跟妳一樣。」

大概是吧。其實赫璐娜也明白。

就算如此，她還是想拉他們陪葬，希望他們期望落空而死。

希望就跟赫璐娜他們一樣，得不到回報。

這樣自己與神戟——才能覺得自己得不到救贖是無可奈何，而非他們的怠慢所導致……

停頓一下稍作思考後，蕾娜接著說：

『——第三軍團當中，負責引誘並拘束「軍團」的部分師團，在旅團本隊往射擊位置進擊的期間似乎仍在與「軍團」交戰，就像要完成原本的任務。』

「…………？那，又怎麼樣……」

『即使妳的企圖已經敗露了，還是一樣。赫瑙娜，妳的部下後來仍用自己的部隊繼續拘束大半「軍團」——很可能是要阻止它們妨礙旅團本隊的進擊。以免八六出現人員傷亡，導致妳罪加一等。』

「……！」

令人意外的一番話讓赫瑙娜睜大眼睛。

『妳只是不希望別人害你們失去更多事物，對吧？既然如此，請妳別再貶低妳的士兵最珍視的妳自己了。不要白白送命，讓妳的士兵失去妳。他們已經保護了妳，光憑這一點妳就該報答他們。』

通訊中斷。彷彿以此作為信號，一群不歸她指揮的珍珠色軍服士兵衝進指揮所。臂章為猛禽圖案，代表的是第二軍團的神戟。

所有人都攜帶著突擊步槍，但沒有人用槍口指著她。她沒等到槍口指著她就放開了指揮杖，慢慢跪下了。

你們為何棄我於不顧？地之姬神、同胞們，以及我的祖國。

即使如此……

「妳說得對——只有我，絕不能棄我的部下們於不顧。」

只有他們……只有他們在全世界都棄我於不顧時，仍然沒有拋下我。

「——妳命也太硬了吧，西汀。那種狀況下一般早就死了吧。」

「劈頭就講這個啊。我倒覺得連存活率零的特別偵察都能活下來的某某人沒資格說我吧。」

都這種狀況了，西汀依舊嘴巴不饒人，身上到處流血加上似乎無法自行站立，也就是處於遍體鱗傷的狀態，精神卻好得很。

辛探頭看向好幾人合力撬開的「獨眼巨人」被撞扁的駕駛艙，忍不住半睜著眼看著躺在下方的西汀。只能說這傢伙真是好狗運。

辛很氣自己看到「獨眼巨人」像是跟「夏娜」一起炸飛時心裡還有點著急，所以決定不說出來。

「那麼，死神弟弟。戰況怎麼樣啦？」

「結束了。現在在等接應部隊。」

攻性工廠型遭到擊毀後，本來為了救援攻性工廠型而正在路上準備來到這座廢棄都市的「軍團」都回支配區域深處去了。接應部隊路線上殘留的「軍團」也有蟻獅聯隊及從第二軍團調出的部隊負責對應。散布於廢棄都市中的自走地雷也掃蕩乾淨了，因此現在辛他們空降大隊的周圍沒有敵機。

「是喔。」西汀點點頭，伸了個大懶腰。

畢竟遍體鱗傷，所以動作做到一半就喊痛中斷，維持著不上不下的姿勢，活力充沛地嚷著：

「啊——真是受夠了！我再也不幹這種事了！」

「這樣最好。班諾德的囉嗦聽這一次就夠了。」

結果還是給我失控暴衝一通。

說完，辛略瞥她一眼問道：

「……妳沒事嗎？」

誅殺了珍視到令她無法克制情緒的人，還受得了嗎？

雙色的雙眸嚴肅地回望他。

「死神弟弟你是發燒了嗎？竟然擔心起我來了。」

「……算了。」

辛不禁一陣惱火，走下「獨眼巨人」的殘骸。

對著他那擺明了不爽走人的背影，西汀出聲了：

「——該怎麼說呢？其實待在那裡，也挺自在的。」

「嗯？」辛轉過頭來，西汀沒回看他便說：

「我是說『戰場』。只要把那裡當成了棲所，就覺得也不賴——我本來覺得就算一輩子就這麼活在戰場上也沒啥不好。在第八十六區是，聯邦也是。」

歌頌待到生命盡頭來臨才是驕傲的戰場……

因為別無所有，所以只能抓著不放，令人厭惡的第八十六區絕命戰場……

「…………」

「可是呢，只要身在戰場……就會遇到這種事。就會有同伴送命。」

既然如此，為了不失去像夏娜一樣更多的同伴……

「我再也不想幹這檔事了。什麼戰爭，我受夠了。」

「所以……」西汀回看望著自己的血紅雙眸，爽快地笑了。

「真想趕快讓這場戰爭結束……然後輕鬆愉快地活完下輩子，你說是吧？」

吉爾維斯之所以加入空降大隊的接應部隊，一方面當然是想讓全體八六少年兵平安回家，但更重要的是為了達成目的。

不知道究竟經過了何種激戰，他在到處像是被巨人毆打過般變成空地的廢墟都市中，與辛等空降大隊人員會合。為了保險起見，吉爾維斯讓同行的副長與麾下的「破壞之杖」在回收作業完成之前戒備周遭環境，自己則駕駛座機前往廢棄都市的北端。

在聖教國的北方，「軍團」於空白地帶擴張的支配區域中，人類肉身能前進到的最深處地帶。她的異能感應範圍與「原始異能者」相比極其狹窄，不大老遠帶到這裡就無法捕捉到「那個」。

「——找到了，哥哥。」

思文雅定睛注視遙遠的北方，讓金色眼睛發光——在品種改良的過程中，只有她身上重現了部分異能。

能夠感應到遠處威脅，目前在聯邦與聖教國只剩少數倖存的——陽金種的「神諭」。

「雖然變得極端稀薄，但聖教國異能者感應到的『顏色』還在——聖教國神諭捕捉到的威脅並非攻性工廠型。」

「……果然如此。聯邦軍那些參謀分析得實在準確。」

攻性工廠型的動向，坦白說十分不自然。

就算從偵察的動作發現行蹤已被聖教國軍感應到，也沒必要只是因為被發現就老實地揮軍進攻。但它卻好像故意打給人類看似的，靠近到極近距離讓人類展開抗戰。

其間，聖教國的注意力將被迫集中在攻性工廠型一架機體上。「軍團」支配區域原本就因為阻電擾亂型的電磁干擾而無法一覽無遺，再加上空白地帶特有的拒絕一切生命的灰色塵暴。目的是絕不讓人類注意到支配區域深處——用一個浮誇且奢侈的誘餌，讓潛藏於該處的真正威脅躲過人類的眼睛。這就是攻性工廠型。

「分享給機動打擊群——但願他們那邊也有找到些什麼就好了。」

柴夏在空降大隊裡的職務包括轉傳通訊與提供高度分析。

以及……

「……辛苦了，各位『西琳』。請妳們自盡。」

柴夏命令這些早在作戰開始的幾天前，就已聽命憑著仿造少女外型的嬌小身軀而非「阿爾科諾斯特」潛入「軍團」支配區域最深處一百公里位置的役鳥們自盡。雖說令人同情，但絕不能把她們交給聖教國甚或是「軍團」。

「西琳」捕捉並傳送回來的「那個」光學影像已保存在「家兔」裡了。儘管由於太過接近反而會有被發現的風險，畫面有點遠，但應該夠用來做分析了。

柴夏看看她在子視窗上開啟的那個影像，輕聲說道：

「維克特殿下果然英明——一如您所說的東西，已經找到了。」

找到了那個由鋼筋組成，宛如集合六角柱描繪出六芒星的摩天巨塔。

赫璐娜似乎沒派人去拘捕留在基地的機動打擊群整備人員——大概也沒那個多餘的戰力——縱使爆發了小衝突，整備人員還是成功保住了自己的安全與「狂怒戎兵」。

蕾娜與管制人員會合時已有第二軍團的部隊擔任護衛，禮貌周到地給「華納女神」放行。就在她不禁稍微放鬆心情輕呼一口氣時，接應部隊通知她說已經和空降大隊會合了。

接著空降大隊的指揮官與她連上知覺同步，對方還沒說什麼，蕾娜就先說了：

「辛——你辛苦了。」

『——蕾娜。』

聲調就跟平常的辛一樣沉穩，儘管他們似乎跟攻性工廠型展開了一場慘烈激戰，所幸看樣子沒有受傷。蕾娜鬆了口氣，然而隨後聽到的是：

『蕾娜，可以請妳派菲多過來嗎？有東西要帶回去。』

沒想到開口第一句話就要菲多。

畢竟他們的接應工作尚未結束，換言之還在作戰中，因此辛的應對方式才是對的，但蕾娜之前緊張了半天，聽到這番話不禁有點生氣。她這邊也一樣發生了很多事，她也很賣力，更重要的是她也很擔心辛。

在知覺同步的另一頭，辛有些忍俊不禁。

『開玩笑的，抱歉……不過，我的確需要妳派菲多過來。』

「真是……！」

『我們這邊都還好。只是妳好像又亂來了，竟然幾乎手無寸鐵地逃出敵方的司令部。』

他那揶揄的語調讓蕾娜嘛起嘴唇。

「……辛你最討厭了。」

『是妳先在別人準備出擊時講話讓人分心的。』

看來作戰前的那場鬥嘴……應該說打情罵俏，對辛來說還沒有結束。

蕾娜看了看光學螢幕角落顯示的時刻，從那時到現在才過沒幾小時。可是那場平凡無奇的對話，卻像是發生在幾天前一樣遙遠。

懷念又害羞的心情使她綻唇微笑，重說了一遍。

能心無掛念地講這句話，不知怎地讓她感覺很幸福。

「辛你最討厭了。」

辛這次沒再回嘴了。

只有一股笑意，透過知覺同步傳達過來。

「講這雖然有點早……歡迎回來。」

『——嗯，我回來了。』

或許是察覺到蕾娜在跟辛說話，菲多迫不及待地靠過來，蕾娜一面側眼看看它，一面問道。

雖然很想再跟辛多說幾句話，但不能繼續把時間花在與作戰無關的閒聊上。

「那麼，你說想帶回來的東西是——……？」

「——噢……」

講到一半，辛抬頭仰望那東西。

為了不被「黑天鵝」的砲火波及，先鋒戰隊剛才暫時遠離攻性工廠型，等擊毀它後才回到殘骸旁邊。他那能夠聽見「軍團」聲音的異能，也從崩毀的殘骸中聽出了即使遭到破壞仍勉強維持運轉的「那東西」的位置。

「雖然被炸飛了，不過可以把五門磁軌砲的殘骸帶回去。還有攻性工廠型的一部分控制中樞。」

†

到了回國的日子，聖教國軍準備了豪華的特別列車將他們送到國境附近，大概是對他們遭受國內醜聞波及所表示的歉意與誠意吧。

這附近離前線很遠，火山灰也幾乎沒飄到這裡，天空高遠而蔚藍。車陣刻意放慢速度，在漫布秋日氣息的異國原野上前進。一整片自然生長的灌木花香為敞開的車窗送入芬芳的涼風。

據說在聖教國會用這種金色小花來泡茶。

蕾娜在這一個月的作戰期間也喝慣了這種茶。在簡報會議、在基地每天的餐桌上……在為了赫璐娜惹的事端安排會面道歉時也是。

先不論只是服從命令的神戟，赫璐娜等於是自己選擇叛國。蕾娜問到她之後的處境——托圖卡聖一將的回答是不會處死。聖教國原本就是因為教義將流血視為絕對惡行加以嚴禁，才會讓神戟擔負所有兵役。即使是罪犯，處死就是犯下殺人罪。所以他說聖教國沒有死刑制度，不會處死她。

『——只是撤除家族地位及自我軟禁恐怕是無可避免了。』

在派遣期間為機動打擊群準備的宿舍大廳，隨同政務官聖者前來謝罪的聖一將回答了她的問題。這位將領比起頭銜一樣太過年輕，大約只有二十來歲。有著緊緊紮成髮辮垂落下來的陽金種金色長髮及同種色彩的一雙鳳眼。

『關於自我軟禁，我個人是希望至少能在這場戰爭結束時可以請求赦免……這番話或許不該在遭受倒戈的你們幾位面前說，但各位沒有奪走那些孩子及她的性命。因此地之姬神有言，認為應該讓她活下去。』

『……那麼那些神戟……』

『他們是真的毫無罪過，就只是聽從聖者的命令罷了。只是在軍隊重組時，應該會將他們送回教育所——而藉著這次機會，或許也該重新考量這項習俗的正確性了。因為姬神已派「軍團」來讓我們知道這項習俗無法維持下去。』

就連蕾娜也聽得出來，這位將領今後打算堅持這一套說法。

她知道這位將領今後將會對抗數百年來支配著聖教國的習俗。

藉此向家人全數為此喪生，以這種手段編造出戰火聖女的責任，今後卻連這都要遭到剝奪的赫璐娜贖罪。

但——儘管蕾娜覺得這種改變是一種解決之道與進步，可是如同蕾娜至今也一直目睹到的，八六們向來不願轉身背對戰場，被人關在和平社會之中。那麼對神戟們來說，這種改變又將會是……

對於寧可祖國被滅，也要高聲捍衛自己擁有的事物的赫璐娜而言，又是……

「嘿！」

「哇！」

就在她一邊望著窗外，一邊忍不住去想這些自己再怎麼想也沒用的事情時，有人把某種冰冷的東西貼到她的脖子上。

蕾娜嚇了一跳轉頭一看，是可蕾娜。她一手拎著兩瓶汽水，好像是用結著水滴的瓶子表面來冰她。是聖教國特產的柑橘類及添加蜂蜜香氣和味道的飲料。

可蕾娜拿一瓶給她，坐到她對面的座位上繼續說：

「妳在想聖教國那些小孩的事？」

「嗯……」

蕾娜兩手握著拿到的飲料瓶子嘆氣。

可蕾娜見狀，從容自在地聳肩道：

「——像妳這樣什麼都往肩上扛，太累了啦。」

感覺到白銀眼眸隨著「咦？」的一聲望向自己，可蕾娜刻意擺出恬淡的態度打開汽水瓶蓋。可蕾娜當然也覺得他們很可憐。

被迫上戰場打仗，現在又要被剝奪這項義務的神戟與赫璐娜，簡直就像是她跟大家的鏡中倒影。但……

「這樣講可能有點冷淡，不過蕾娜跟我都沒辦法再為他們做更多了。畢竟到最後究竟想成為什麼樣的人，只有那些孩子自己清楚。」

例如她跟大家剛開始受到聯邦保護時，他們——很討厭聽到聯邦說「你們要這樣才能過得幸福」，帶著同情叫他們走進和平的籠子裡。現在還是一樣討厭。

什麼才叫幸福，或是自己想變成怎樣的人，如果這一切——都是自由的一部分，她希望能夠自己做決定。

如果不能自己決定，那些孩子……恐怕也就無法真正逃離受人剝削的記憶（傷痛）。

「是說或許我這麼說不太好，但比起其他國家的小朋友，蕾娜身邊明明就有個更需要妳重視的人。妳可要把他擺在第一位喔。」

「呃……妳是說……」

這還用說嗎？

蕾娜羞紅了臉，白銀眼眸心慌意亂地四處飄移，但可蕾娜當然不會放過她。她半睜著金色的大眼，故意擺出嚇人的表情。

她有權過問這件事。絕對有。

「妳……認真給他答覆了沒？」

「給了……」

看她滿臉通紅地用蚊子叫似的音量這麼說，應該沒在騙人。

順便一提，就在附近的安琪、西汀與滿陽，還有米卡與柴夏都假裝沒事卻轉過頭來看她們倆，蕾娜當然也發現了，所以一定覺得很難為情吧。

總之，「好。」可蕾娜點了點頭。

他要是沒得到答覆……可蕾娜這之後就傷腦筋了。

「那好，等回去之後，蕾娜妳第一件事就得跟辛約會。這可是你們成為一對之後的初次約會，很值得紀念喔。」

其實她也不清楚，好像是吧。

接著換安琪有話要說了。她從跟蕾娜背靠背的座位，把兩隻手肘放上椅背頂端探頭出來說：

「這樣的話，蕾娜我跟妳說。船團國群的以斯帖上校在我們回國的時候託我帶了份禮物。說是龍涎香，是船團國群特產的精油，從原生海獸身上採集到的。我也拿到了一點，非常好聞喔。她說等蕾娜認真給了辛答覆後，就請我拿給妳。」

「……以斯帖上校怎麼會知道這件事啦……！」

那是因為蕾娜實在太愛逃避，馬塞爾同情起辛的處境而找人商量，還有安琪忍不住抱怨，以及瑞圖不小心說溜了嘴的關係。

另外以實瑪利那邊也有幾個人去找他商量、抱怨或是說溜嘴，所以在弄到龍涎香這件事上，其實以實瑪利也有參一腳。

總而言之，安琪露出甜美的笑容。

「聽說原生海獸在求愛時會散發這種香味。按照征海氏族的風俗習慣，好像會在求婚或是洞房花燭夜的時候搽喔。」

「安琪！」

蕾娜慌了。柴夏則肅穆地點頭。

「順便說一下，據說我們聯合王國三代前的國王陛下也在初夜的床笫上用過。在讓人聯想到海底深藍色彩的同時又隱約顯現出龍族的威嚴，是一種莊嚴清新的香料。」

「什麼嘛，不是那種露骨撩人的香味喔？真沒意思。」

「假如喜歡比較妖豔的香味，梔子、茉莉花或月下香如何？按照我們族人的習俗，洞房花燭夜的時候會使用很多香氣甜蜜又性感，簡而言之就是具有催情作用的花喔！」

西汀趁機胡鬧地補上一句，接著連滿陽都來起鬨。蕾娜越來越慌了。

看到大家嘰嘰喳喳語笑喧嘩的模樣，可蕾娜也笑了起來，然後悄悄地離開座位。

列車的客車有幾節供蟻獅聯隊的隊員們使用，其他供機動打擊群使用的車廂自然而然分成了男女兩邊。可蕾娜打開車間門，走進少年們聚集的隔壁車廂——她事前已經確認過他的位置，所以知道他在哪裡。

在這同樣開窗飄散著淡淡花香的車廂內，辛靠坐在四人促膝而坐的對坐座位裡，發出細微的鼾聲。

上次作戰受了傷，傷才剛好又立刻負責空降作戰，而在這場作戰中又發生一堆狀況，他一定很累了。看到一半的書在手心底下朝下攤開，缺乏防備到了只差沒來一隻黑貓。

坐他對面的萊登回瞥她一眼，挖苦般地揚起一側眉毛後離開座位。他拍拍瑞圖的肩膀，讓興味盎然的瑞圖和闊刀戰隊的少年們站起來，把他們帶走。分散坐在附近座位的先鋒隊員們也在克勞德、托爾或達斯汀的催促下離席。眨眼間，現場就只剩下她與辛兩個人。

——其實沒關係。

這麼做只是為了整理自己的感情。不用讓辛本人聽見也沒關係。

所以就讓他繼續睡，自己把想講的話講一講或許也沒什麼不可以。他已經很累了，或許還是別把他吵醒比較好。

到了緊要關頭，懦弱的自己探出頭來呢喃著這些話，但是可蕾娜經過重新考慮，覺得這樣不

行。

既然是為了整理自己的感情，對自己的感情做個了斷——選擇逃避就沒意義了。

「——辛。」

她小聲呼喚他。

「辛，我有話跟你說……可以打擾一下嗎？」

「……嗯……」

可蕾娜輕輕搖晃了他幾下後，他低哼了一聲。薄薄的眼瞼睜開，眨了兩三下眼睛後抬頭望向可蕾娜。

血紅的眼眸。

可蕾娜覺得這是世上最美的顏色。

辛還沒問「什麼事」，可蕾娜先發制人地說了：

「我曾經喜歡過你。」

紅眸一開一闔，眨了一下。

然後苦澀、難過地扭曲了起來。

那是因為深知無法回應這句話，回應可蕾娜的心意——也無意回應，而流露的苦澀。

……嗯，我知道。

我想也是。

你不會跟我打馬虎眼。不會明知只能拒絕我卻敷衍我，或是說謊逃避問題。

你這種殘酷的個性……誠實得殘酷的個性……

「現在還是一樣喜歡……我想，我會一輩子喜歡你。」

就算以後，她喜歡上了別人。

就算跟那個人成為情侶……雖然還無法想像，不過就算跟那人共組了家庭……

她一定還是會繼續喜歡辛。

會永遠喜歡他。

喜歡在第八十六區，拯救過她與同伴們的他。喜歡這位戰友、這位同胞、這個家人。喜歡這個如果能將她放在第一位該有多好的人。喜歡這個她最珍視、最依賴的——大哥哥。

我好喜歡你，我——溫柔的死神。

「所以……」

希望同伴、家人與摯愛的人生道路上能得到「那個」，應該是理所當然的。

即使是這樣的世界，這點心願得以實現應該不為過吧。

「你要幸福喔。一定——要幸福喔。」

看到可蕾娜笑著這麼說，辛沉默了半晌。

想回答她的話，以及能對她說的話……辛無語地面對互相矛盾的兩者，經過思考——到最後，只回答了一句話。

只回答了這句無論他想對可蕾娜說什麼，最終都無法回應這份感情的他唯一能說的話：

「——抱歉。」

「沒關係。因為一直到現在……」

至今也是，以後一定也是。

「喜歡你從來沒有讓我——遇過什麼壞事啊。」

# 終章　鱷魚肚子裡的時鐘繼續滴答作響

蕾娜等人回到軍械庫基地時，在聖教國軍進行的作戰始末，以及該國軍方的現況已成了連日來新聞節目爭相報導的一大新聞。

擊毀攻性工廠型後前去接應空降大隊的行動不知是遭到曲解還是加油添醋，變成是去「營救」辛等空降大隊成員的蟻獅聯隊也是。

「——雖然沒說錯……但也加油添醋得太多了。」

看到新聞節目太過關注吉爾維斯（變成了發誓效忠大公家的貴族少爺）或是思文雅（把年僅十歲的事實拋到一邊介紹為絕世美女）的報導內容，蕾娜苦笑了起來。

機動打擊群成立至今過了半年，他們建立軍功幾乎變成理所當然，媒體和民眾或許也在尋求新話題及新英雄吧。

蕾娜不會到現在才對他們有意見，只是覺得姑且思文雅不論，吉爾維斯一定不會真心感到高興而不禁怪笑了一下；葛蕾蒂見狀聳了聳肩。

「八成是布蘭羅特大公在背後操弄吧。畢竟這就是那個部隊的存在目的。」

「另一方面大概也是自願扮演丑角，達到障眼法的效果吧。好歹也是個大公，不太可能只為

了自我吹噓而給手下的功勞灌水。」

維克語氣平淡地接著道。他讓聯邦派兵前往聖教國的期間修理完成的蕾爾赫一如往常地跟隨左右，直到剛才都還在瀏覽聯邦軍聯合司令部送來的「那個」。

「這個不能讓媒體報導。在實際啟動之前就算要欺騙國內民眾，也得瞞過那些『軍團』的耳目才行。」

「——沒錯。」

早在船團國群的作戰時，除了「軍團」重要據點的破壞之外，機動打擊群就接下了另一項命令。也就是擄獲「軍團」指揮官機的控制中樞。

在這次的同時強襲作戰當中，辛等第一機甲群加上第二機甲群與襲擊其他地點的一個義勇部隊，總計三個部隊成功擄獲了自動工廠型的控制中樞。而分析結果，就是他們眼前堆積如山的文件——這些情報重要到讓主要採用電子文件格式的聯邦特地以紙本送來，以杜絕被「軍團」竊取的可能性。

「量產型的電磁加速砲型及電磁砲艦型、攻性工廠型的規格一覽表。更重要的是——多處『軍團』指揮據點的地點資訊。這個非常重要。」

「是的。把這個搞清楚之後……再來就是……」

從聖教國回到聯邦的途中，不知怎地有多達五名處理終端向她告白。有他們似乎早就知道可蕾娜暗戀辛，而可蕾娜終於斬斷了這份感情，他們也就跑來告白了。有的幾乎沒說過幾句話，有的有見過面，其中一個甚至是同個小隊的同年齡少年。說是之前只是隱瞞不說，其實一直很崇拜她。

聽人家說喜歡她讓她有點害羞，又好像有點高興他們這麼關心自己，但說穿了又好像大家都在等著她被甩，總覺得有點火大，感覺很怪。可蕾娜懷抱著一時還沒能整理好的心情，走在基地的走廊上。

轉過轉角時，她碰上了正好走出宿舍房間的賽歐。

「啊，可蕾娜。妳回來了。」

語氣十分輕鬆，跟平常的他沒兩樣。

「我回來了……你出院啦？」

「不久前才剛出院。今天是來拿私人物品的。」

失去的左手變成了義肢——不對，不知為何袖口露出了一個大鉤子，賽歐注意到她的視線，笑了起來。

「喔，這個啊。很帥吧？是以實瑪利艦長寄來給我的。」

雖然對賽歐和以實瑪利過意不去……但可蕾娜覺得有點沒品味。

「呃，這個嘛……看起來好像會被鱷魚吃掉。」

「啊——……妳說那個啊。好吧，要說是海盜的話是沒錯。」

賽歐特地舉起鉤子手來給可蕾娜看，另一側肩膀掛著個大包包，大概裝著他說回來拿的私人物品吧。而既然來到原本應該是他的「家」的宿舍房間拿私人物品，就表示……

「……你要退伍了？」

翡翠雙眸斂起笑意，直勾勾地回望她。不是被人揭開瘡疤的憤怒或悲戚眼神，就像常溫水一樣平穩。

「目前我沒那個打算。只是接下來還要做復健，而且兵種換了，教育內容也會跟著不同。」

他已經當不了處理終端——待不了機甲科，所以得走上別的道路，得離開基地。

或者也有可能就這樣離開軍隊。

「我就先一步到戰場外面看看吧。我可以找遇到同樣狀況而退役的人請教一些事……而且今後如果有人發生同樣的狀況，說不定就換我來教人家了。」

「嗯。」

看到賽歐開朗地笑著說，可蕾娜也笑著點了頭。

縱使不能再上戰場，不能再戰鬥，還是可以重新定義自我。就算得花上很多時間，但是他們辦得到。

因為他們以前也曾將自己定義為八六。

可蕾娜有信心。她相信賽歐，也相信自己。所以她再也——不用害怕了。

可以用豁達的笑容為他送行。

「嗯。路上小心喔。」

「——那個控制中樞的分析結果已經送到了？聯邦的那些大人物也太有幹勁了吧。」

「一定是因為有其重要性或必要性，才會叫我們把它搶回來，但的確是快得令人意外——這或許證明聯邦也已經走投無路了吧。」

關於蕾娜等人已經收到分析結果的事，辛等總隊長、大隊長及他們的副長也都收到了消息。所以第一機甲群的總隊長辛與他的副長萊登聊起這件事並沒有什麼好奇怪的，兩人「假借這件事」，在秋陽淡淡映照的軍械庫基地隊舍走廊上討論起來。

兩年前，恰好就是在這個時期，他們在第八十六區第一戰區的最終處理場接下了特別偵察任務——踏上了事實上必死無疑的旅程。秋日特有的澄明陽光也和那時候一樣。

萊登簡短地說了。指的不是蕾娜等人接到的「表面上的」分析結果，而是另一項隱瞞的事實。

「……總算搞定了。」

「是啊。」

恩斯特已經直接跟辛與萊登、安琪與可蕾娜，甚至是必須離開基地的賽歐說了。在機動打擊

群中，只有這五人知道這項最高機密情報。

用以對「軍團」下達停止命令的發信基地與推測出的祕密司令部，就在位置曝光的指揮據點群當中。

阻止這場繼續正面交戰下去將永無結束之日，就連聯邦都日漸軍情告急的「軍團」戰爭的關鍵——已經全部到了恩斯特的手裡。

既然這樣，下一步就是……

安琪與芙蕾德利嘉彎過轉角，走向他們。深紅雙眸帶著強烈眼光抬頭看著他們——看來芙蕾德利嘉也聽說這件事了。

為了芙蕾德利嘉的安全，必須等到恩斯特等人的政治策略收效才能行動。這將會是一場大規模作戰，需要做好適當的準備。不過，只要這一切大功告成，就……

「——準備反攻。」

# 後記

頁數有限，以往那些閒話就省了！大家好，我是安里アサト。

謝謝大家一直以來的支持！抱歉讓大家久等了！為各位獻上《86—不存在的戰區—》第九集〈—Valkyrie has landed—〉。

這次是聖教國篇。順帶一提，神戟的設定就如同各位所猜想，是八六設定的原型之一。本來是打算日後找機會寫成另一部小說，結果還是在原本的《86》登場了。

首先有消息要通知大家。頁數之所以有限就是因為新消息很多，真是太感激了。

染宮老師的學園86漫畫版《オペレーション・ハイスクール》第一集上市了！還有！BANDAI公司也即將推出破壞神與蕾娜的塑膠模型！不只這些，還有一番賞！86世界正以驚人的速度擴展中！真是太感謝了！

還有吉原老師的漫畫版、動畫與原作，都請大家多多支持。

接著按照慣例來些注釋。

・狂怒戎兵

我想表達的是，把主角機運送到戰場上的宇宙戰艦是很重要的。

我從第三集就開始為了「如何突破軍團前線，將辛等人送到敵軍總指揮官機的面前」而傷透腦筋，而在寫第六集的時候我痛切明白到了一件事——突破機動已經不可行了。

但是我必須說！不能突破前線的話跳過去就是了。反正「破壞神」的設計主題是M551謝里登輕型坦克，八六又給人狂獵騎兵（詳細後述）的印象，好，就用空降吧。可是空運所需的運輸機又被阻電擾亂型害得不能飛。

……既然這樣，乾脆用彈射器扔出去不就得了！

沒事沒事能猛射數噸重砲彈的電磁加速砲型都登場了行得通啦行得通！反正在第五集斥候型已經玩過彈射器空降了，「女武神」一定也行！

所以就有了這次的彈射器投擲空降。耍白痴啊。

・狂獵騎兵

指的是在夜空中奔馳的亡靈軍隊。

在德國與北歐的傳說中，狂獵隊的首領是奧丁。我把辛比為奧丁，那麼八六們應該就是狂獵騎兵了。本來是極光戰隊的隊名候補，不過當時沒採用，於是就試著用來替空降裝備命名了。

最後進入謝詞的部分。

責任編輯清瀨氏、土屋氏，這次我除了對不起之外真的沒話可說了……しらび老師，第二章芙蕾德利嘉與思文雅的蘿莉對決，我可是邊寫邊期待看到插畫喔。I-IV老師，我從第一集就很想提到您採用散熱片作為全「軍團」共通的設計，在第九集總算讓我寫到了！吉原老師，共和國篇終於進入高潮部分了。染宮老師，當學生的辛每次都悠悠哉哉地拿蕾娜尋開心，請老師找個機會給他好看！石井監督，您描寫的可蕾娜實在太可愛了，所以我燃燒著競爭意識寫了這第九集。BANDAI大神，模型我已經手刀預約了，好耶——！

然後是賞光買下本書的各位讀者，謝謝大家一直以來的支持。從第四集鋪陳至今的八六們驕傲與傷痛的故事在本集告一段落。接下來將會展開他們與她們邁向未來的戰役。還請各位再多陪伴我們一段時間。

那麼，願本書能暫時將您帶往灰塵紛紛飄落的邊境戰場，以及徬徨於驕傲、心願與詛咒之間的少年少女的身邊。

後記執筆中ＢＧＭ：遊園都市ベロニカ（ユリイ・カノン）

## 幼女戰記 1~11 待續

作者：カルロ・ゼン　插畫：篠月しのぶ

**昨日的正義，是今日的不正義。**
**儘管如此，這也全是為了祖國的未來。**

　　繼續戰爭何其愚蠢，任誰都心知肚明。但即使議和派的雷魯根趕往義魯朵雅拚命進行外交談判，盧提魯德夫上將也仍然針對失敗時的情況，暗中策劃著預備計畫。而提出異議的盟友——傑圖亞上將侍奉著必要的女神，認為「障礙物就必須排除」……

各 **NT$260~360/HK$78~110**

# Fate/Apocrypha 1~5（完）

作者：東出祐一郎　插畫：近衛乙嗣

**當彼此的想法交錯，烈火再次包圍了聖女。**
**而齊格帶著最後的武器投入最終決戰——！**

「黑」使役者與「紅」使役者終於在「虛榮的空中花園」劇烈衝突。以一擋百的英雄儘管伸手想抓住夢想，仍一一逝去。「紅」陣營主人天草四郎時貞終於著手拯救人類的夢想。裁決者貞德．達魯克猶豫著此一願望的正確性，仍手握旗幟挑戰——

各 **NT$250~320/HK$75~107**

國家圖書館出版品預行編目資料

86-不存在的戰區. Ep.9, Valkyrie has landed/安里アサト作；可倫譯. -- 初版. -- 臺北市：臺灣角川股份有限公司, 2021.10

面； 公分. -- (Kadokawa fantastic novels)

譯自：86―エイティシックス. Ep.9, ヴァルキリィ・ハズ・ランデッドー

ISBN 978-986-524-887-1(平裝)

861.57　　　110013837

Kadokawa
Fantastic
Novels

# 86—不存在的戰區—Ep.9

—Valkyrie has landed—

（原著名：８６—エイティシックス—Ep.9 —ヴァルキリィ・ハズ・ランデッド—）


２０２１年10月27日　初版第１刷發行
２０２４年７月29日　初版第８刷發行

作　　者：安里アサト
插　　畫：しらび
機械設計：Ｉ－Ⅳ
日版設計：ＡＦＴＥＲＧＬＯＷ
譯　　者：可倫

發 行 人：台灣角川股份有限公司
總　　監：呂慧君
總 編 輯：蔡佩芬
主　　編：林秀儒
編　　輯：高韻涵
設計指導：陳晞叡
美術設計：莊捷寧
印　　務：李明修（主任）、張加恩（主任）、張凱棋、潘尚琪

發 行 所：台灣角川股份有限公司
地　　址：１０４台北市中山區松江路２２３號３樓
電　　話：（02）2515-3000
傳　　真：（02）2515-0033
網　　址：www.kadokawa.com.tw
劃撥帳戶：台灣角川股份有限公司
劃撥帳號：19487412
法律顧問：有澤法律事務所
製　　版：巨茂科技印刷有限公司
ＩＳＢＮ：978-986-524-887-1





86—EIGHTY SIX— Ep.9 —VALKYRIE HAS LANDED—
©Asato Asato 2021
Edited by 電撃文庫
First published in Japan in 2021 by KADOKAWA CORPORATION, Tokyo.
Complex Chinese translation rights arranged with KADOKAWA CORPORATION, Tokyo.